中国现代作家自传研究

雷莹 著

海峡出版发行集团 | 海峡文艺出版社

图书在版编目(CIP)数据

中国现代作家自传研究/雷莹著.—福州:海峡文艺出版社,2023.12
ISBN 978-7-5550-3587-9

Ⅰ.①中… Ⅱ.①雷… Ⅲ.①传记文学－文学研究－中国 Ⅳ.①I227

中国国家版本馆CIP数据核字(2023)第252936号

中国现代作家自传研究

雷　莹　著
出 版 人　林　滨
责任编辑　蓝铃松
编辑助理　吴飓茉
出版发行　海峡文艺出版社
经　　销　福建新华发行(集团)有限责任公司
社　　址　福州市东水路76号14层
发 行 部　0591－87536797
印　　刷　福州万达印刷有限公司
厂　　址　福州市闽侯县荆溪镇徐家村166－1号厂房第三层
开　　本　720毫米×1010毫米　1/16
字　　数　220千字
印　　张　17.5
版　　次　2023年12月第1版
印　　次　2023年12月第1次印刷
书　　号　ISBN 978-7-5550-3587-9
定　　价　80.00元

如发现印装质量问题,请寄承印厂调换

目　　录

引　言 ……………………………………………………… 1
第一章　中国现代自传的发生
一、现代自传的历史源流 ………………………………… 5
二、西方自传的译介与接受 ……………………………… 12
三、现代自传的社会语境 ………………………………… 21
第二章　自我的指认与主体的建构
一、自传写作的前提与步骤 ……………………………… 32
二、自我认同与自我指认 ………………………………… 36
三、主体建构与自我的塑形 ……………………………… 52
第三章　自我叙述中的多重话语
一、叙述自我和经验自我 ………………………………… 62
二、启蒙救亡的双重变奏 ………………………………… 70
三、主流话语中的性别意识 ……………………………… 78
第四章　变动成长中的生命历程
一、童年叙事与个性的诞生 ……………………………… 87
二、引路人的情节意义 …………………………………… 95
三、出走:成长的标志性仪式 …………………………… 100
第五章　个性化与"心理化"叙事

  一、独白、抒发与心理分析 …………………………………… 107
  二、神态、感受与间接心理描写 ……………………………… 119
  三、性的觉醒和梦中的潜意识 ………………………………… 128

第六章　回顾叙事中的戏剧性
  一、时间链条与因果链接 ……………………………………… 135
  二、场景描写与自传的戏剧性 ………………………………… 142
  三、对话再现的多重功能 ……………………………………… 149

第七章　作家自传的文本互涉
  一、用生命的体验诠释文学 …………………………………… 162
  二、自传写作与自叙传作品 …………………………………… 177
  三、用互文佐证人生的足迹 …………………………………… 190

结　语　现代自传的当代启示
  一、在继承与借鉴中创新 ……………………………………… 201
  二、现代自传的多重意义指向 ………………………………… 202
  三、心理、戏剧与互文性 ……………………………………… 204

附　录
  一、《从文自传》叙述裂隙中的精神隐忧 …………………… 207
  二、郁达夫自传的空间叙述 …………………………………… 214
  三、《钦文自传》的叙事张力 ………………………………… 222
  四、《女兵自传》的英雄叙事 ………………………………… 232
  五、《我的童年》叙事伦理分析 ……………………………… 243
  六、《风雪人间》的叙事修辞 ………………………………… 250

参考文献
  一、传记作品 …………………………………………………… 263
  二、研究著作 …………………………………………………… 265

引　言

在古代，自传被归入所谓杂体传记之中，是古典传记中作品数量最少、影响最小的门类，但现代传记中自传的繁荣成为中国传记实现现代转型的重要标志。直接叙述个人生活的现代自传作品，无论内容还是文体风格都是中国自传史上前所未有的。

尽管身份的多样化是现代自传的一个新的特征，但作家仍是自传写作最重要的参与者和中坚力量。作家的情感最为丰富，自我意识和表达欲望也更为强烈，因此作家自传作品也比较丰富。20世纪30年代前后，郭沫若、胡适、郁达夫、沈从文、巴金、谢冰莹等作家都有自传作品问世，这一批自传作品的出现掀起了自传文学的一个高潮，标志着现代作家有了现代自传文学的自觉意识。这些作品是现代传记文学的重要成果，同时也奠定了自传文学在现代文学中的地位。

已有的针对中国现代自传的研究成果虽然对探讨中国现代自传文学的现代性和文学性有一定的贡献，但是对中国现代自传的艺术呈现方式和美学风格只是略有提及，未能深入探讨现代自传的文体特征。现代作家对自传的文学性改造，是他们参与新文学建设的一项使命。中国现代自传是中国新文学史上最具有现代意义的文体之一，因此在研究中我们更应该关注现代自传文体的演变。只有从文学性这一独特的角度切入，才能认识现代自传的形式独立性和内涵丰富性，充分挖掘出现代自传文体的美学价值。

本书主要以1917—1949年间自传文学中文学性较强的作家自传（作家用现代白话文写作和发表的长篇自传作品）为研究对象。胡适作为作家的身份并不突出，但是由于他的自传理论及实践对中国现代自传的兴起和发展起了重要的推动作用，特别是《四十自述》在自传的结构、语言、人称等方面的转换及徘徊于文学与历史之间的文体选择等，都留下了中国现代自传转型的最初痕迹，并与现代作家自传有相通之处，因此也被列入研究的范围。

一般说来，自传是"一个真实的人以其自身的生活为素材用散文体写成的回顾性叙事，它强调的是他的个人生活，尤其是他的个性的历史"。[①]日记、书信、回忆录等均不在本文的考察之列。自传同日记的区别很明显，自传是一种回顾性的叙事，而日记则是当天或最短时间内对自己经历的记录，是一种共时进行的写作方式。书信是发送者给接受者的文字信息，是信作者和收信者之间的对话。信作者在信件中叙述什么以及怎么叙述，是由他的写作目的和他与收信人的关系决定的。由于特定的收信人和特定的写作目的的存在，书信中作者对自我生活的记述及其对自我人格的阐释同正式自传有很大的不同。作者在书信中只是讲述他认为应当告诉收信人的自己的某些活动和思想，不会有作者某一段生活的完整的记述，书信中的自我是零碎和分散的。书信写作基本上是即时性的，而自传写作则是回顾性叙述。同事件发生时相比，写作自传时作者观察事物的方法及立场和评价标准已经发生了变化，自传是现在之我同过去之我的对话，同时也和读者进行对话。自传同回忆录的区别也很明显，自传的话语对象是作者自己，而回忆录中只是存在着作者的视角，它的叙述对象不只是作者的

[①] [法]菲力浦·勒热纳：《自传契约》，杨国政译，生活·读书·新知三联书店，2001年，第201页。

生活，还囊括他所隶属的团体和社会的历史。

本书首先从发生学的角度，探讨现代自传兴起的原因，接着在中国自传现代转换的背景下，探讨现代自传不同于传统叙传的文体特征，最后结合创作主体的特殊性，研究作家自传的互文性特征。通过这些努力，力争给现代自传以至传记文学研究、给当下的自传写作提供有益的启示。

中国现代自传诞生于"西学东渐"的变革时代，深受西方传记文学的影响。但任何民族文化都具有自然传承性，中国悠久的文化传统必然对现代作家产生了潜移默化的影响，古代学人关于史传和杂传的创作经验对现代作家的自传创作产生了深远的影响。只有把中国现代自传放在历史背景中，才能更清楚地探讨它从传统传记中继承了什么，从西方传记中吸收了什么，以及特定的社会文化语境对它产生的影响。理清中国现代自传的历史源流，把中国古代自传作为一个参照物，是本文探讨现代自传的文体特征的立足点。

文体通常是一个形式的范畴，但自传文体却不只是形式，它与传主的主体性密切相关。自传话语呈现出来的形式特征包含了传主的思维方式、情感方式、价值观念等文化心理内容，因此研究自传文体必须探究自传中自我的指认和主体的建构。中国古代文化传统的本质是贬低或泯灭个体主体的发展，以强调和维护群体主体的发展，使自我没有独立存在的可能。五四新文化运动掀起了"人的发现"的高潮，在个性解放的时代精神的引导下，中国文学也进入了以"立人"为中心的现代性写作阶段。现代自传的核心就是自我，体现了自我的发现和个性的张扬，对自我的价值进行解释和确认。

作为自传文学，自传作品的文体特点比内容更重要，因此，本书论述的重点是现代作家自传的文体转型，主要从主体建构、叙述话语、情节模式等表现特征探讨现代自传不同于传统叙传的文体特征。传统自传叙事是历史叙事,是一种盖棺定论式的回顾性叙事。而现代作家处在社会动荡变革,中西文化激荡的环境中,其思想意识必定纷繁复杂。现代自传大多写于作者中青年时期,现代作家通过自传的写作来探索自我、认知自我,通过回顾自己的经验、反思自己的体验,思考"我"如何变成现在的自己,激活自我的理解力和感知力,重建自我认同的框架,为个性的发展开辟道路。写作主体和时代社会等多重掣肘使现代自传呈现出叙事话语的多样性。

古代自传采用静态叙事,所描述的是一幅固定了的自画像,即使叙述人事变迁,关注的也是外部境遇的改变,而非传主自身的变化。而现代自传则是讲述传主由少及长的成长过程,传主作为一个动态的统一体其自身及性格都成了变数,从而极大地改变了人物命运及生活中其他一些因素的情节意义,使自传的情节得到了根本上的再认识、再建构。

传统自传中的"人"是处在社会性、群体性生活状态中的人,自传关注的是人与社会的关系,着重记述传主的家世、官历、功绩等个人在群体空间中的社会地位。启蒙思想家提倡个性解放,鼓励人们追求个人发展和个体价值,社会和个人开始崇尚具有独立人格和思想意识的个体。自我意识的觉醒和个体地位的提高必然带来艺术上对个人内心世界的重视和开拓。现代自传要表现自我人格的形成和发展,展示一个真实的自我,就不仅要对自己的人生经历有客观的叙述,而且要真实披露自己的内心世界。

受历史写作的影响,传统自传采用纪事的写法是对具体事件的一种简明的记录,而不是对事件的逼真再现。现代作家在自传中以其惯用的文学笔调叙事、状人,通过生动细致的场景描写使传主的生活显得血肉丰满。

现代作家的自传主要表现作家的成长过程,其中都有大量的文学活动的叙述,因此,他们的其他类型的文学创作自然会被投射到自传中,至于怎样投射,不同的作家有不同的处理方式。

第一章　中国现代自传的发生

中国自传文学在20世纪初主要受到了西方自传的影响，吸收了西方现代自传的一些思想精神，并借鉴了它的形式和表现手法，使中国自传具有了现代的意义。中国现代自传虽诞生于"西学东渐"的变革时代，从内容到形式都对中国古代自传进行了前所未有的变革，但中国古代自传作为一种文化积淀，对中国现代自传仍有着潜移默化的影响。中国现代自传的产生是由一系列主客观原因和内外部条件共同作用的结果，既有对中国古代自传的传承和与西方自传的横向联系等相对独立的个体原因，也有与时代同步行进的共性因素。中国现代自传是在"五四"的"人的解放"的意识和个性主义思潮等社会文化背景下产生的新的文化现象。

一、现代自传的历史源流

中国自传的发生和成熟都略迟于史传。西汉时期，史传发展和成熟的同时，以"自叙""自序""自纪"等名称出现的回顾自己生平的传记开始出现。如司马迁《史记·自序》、班固《汉书·叙传》、曹丕《典论·自叙》、王充《论衡·自纪》等。自传虽然由来已久，但却是中国文化中相对落后的文类，在中国古典传记中一直处于从属、依附的地位，数量少、影响小，与史传文学的辉煌成就不可同日而语。

中国古代被称为"自传"的作品可以分为以下几种类型：

一种是"序传"。刘知几在《史通·序传》中指出："盖作者自叙，其流出于中古乎？屈原《离骚经》，其首章上陈氏族，下列祖考；先述厥生，次显名字。自叙发迹，实基于此。降及司马相如，始以自叙为传。然其所叙者，但记自少及长，立身行事而已。逮于祖先所出，则蔑尔无闻。至马迁又征三闾之故事，放文园之近作，模楷二家，勒成一卷。于是杨雄遵其旧辙，班固酌其馀波，自叙之篇，实繁于代。虽属辞有异，而兹体无易。"① 朱东润也曾对"自叙"的源流作过梳理："和传一样，叙也是一种经典底训释。……到了西汉，叙底作用，渐渐离经而独立，不着重义理而着重事实。最先见於记载的，是司马相如的《自叙》。"② 司马相如虽为自传的始祖，但这篇"自叙"因种种原因未能保存下来。司马迁所作的序传体自传《太史公自序》成为现存最早的自序作品，此后，诸多文人学者写过类似的自序。东汉王充为他的《论衡》所作的《自纪》，三国曹丕为他的《典论》所写的《自叙》，东晋葛洪的《抱朴子》外篇中的《自叙》等都属于这一体例。日本学者川合康三认为："中国古典文学中最近似于西欧自传体裁的，就是这种书籍的'自序'。"③《太史公自序》依照时间先后记叙了他的身世、求学和为官的经历，具有自传的性质，但这些自传性内容，只是为了表明自己的抱负和写作的动机，自述生平的部分占不到全篇的五分之一。《自序》未使用第一人称，而是用"太史公"的官名。王充在《论衡·自纪》中也是通篇自称"王充"或"充"，在此后的自传性

---

① 刘知几：《史通·内篇·序传》。
② 朱东润：《〈八代传叙文学述论〉序》，复旦大学出版社，2006年，第24页。
③ [日]川合康三：《中国的自传文学》，蔡毅译，中央编译出版社，1998年，第15页。

作品中也很少看到"我""余"等明确的第一人称，写的虽然是个人的事却不使用第一人称，将自己和叙述自我拉开距离，这也成为中国自传性叙述的一个重要特点。王充在《自纪》中自述生平，表现自己的个性和志向，为自传创作后来转向述志抒情开了先路。书籍的序言主要是介绍书的篇目及创作旨归，虽然涉及了作者的生平，但只是履历表式的简略叙述，未能塑造传主鲜明的自我形象。

第二种是述志、抒情的自传文。由于这些自传文都是短篇，往往"不传事迹，只传精神"，[①] 其中虽然包含作者的生平，但重点是表现志向或情趣。东晋陶渊明的《五柳先生传》舍弃了人物的姓名籍贯等信息，借虚构人物之名讲述自己某些人生阶段的经历和向往的人生状态。此后，王绩的《五斗先生传》、白居易的《醉吟先生传》、欧阳修的《六一居士传》等作品则只是表明了自己的生活态度，而没有完整、准确的生平叙述，描述与自己类似的人物的生活，只是为了表明志趣，抒发情感。这类作品"描写的只是自己向往的人生状态的一个断面；人生的全貌，至少从过去到现在的历时性经过，没有得到表现"，"它是对理想人生保持不变的愿望，而不是伴随着时间的经过自己或自己生活变化的纪实"。[②] 曹操的《让县自明本志令》中，叙述生平只是寥寥数语，主要是宣扬自己的功绩，书写心迹，表明抱负。他直言不讳地宣称"设使国家无有孤，不知当几人称帝，几人称王"，坦率地表达了自己对现实政治的理解。南宋文天祥的《指南录后序》在许多论著中也被当作自传，但它仅仅是记录了自己出使元营被扣押到脱险归来的这段经历，重点是表明自己忠君爱国的心迹。这些作品中叙述传主某一段生活经历，只是作为明志的手段，自我总是被描绘成一幅静

[①] 韩兆琦：《中国传记艺术》，内蒙古教育出版社，1998年，第206页。
[②] ［日］川合康三：《中国的自传文学》，蔡毅译，中央编译出版社，1998年，第69页。

止不动的画像，没有自我人格发展变化的过程。

第三种是自撰墓志铭。活着的人为自己写墓志铭或祭文，目的是为了抒情明志，其中也有对作者家世、功绩、官历等的记述。如今能看到的自我凭吊的文章，始自陶渊明的《自祭文》。该文回顾了自己的一生，描述了具体的生活片段，重在表现自己的生活态度和独特个性。全文主要还是围绕着"死"进行渲染，虚构了自己的临终场面，葬礼及死后的情境等，表达自己的死生观。类似的作品有：王绩的《自作墓志文》、白居易的《醉吟先生墓志铭》等。时至中唐，自撰墓志铭的风气愈发显现，严挺之、裴度、杜牧等人都作有自撰墓志铭，并彰显了独特的风格。

宋代以后的自传文大都沿着这三种类型发展演变。"《史记》的'太史公自序'、《汉书》的'叙传'是纪元前后的作品，但是这两篇只是约略叙述了作者的生平，而以更多的文字介绍全书的篇目，因此实际上都还不能算是自传。"① 古典的自传文表现了丰富各异的自我形态，彰显中国悠久的自传传统，但这些处于萌芽状态的自传文不是现代意义上的自传。

除了上述的几种自传文之外，还有一种比较正式的自传。唐宋时期，史传写作走向衰落，但自传写作蔚然成风。中唐陆羽的《陆文学自传》使"自传"一词首次出现在作品标题中。《陆文学自传》记述了传主从孤儿到士大夫的具有传奇色彩的人生历程，但篇幅短小不足千字，对人生事件没有详细的描写。稍后，刘禹锡的《子刘子自传》记述了传主经历的重要人生事件，重在辩明自己的人格特征和生存方式。这两部作品都是比较正式的自传。中国古代的这些自传作品有一个共同特点："较之自我省察，更重视自我辩明"，"自我省察，要求追踪从过去之我到现在之我的变化轨

---

① 朱东润：《朱东润自传·序》，《朱东润传记作品全集》（四），东方出版中心，1999年，第3页。

迹；而自我辩明，则是过去之我和现在之我容颜无改，血脉贯通，其间没有变化，也不承认变化"。① 中唐出现的这类比较正式的自传在中国文学史上只是昙花一现，并没有得到继承和发展。

元代传记写作基本处于停滞状态，直至明中叶以后才又有起色，并呈现出新的特点。首先，传主的范围扩大，不再局限于历史人物，而是涉及社会的各个阶层。其次，作者开始重视传主的具体生存状况，关注传主的日常生活细节。清代自传则放弃了自我的个性叙述，再度回到明中叶以前自传写作的老路，采用历史叙事的内容和风格，"立场中立，角度客观，用讲述（telling）而不是显示（showing）的方法自叙生平，很少事实细节，很少场面描写，更谈不上深入的心理分析"。②

晚清王韬的《弢园老民自传》标志着中国自传进入转型期。《弢园老民自传》虽然用古文写作，且篇幅不长，但它与注重事迹、叙述拘谨的传统自传已有显著的区别。作者游历欧洲多年，接触西方文化，使其自传观念和文风都发生明显的转变，在自传中用生动而充满激情的语言叙述传主曲折的人生经历，透露出自我表现、自我张扬、自我调侃的倾向。他在叙述自己坎坷的人生经历时，也抒发了自己身处悲惨处境下的沉痛心情。"老民无子，有女二：长曰婉，字苕仙，归吴兴茂才钱征，早殒；次曰娴，字穉仙，生不能言。呜呼！老民既无子矣，而复夺其女，不解造物者所以待之抑何刻酷至斯哉！" "老民族党无存，密亲盖寡，侧身天地，形影相吊，岂天之生是使独欤？老民每一念及，未尝不拔剑砍地，呵壁问天也。"③ 在叙述中穿插的哀叹与呵问体现了自传纪事抒情的风格，打破了儒

---

① ［日］川合康三：《中国的自传文学》，蔡毅译，中央编译出版社，1998年，第203页。
② 杨正润主编：《众生自画像——中国现代自传与国民性研究（1840—2000）》，上海人民出版社，2009年，第31页。
③ 王韬：《弢园老民自传》，《弢园文录外编》，辽宁人民出版社，1994年，第411页。

家的修身养性、谨言谨行的传统。

容闳在1909年用英文写成并出版了自传性作品 *MY LIFE IN CHINA AND AMERICA*，此书在1915年被翻译为《西学东渐记》在国内出版。该书记述了传主自出生到1902年再次回到美国共70多年的生活经历，自我形象较为鲜明，体现了清晰的自我意识。自传通常在再现生活场景时，插入对此事件的分析评价，表达叙述者的思想情感。如第十三章中记录自己与曾国藩的会面，不是采用单一的回顾性叙述，而是采用了双重视角，既有会面场景的生动展示，又有作者的评论：

> 早起，予往偕总督曾公。刺入不及一分钟，阍者立即引予入见。寒暄数语后，总督命予坐其前，含笑不语者约数分钟。予察其笑容，知其心甚忻慰。总督又以锐利之眼光，将予自顶及踵，仔细估量，似欲察予外貌有异常人否。最后乃双眸炯炯，直射予面，若特别注意于予之二目者。予自信此时虽不至忸怩，然亦颇觉坐立不安。已而总督询予曰："若居外国几何年矣？"予曰："以求学故，居彼中八年。"总督复曰："若意亦乐就军官之职否？"予答曰："予志固甚愿为此，第未习军旅之事耳。"总督曰："予观汝貌，决为良好将材。以汝目光威棱，望而知为有胆识之人，必能发号施令，以驾驭军旅。"予曰："总督奖誉逾恒，良用惭悚。予于从军之事，胆或有之，独惜无军事上之学识及经验，恐不能副总督之期许耳。"……中国之得享太平，与满政府之未被推翻，皆文正一人之力也。皇太后以曾文正功在国家，乃锡以爵位，为崇德报功之举。然曾文正之高深，实未可以名位虚荣量之。其所以成为大人物，乃在于道德过人，初不关其名位与勋业也。

综公生平观之，后人谥以"文正"，可谓名副其实矣。①

文中生动细致的场景再现和具有强烈主体意识的公开评论使自传不同于传统文人序传的内敛，开始具有现代自传的特征。19世纪末20世纪初出现的《弢园老民自传》和《容闳自传》标志着中国自传创作进入了转型期。

中国自传的落后是由中国的文化传统所决定的。孔子曾提出："君子欲讷于言而敏于行"，② 少言多行符合农本社会的价值标准，成为中国封建社会的文化传统。中庸之道作为中国儒家哲学的倡导和期望，以及由此形成的谦虚谨慎、克己避世的传统观念都限制了对自我的推崇。在缺少个体意识的情况下，古人往往不习惯谈论自己，"借他人之酒杯浇自己之块垒"成为他们表达自己欲望的最常见的方式。中国的传统文化和社会体制使中国文人在传记创作中缺乏秉笔直书的意识，为求明哲保身，对于时人、政事、死者等都有很多忌讳，不是阿谀就是诋诬，很难做到客观真实。

自传以自身为表现对象，呈现自我，就更容易受到个人文化心理的影响。"中国文化中存在着某些与现代化格格不入的素质，或者说文化的某些基本素质是与现代化背离的。例如，传统文化对人的设计，是有许多根本性弱点的。"③ 伦理道德受到封建专制制度的制约存在着种种弊端，人的价值和尊严被否定，人的正当的追求和欲望被压抑，人的思想和情感被束缚，个性自由和自我发展的权利被剥夺。每个人都无欲、无我，个体自我完全和群体的要求相一致，使个体的自我意识被群体的集体意识所取代，

---

① 容闳：《西学东渐记》，徐凤石、恽铁樵译，湖南人民出版社，1981年，第72—74页。
② 《论语·里仁》。
③ 刘再复、林岗：《传统与中国人》，安徽文艺出版社，1999年，第419页。

自我完全消融于群体之中。中国的封建专制对个性的压抑从本质上限制了自传的存在空间，主流意识形态形成的历史文化语境不利于自传的发展，中华民族传统的思维方式和价值取向从根本上制约了自传的发展。古人对自己个人化的生活琐事更有忌讳，因此中国古代自传往往对传主非个人的东西写得比较多，而对自身的人生经历只是作片段的概括性的叙述，对自我的生命体验和思想情感等内容更是较少触及，使传主人格发展的线索难以寻觅，导致传主作为个体存在的图像极其模糊。

二、西方自传的译介与接受

从文类渊源来看，一般认为，西方最早的自传作品是罗马末期公元4世纪奥古斯丁的《忏悔录》。《忏悔录》简略记述了奥古斯丁32岁之前的生命发展史，但更多的篇幅在介绍宗教神学，表达自己的宗教信仰。自此之后相当长时间里，"忏悔录"（confession）就含有"自传"的意思。奥古斯丁的《忏悔录》对自我生平的叙述是为了服务于他对宗教哲学的阐释，不能算严格意义上的自传。文艺复兴以后，西方的自传创作掀起了高潮，长篇自传大量出现并开始流行。1797年英国的《每月评论》杂志上第一次出现了"自传"（autobiography）一词，比中国晚了1000年。在奥古斯丁之后，西方出现了众多以"忏悔录"为名的作品，卢梭的《忏悔录》成为西方现代自传的奠基之作。卢梭是18世纪法国启蒙思想最激进的思想家，也是为法国乃至欧洲文学开辟新时代的著名作家。他的《忏悔录》标志着自传的现代形式的确立，与掀起"天才录"巨澜的歌德自传《诗与真》以及美国的经典自传《富兰克林自传》，共同创建了西方自传的里程碑。

卢梭的《忏悔录》作为现代自传典范，是作者高度自我意识的产物，体现了其寻求自我身份认定的过程。在卢梭之前，写作忏悔录或回忆录的人往往有显赫的地位或高贵的出身，比如奥古斯丁有主教的头衔、蒙田有绅士的地位。但卢梭提出，人生而平等，决定一个人有无资格写自传的不是地位头衔等身外之物，而是其本质，即内心情感。一个人的灵魂是否崇高是由其感情和思想等因素决定的，只要自己的感情足够伟大高尚，自己的思想足够丰富深刻，自己的灵魂的历史就有记录的意义。卢梭认为自己的自传不是为了单纯记述自己的人生经历，而是通过自传事实展示自己灵魂的历史。卢梭的《忏悔录》完整地叙述了自己的一生，为读者展现了一个特立独行、命运多舛的自我形象，并阐述了他对自传的独特理解，开启了自传叙事的新纪元。"他发现了真正的'我'……他永远不厌其烦地观察他自己。直到他那时代，还没有一个人能做到同样的高度，只有蒙田是例外；卢梭甚至指责他在公众面前装腔作势，现在在这么大胆地表现自己时，他把自己剥得精光并把他那时代成千上万人所被迫忍受的一切都暴露了出来。"[1] 卢梭对自我有充分的信任，他写作自传的目的就是要凸显自我，因此，他能在《忏悔录》中大胆而真实地写自己，以惊世骇俗的勇气暴露自己的隐私，记录自己在50多年的人生历程中所做的种种德行，毫无遮拦地袒露自己的灵魂。卢梭在《忏悔录》开篇就宣称："我现在要做一项既无先例、将来也不会有人仿效的艰巨工作。我要把一个人的真实面目赤裸裸地揭露在世人面前。这个人就是我。"[2] 于是，他向人们展示了"资产阶级个性的'我'有时像天空一样纯净高远，有时却像阴沟一般肮脏污

---

[1] [英]罗曼·罗兰编选：《卢梭的生平和著作》，王子野译，生活·读书·新知三联书店，1993年，第31页。
[2] [英]卢梭：《忏悔录》第一部，黎星译，人民文学出版社，1980年，第1页。

浊的全部内心生活"。① 对个性的张扬和对情感的崇尚使卢梭的《忏悔录》不同于此前的所有忏悔录和回忆录,成为一部极具震撼力的人性宣言。卢梭深入自我将心灵的内部展示给公众,把人的发现领入了一个更大的舞台,并为后来者的写作提供了一个必不可少的参照。

18世纪以后出现的西方现代自传,既详细记述了自己丰富曲折的人生经历,表现了强烈而鲜明的个性,又展现了广阔的社会历史画面。卢梭、歌德、富兰克林等三位都是伟大的思想家,他们的自传不仅文学水平比较高,而且表达了作者对人格完善和社会发展的主张,其中所彰显的理性精神和人文关怀是启蒙思想的精华。这三部经典自传对西方现代自传产生了深远的影响,预示了现代自传的发展方向。

近代以来,在大清帝国闭关锁国的墙垣坍塌之后,仁人志士开始环视世界的整体环境,师夷人之长。先是洋务运动追求物质文化的发展,到维新变法强调制度文化的改良,之后上升到精神文化层面——五四新文化运动。在意识到人的观念不变,没有精神文化作为内在的动力,政治和经济上的追求都会遭到阻力和束缚之后,先驱者开始了思想和文艺上的追求。国内出现了译介西方文学作品的热潮。翻译进来的文学作品不仅有思想启蒙的作用,也为中国现代文学的形成提供了范例。中国文学在除旧布新的时代需求下参照西方的先进理念,努力更新自己的观念,表现新内容,换用新形式。鲁迅就认为"五四"时期文学革命的兴起,"一方面是由于社会的要求,一方面则是受了西洋文学的影响"。②

在文化全面改革的新文化运动中,在"慕外崇新"的文化心态的支配

---

① [英]卢梭:《忏悔录·译本序》第一部,黎星译,人民文学出版社,1980年,第20页。
② 鲁迅:《草鞋脚·小引》,《鲁迅全集》第6卷,人民文学出版社,1981年,第20页。

下,中国的自传创作也以西方自传作品为革新的参照系,改变自己的艺术风格。中国现代自传出现在20世纪20年代,这是五四新文化运动和国外文化影响的结果,其中西方自传的影响和渗透起到了更直接的作用。

"五四"时期的中国现代作家文化素养丰厚,外语水平大都很高。精通外语使他们能够直接阅读外国原版著作,借鉴外国文艺理论和文学思想。胡适在美国求学多年,留学期间他广泛涉猎了西方的传记作品,对西方近代的传记理论有深入的了解,并从理论上分析了中西传记的差异。郭沫若、郁达夫、张资平等都在五四新文化运动之前到日本留学。当时日本正处于大正年间开放自由的时代气氛中,欧洲的自由主义思想、19世纪的文学作品及自然主义的作品等都被广泛地译介到日本。在这样开放的文化环境中,留学日本的中国现代作家就能够比当时身居国内的人更早地接受西方文学思想的熏陶和影响。

郁达夫曾这样回忆自己在日本时的读书状况:"和西洋文学的接触开始了,以后就急转直下,从杜儿葛纳夫到托尔斯泰,从托尔斯泰到陀思妥耶夫斯基、高尔基、契科夫。更从俄国作家,转到德国各作家的作品上去,后来甚至于弄得把学校的功课丢开,专在旅馆里读当时流行的所谓软文学作品。""在高等学校里住了四年,共计所读的俄、德、英、日、法的小说,总有一千部内外,后来进了东京的帝大,这读小说之癖,也终于改不过来,就是现在,于吃饭做事之外,坐下来读的,也以小说为最多。这是我和西洋小说发生关系以来的大概情形。"[①] 这样广泛地阅读不同国家、不同时代的文学作品,使郁达夫深受外国思想和文化的影响。屠格涅夫、施托姆、卢梭都是郁达夫最为偏爱的作家,这些作家的作品都是他在日本

[①] 郁达夫:《五六年来创作生活的回顾——过去集代序》,《郁达夫文集》第7卷,花城出版社,1983年,第178页。

时通过英译本接触到的。郁达夫对卢梭几乎达到了崇拜的程度,他宣称:"法国也许会灭亡,拉丁民族的文明、言语和世界,也许会同归于尽,可是卢梭的著作,直要到了世界末日,创造者再来审判活人死人的时候止,才能放尽它的光辉"。① 郁达夫做了大量的工作,将卢梭介绍给国内的读者,他在1928年连续写了《卢梭传》《卢梭的思想和他的创作》《关于卢梭》3篇文章,对卢梭的生平、思想和创作进行全面的介绍,并于1930年翻译了卢梭的《一个孤独漫步者的沉思》。《忏悔录》的巨大魅力令他着迷,他认为"尤其是前六卷的牧歌式的描写和自然界的观察,使人读了,没有一个不会被他所迷,也没有一个不会和他起共感的悲欢的"。②

郭沫若终身崇拜着歌德,并从歌德那里吸收了重要的美学思想。他在日本读书时使用的德语教材就是歌德的《诗与真》,在大学里彷徨苦闷的时刻也是从歌德那里找到了克服苦闷的方法并开始翻译歌德的作品。"我们企图把自己所尊重敬服的东西尽可能地化为己有,以致能由自己把它创作出来,表现出来,是我们一种极美极甜蜜的妄想。"③ 虽然随着自己思想的成熟,他对歌德不再像最初那样顶礼膜拜,但是依然有着强烈的共鸣。除了美学观念,歌德自强不息的奋斗精神和作为"球形天才"的辉煌成就也为郭沫若起到了示范作用。

中国现代作家接触西方自传作品的另一个重要途径就是国内出现的众多西方传记作品的中文译本。奥古斯丁、卢梭、歌德、富兰克林、托尔斯泰、邓肯等人的自传在19世纪初都有了中文译本。1904年《教育世界》就连续7期刊发了《传记:美国富兰克林自传》,1916年的《青年杂志》

---

① 郁达夫:《卢梭传》,《郁达夫文集》第6卷,花城出版社,1983年,第1页。
② 郁达夫:《卢梭的思想和他的创作》,《郁达夫文集》第6卷,花城出版社,1983年,第34页。
③ 歌德:《歌德自传——诗与真》(下),刘思慕译,人民文学出版社,1983年,第635页。

和 1918 年的《尚志杂志》又分别刊发了《英汉对译富兰克林自传》和《富兰克林自传》，1929 年上海商务印书馆首次发行中译本《富兰克林自传》。1927 年上海商务印书馆出版了于熙俭翻译的《邓肯女士自传》。1934 年上海生活书店又出版了孙洵侯译的《天才舞女：邓肯自传》。卢梭的《忏悔录》最早是由张竞生于 1928 年翻译的，译名为《卢梭忏悔录》，1929 年初版，1931 年再版，1932 年 4 版。此后，章独、汪炳焜、凌心渤、沈起予、陈新等人也翻译了该作品，其中有些版本也多次重印。从《忏悔录》在中国的多次翻译和出版规模就可看出该作品在中国的影响之大。1930 年，上海启明书店出版了巴金翻译的克鲁泡特金的自传《一个革命者的回忆》（上下集）。1933 年，元春书局出版了林宜生翻译的史沫德莱的自传《大地的女儿》。1935 年，上海商务印书馆出版了绿白齐等翻译的托尔斯泰的自传《托尔斯泰自白》，同年，易卜生的自传《我的回忆》由茅盾翻译，上海生活书店出版。1936 年，上海生活书店出版了刘思慕翻译的《歌德自传》。长篇自传的流行从强大的翻译阵容上就可见一斑。"五四新文化运动以后，西方文学作品大量引进，个性解放运动蓬勃发展，在卢梭等人的影响下，出现了一大批优秀的自传。"[①] 西方自传的译介和传播刺激了中国人自我意识的觉醒和自我表现的欲望。这些作品影响了现代作家的创作，是中国自传文学现代转型的起点。

在中国的近代至五四新文化运动中，卢梭扮演了"新时代的导师"的角色。"五四"时期，中国现代作家大都对这位启蒙思想家十分钦佩。"作为浪漫主义文学先驱者，他的名字曾吸引了'五四'新文学作者，人们称他为'真理的战士，自然的骄子'，把他视为浪漫主义文学的伟大的代表，

[①] 杨正润：《传记文学史纲》，江苏教育出版社，1994 年，第 617 页。

加以亲近和仿效。他对中国新文学的发展,产生了重要的影响。"[1] 卢梭的《忏悔录》是对中国现代自传影响最大的作品之一,它的自我暴露、自我解剖为现代自传提供了表现自我、张扬个性的范例。卢梭在表现自我、审视自我时,对"自我"的阴暗面不加回避,真诚地袒露了自己内心有过的丑陋心绪和龌龊欲念。"我要把一个人的真实面目赤裸裸地揭露在世人面前。这个人就是我。……不管末日审判的号角什么时候吹响,我都敢拿着这本书走到至高无上的审判者面前,果敢地大声地说:'请看!这就是我所做过的,这就是我所想过的。我当时就是那样的人。不论善和恶,我都同样坦率地写了出来。我既没有隐瞒丝毫坏事,也没有增添任何好事;……当时我是什么样的人,我就写成什么样的人:当时我是卑鄙龌龊的,就写我的卑鄙龌龊;当时我是善良忠厚、道德高尚的,就写我的善良忠厚和道德高尚。'"[2] 卢梭在自传中叙述了自己少年时的偷窃、背信弃义等行为,揭示人性恶的一面,甚至公开自己性生活细节等个人隐私,细腻地描述了自己真实的心境和感受。卢梭在《忏悔录》中把充满矛盾的自己书写成一个具有内在统一性而又不断变动着的"自我",呈现了一个复杂多变的真实的自我。卢梭认为,人性的恶是因为丑恶的社会玷污了人的美好心灵,是社会腐蚀的结果。他在《忏悔录》中对人性的复杂性和统一性的描写就是基于这一哲学思想,因此他的自我暴露和自我剖析也就转换成了对罪恶社会的揭露和控诉。在卢梭的《忏悔录》之前,西方的自传文学中隐讳之风也很盛行。作者记述自己的一生只是为了自我表白、自我辩解。卢梭在自传中梳理过去的历史,通过自己的所说、所为、所思、所感

---

[1] 钱林森:《法国作家与中国》,福建教育出版社,1995年,第106页。
[2] [英]卢梭:《忏悔录》(第一部),黎星译,人民文学出版社,1980年,第1—2页。

来表现自己，将自我的本质和内心赤裸裸地暴露出来。《忏悔录》的这种坦率无隐、自我剖析的特征为后世的自传作品继承并不断发展。

中国传记文学发展史上最缺乏的就是坦诚地书写传主真实的生命历程的作品。儒家文化中的实录精神并不是要求作者真实地记录传主真实的人生景况，而是要遵循为圣者、贤者、长者讳的创作原则。"叶公语孔子曰：'吾党有直躬者，其父攘羊，而子证之。'孔子曰：'吾党之直者异于是，父为子隐，子为父隐，直在其中矣。'"① 儒家文化的隐讳本质使中国古代传记的隐讳、掩饰具有文化合理性。"吾国文学，自来以礼法顾忌之故，不敢多言男女间关系，而于正式男女关系如夫妇者，尤少涉及。盖闺房燕昵之情意，家庭米盐之琐屑，大抵不列载于篇章，惟以笼统之词，概括言之而已。"② 中国传统的隐晦文化观对自传创作也有重要的影响。

《忏悔录》以其大胆的自我暴露和强烈的个性意识，对中国现代作家产生了巨大的影响，激发了他们探求自我、表现自我的意识，更新了他们的自传观念。《忏悔录》中大胆而率真的自我暴露对郁达夫的创作态度产生了重大的影响。郁达夫也像卢梭一样坦率地描写人生的本来面目，大胆地暴露和解剖自己隐秘的内心世界，被称为"中国的卢梭"。谢冰莹表示："我站在纯客观的地位，来描写《女兵自传》的主人翁所遭遇到的一切不幸的命运。在这里，没有故意的雕琢、粉饰，更没有丝毫的虚伪夸张，只是像卢梭的《忏悔录》一般忠实地把自己的遭遇和反映在各种不同时代，不同环境里的人物和事件叙述出来，任凭读者去欣赏，去批判。"③ 谢冰莹以卢梭的《忏悔录》为参照物，进而肯定自己作品真实、坦率的文风。卢

---

① 《论语·子路》。
② 陈寅恪：《元白诗笺证稿》，上海古籍出版社，1978年，第99页。
③ 谢冰莹：《关于〈女兵自传〉》，《女兵自传》，四川文艺出版社，1985年，第9页。

梭坦率的品格和追求平等的精神强烈地震撼了巴金的心灵，巴金一直把卢梭奉为自己精神上的老师。"一九二七年春天我在巴黎开始写小说，我的启蒙老师是《忏悔录》的作者卢梭，我当时一天几次走过他的铜像前，我从他那里学到的是：讲真话，讲自己心里的话。"① 《忏悔录》最能打动巴金的无疑是卢梭袒露的真实的灵魂，巴金从真诚的灵魂告白中，感受到卢梭的人格追求，完善了自我的人格建构。

其他一些外国传记也曾对中国现代作家产生过重大影响。克鲁泡特金作为对巴金影响最大的无政府主义革命家，他的自传对巴金的人格精神和文学创作都产生过重大影响。巴金曾指出，"这是我最喜欢的一部书，也是在我底知识的发展上给了绝大的影响的一部书。"② 巴金在1930年将此书翻译出版之后，还特别推荐给自己的小弟弟，"你要读它，你要熟读它，你要把它当作你的终身的伴侣"。"我现在把这样的一个人介绍给你了，把他的生涯毫无夸张地展现在你的眼前了。你也许会像许多人那样反对他的主张，你也许会像另外许多的人那样信奉他的主张，然而你一定会像全世界的人一样要赞美他的人格，将承认他是一个纯洁、伟大的人，你将爱他、敬他。那么，你就拿他做一个例子，做一个模范，去生活，去工作，去爱人，去帮助人。你能够照他那样地为人，那样地处世。你一生就绝不会有一刻的良心的痛悔，绝不会有对人对己不忠之事。你将寻到快乐，你将热烈地爱人，也将为人所爱，那时候你就知道这本书是青年们的福音了。"③ 他在1995年给王仰晨的信中再次强调，"《我的自传》是我译过的三卷克鲁泡特金的著作中文学性最强的一种，对我影响极大。"④ 谢冰莹在

---

① 巴金：《春蚕》，《巴金全集》第16卷，人民文学出版社，1989年，第194页。
② 巴金：《〈我的自传〉新版前记》，《巴金全集》第17卷，1991年，第197页。
③ 巴金：《〈我底自传〉译本代序》，《巴金全集》第17卷，1991年，第130、132页。
④ 巴金：《巴金译文全集》第1卷，人民文学出版社，1997年，第509页。

《一个女兵的自传》序言中写道："我最佩服《邓肯自传》和《大地的女儿》，她们那种大胆的、赤裸裸的描写，的确是珍贵的不可多得的写实之作，然而，中国的环境不比欧美，甚至连日本都不如（林芙美子的《放浪记》写她自己流浪的生活，和《邓肯自传》《大地的女儿》一样坦白）、但我并不害怕，我将照着我的胆量写下去，不怕社会的毁谤与攻击。我写我的，管她干什么呢？"① 谢冰莹将外国女性自传当作范例，在自传中真实的书写个人生活，表现自己独特的个性气质。郭沫若在自传的《前言》中说："我不是想学 Augustine（奥古斯汀）和 Rousseau（卢梭）要表述甚么忏悔，我也不是想学 Goethe（歌德）和 Tolstoy（托尔斯奈）要描写甚么天才。"② 从他的叙述中可以看出，他在写作自传之前已经注意到了奥古斯丁、卢梭、歌德等人的自传作品，也表明了他将这些西方的自传作品作为自己自传写作的参照标准。从现代作家的这些夫子自道中可以看出他们心目中的理想自传就是这一类型的西方自传。大量的西方自传作品被中国现代作家所熟悉了解，必然会改变传统的传记写作观念，加速了中国现代自传的产生和发展。

三、现代自传的社会语境

在西方现代文化的冲击之下，具有现代意识的知识分子承担起旨在改造人心、改造文化的思想启蒙的历史任务。他们利用西方的科学精神和人文精神，革除中国传统文化中的积弊，重塑国民的灵魂。五四新文化运动时期启蒙思想家在人道主义的大旗下，在对封建伦理道德的理性批判中，

---

① 谢冰莹：《一个女兵的自传》（上卷），良友图书印刷公司，1936年，第5页。
② 郭沫若：《郭沫若全集》第11卷，人民文学出版社，1992年，第7页。

深化了对人的价值的肯定和对人的主体意识的认同。美国人道主义思想家保罗·库尔茨指出："人道主义的基本原则是保卫个人自由。"①"在人道主义捍卫的价值标准中，个体的自由是最基本的：个体有权形成他自己的思想，发展他自己的良知，保证自己的生活免受他人不正当的干扰。"② 个性主义是人道主义思想的重要内核，思想启蒙就是从个性主义的确立开始的。在中国传统文化中，个体受到自然经济和家族制度的制约，人的个体价值变得极其有限。近代启蒙思想家在对中国传统文化的反思和批判中，确立了自己追寻社会进步和个体价值的情感意向和理性精神。康有为曾宣称："人人性善，尧舜亦不过性善，故尧舜与人人平等相同。此乃孟子明人人当自立，人人皆平等，乃太平大同世之谓。"③ 梁启超提倡"新民"说，即新的人的观念，他在《新民说》中讨论的"民"已经摆脱了封建君主、家族的束缚，但仍从属于国家和社会。在近代启蒙思想家那里，"国民"仍属于"国"或"群"，个体的"人"还是被国家、民族意识所遮蔽，个性的独立发展只是启蒙思想改造传统观念，寻求国民人格重建的途径。个性主义是中国近现代启蒙思想体系的核心构成要素，成为"五四"前后人的理念的思想基础。

在西方文化思潮和人文观念影响下爆发的五四新文化运动，使中国的思想启蒙和个性解放运动得以深化。新文化运动促进了人们的思想解放，掀起了一股追求真理、追求新知的热潮，它高举"民主"和"科学"两大旗帜，把人的伦理道德意识、价值观念建立在对人的科学认识之上，对封

---

① ［美］保罗·库尔茨：《保卫世俗人道主义》，余灵灵、杜丽燕等译，东方出版社，1996年，第78页。
② ［美］保罗·库尔茨：《保卫世俗人道主义》，余灵灵、杜丽燕等译，东方出版社，1996年，第8页。
③ 康有为：《孟子微·礼运注·中庸注》，中华书局，1987年，第15页。

建礼教、封建道德和封建专制制度进行了深刻有力的批判。《新青年》以"重新估定一切价值"的批判眼光,反对旧的伦理道德,反对旧的文化观念,打破传统道德观念的束缚,实现个性解放。新文化运动的先驱们以西方人本主义和人道主义的价值标准和全新的自主开放意识,审视人的地位和价值。他们纷纷著文,从不同的侧面为人作为个体的主体地位呐喊,或是抨击封建文化,揭露封建礼教对人的残害,或是从正面张扬,强调人的中心地位和自由意志,呼唤个性自由。

"五四"先驱者都对个性解放或个人主义价值体系做了详细的阐述和明确的论断。陈独秀指出东西方思想上最重要的差异是:"西洋民族以个人为本位,东洋民族以家庭为本位",他认为以家族为本位的思想破坏了个体的人格独立,制约了个人价值的实现,应该"以个人本位主义易家族本位主义"。[①]"五四"先驱者将人从"国家""民族"的概念中剥离出来,在人道主义的体系中谈论"人"。周作人提出了"人间本位主义",强调:"我所说的人道主义,并非世间所谓'悲天悯人'或'博施济众'的慈悲主义,乃是一种个人主义的人间本位主义……要讲人道,爱人类,便须先使自己有人的资格,占得人的位置。"[②] 这里,人不仅是具有独立价值的社会存在,而且是具有独立人格和自由意志的个体存在。"我是我自己的,他们谁也没有干涉我的权利"[③],这是"五四"时期个性解放的最强音,它深层的思想根源是"五四"风行的"健全的个人主义"。胡适认为:"社会最大的罪恶莫过于摧折个人的个性,不使他自由发展"。胡适斥责专制主义以"社会"的名义摧折人的个性,压抑独立自由精神。他还引用了

---

① 陈独秀:《东西民族根本思想之差异》,《独秀文存》,安徽人民出版社,1987年,第28—29页。
② 周作人:《人的文学》,《艺术与生活》,河北教育出版社,2002年,第11页。
③ 鲁迅:《伤逝》,《鲁迅全集》第2卷,人民文学出版社,1981年,第112页。

易卜生写给朋友白兰戴的信:"你要想有益于社会,最好的法子莫如把你自己这块材料铸造成器。……有的时候我真觉得全世界都像海上撞沉了船,最要紧的还是救出自己。"① 胡适还进一步解释,"救出自己"最重要的就是"发展个人的个性"。"五四"启蒙思想家高举个性解放的大旗,揭露和批判封建道德及封建礼教专制下的泯灭个性的非人道生活,倡导个性解放、个性发展和个人价值的实现。争取个人独立自主之人格作为五四新文化运动的重要理念,成为当时青年的共同追求。

"人的发现"是"五四"启蒙思想的核心精神,更是其启蒙思想的思想资源和动力支持。五四新文学运动自觉地将个人从传统力量的束缚中解放出来,是一场反对传统推崇理性、反抗权威张扬个性、关照生命追求个体价值的运动。"人的发现"同时带来了"妇女的发现"和"儿童的发现"。近代受西方现代意识洗礼的中国知识分子,出于对国家和民族强盛的考虑,提出了"妇女解放"和"儿童解放"的问题。五四新文化运动中,先觉知识分子在反抗封建专制的层面上再次触及"妇女解放"和"儿童解放"的诸多问题,并进行了深入的思考。妇女问题和儿童问题在"五四"时期受到前所未有的重视。

文学革命是五四新文学运动的一个组成部分,对封建思想的攻击必然会转向对封建文化的批判。"五四"启蒙思想家也为文学的发展提出了构想,主张确立以"立人"为核心的启蒙文学,充分发挥个人的才能和创造精神。随着个性的解放和主体的自觉,"五四"时期新文学作家树立起以人为主体的人本主义原则,并开拓了文学新领域。正如郁达夫所说:"五四运动,在文学上促生的新意义,是自我的发见。欧美各国的自我发见,

---

① 胡适:《易卜生主义》,《胡适全集》第 1 卷,安徽教育出版社,2003 年,第 613—614 页。

是在19世纪的初期，中国就因为受着传统的锁国主义之累，比他们捱迟了七八十年。自我发见之后，文学的范围就扩大，文学的内容和思想，自然也就丰富起来了。"① 五四文学家坚持文学进化论和人道主义原则，以尊重人性、思想自由和文学进化为目标，建立了以"人的发现"为标志的新文学观。1918年周作人提出了"人的文学"的概念，认为"人的文学"要"以人的生活为是"，"以人的道德为本"，他还明确指出："我们现在应该提倡的新文学，简单的说一句，是'人的文学'。应该排斥的，便是反对的非人的文学。"② 自我的发现，个性的张扬，为现代自传的生成提供了思想文化背景。

"五四"个性解放为中国现代自传的产生提供了文化背景，精英知识分子在传记观念的现代更新上所做的探索为现代自传的兴起和繁荣提供了重要的理论支撑。20世纪初第一位致力于传记理论研究并卓有成效的便是梁启超，他向西方学习，革故鼎新，撰写了将近百万字的传记作品及理论著作，给僵化的中国传记文学灌注了新的活力。他以西方传记为参照梳理中国的传统史学，开创有批判和创新精神的"新史学"，还借鉴西方近代的传记，提出了"人的专史"的概念。他认为："理想的专传，是以一个伟大人物对于时代有特殊关系者为中心，将周围关系事实归纳其中；横的竖的，网罗无遗。"③ 梁启超对如何做传有具体的论述："为一个人作传，先要看为什么给他做，他值得作传的价值在那几点。想清楚后，再行动笔。若其人方面很少，可只就他的一方面极力描写。""不但要留心他的大事，即小事亦当注意。大事看环境，社会，风俗，时代；小事看性格，家

---

① 郁达夫：《五四文学运动之历史的意义》，《郁达夫文集》第6卷，花城出版社，1982年，第171页。
② 周作人：《人的文学》，《艺术与生活》，河北教育出版社，2002年，第8—12页。
③ 梁启超：《中国历史研究法》，东方出版社，1996年，第194页。

世，地方，嗜好，平常的言语行动，乃至小端末节，概不放松。"① 这些要求对传记文学写作也有重要的参考价值。

梁启超虽然在西方近代传记理论和作品的影响下，提出了新的传记观点，但他在这方面的研究并不深入。真正将理论倡导和实践相结合并促成传记文学的现代转型的是胡适。胡适在1914年9月23日的日记中从总体上比较分析了中西传记的差异。胡适认为："吾国之传记，惟以传其人之人格（Character）。而西方之传记，则不独传此人格已也，又传此人格进化之历史（The development of character）"。"东方无长篇自传。余所知之自传，惟司马迁之《自叙》，王充之《自纪篇》，江淹之《自叙》。中惟王充《自纪篇》最长。凡四千五百字，而议论居十之八，以视富兰克林之《自传》尚不可得，无论三巨册之斯宾塞矣。"他还进一步比较了中西传记在体例上的优缺："东方短传之佳处：（一）只此已足见其人人格之一斑。（二）节省读者目力。西方长传之佳处：（一）可见其人格进退之次第，及其进退之动力。（二）琐事多而详，读之者如亲见其人，亲聆其谈论。西方长传之短处：（一）太繁；只可供专家之研究，而不可为恒人之观览。（二）于生平琐事取裁无节，或失之滥。东方短传之短处：（一）太略。所择之小节数事或不足见其真。（二）作者太易。作者大抵率尔操瓢，不深知所传之人。史官一人须作传数百，安得有佳传？（三）所据多本官书，不足征信。（四）传记大抵静而不动。何为静而不动？但写其人为谁某，而不写其人之何以得成谁某是也。"②胡适对中西传记的分析概括大体上是中肯的，他提出人物传记应揭示传主"人格进退之次第，及其进退之动

---

① 梁启超：《中国历史研究法》，东方出版社，1996年，第208、184页。
② 胡适：《传记文学》，《胡适全集》第27卷，安徽教育出版社，2003年，第515—517页。

力",就是要求人物传记展示传主人格进化的历史,这是胡适对传记理论的贡献之一。胡适曾为20余种传记作品写序,经常在序言中表达自己对传记的看法。他在《南通张季直先生传记·序》中认为"传记是中国文学里最不发达的一门"的原因,"第一是没有崇拜伟大人物的风气,第二是多忌讳,第三是文字的障碍"。他还逐一进行了详细的阐述,"崇拜英雄的风气在中国实在最不发达","传记的最重要条件是纪实传真,而我们中国的文人却最缺乏说老实话的习惯","传记写所传的人最要能写出他的实在身份,实在神情,实在口吻,……但中国的死文学却不能担负这种传神写生的工作"。① 胡适是自传文学最有力的倡导者和实践者,"我在这十几年中,因为深深地感觉中国最缺乏传记的文学,所以到处劝我的老辈朋友写他们的自传"。② "我们赤裸裸的叙述我们少年时代的琐碎生活,为的是希望社会上做过一番事业的人也会赤裸裸的记载他们的生活,给史家做材料,给文学开生路。"③ 胡适在中国传记文学的现代转型中,既努力提倡又勇于实践,他的传记文学思想及实践对中国现代传记文学的发展有开创意义。

郁达夫也为中国传记文学的现代转型做出了重要的贡献。20世纪30年代,郁达夫先后发表了《传记文学》《所谓自传也者》《什么是传记文学》等文,坚持从文学的角度进行理论倡导。首先,郁达夫对中国古代传记和外国传记都有着精当的概括和准确的论述,他认为"中国的传记文学,自太史公以来,直到现在,盛行着的,总还是列传式的那一套老花样。……从没有见过一篇活生生地能把人的弱点短处都刻画出来的传神文字"。他在文学的视野下,从语言、形式与内容等方面对西方传记做了具

---

① 胡适:《南通张季直先生传记·序》,《胡适全集》第3卷,安徽教育出版社,2003年,第780页。
② 胡适:《四十自述·序》,《胡适全集》第18卷,安徽教育出版社,2003年,第5页。
③ 胡适:《四十自述·序》,《胡适全集》第18卷,安徽教育出版社,2003年,第7页。

体的评论,"时代稍旧一点体例略近于史记而内容却全然不同的,有泊鲁泰克的《希腊罗马伟人列传》。时代较近,把一人一世的言行思想,性格风度,及其周围环境,描写得极微尽致的,有英国鲍思威尔的《约翰生传》。以飘逸的笔致,清新的文体,旁敲侧击,来把一个人的一生,极有趣味地叙写出来的,有英国里顿·斯特拉奇的《维多利亚女皇传》,法国安德烈·莫洛亚的《雪莱传》《皮贡司非而特公传》。此外若德国的爱米儿·露特唯希,若意大利的乔泛尼·巴披尼等所作的生龙活虎似的传记。"① 其次,郁达夫对中国现代传记文学的基本特征和艺术品格等问题有自己明确的见解。"新的传记,是在记述一个活泼泼的人的一生,记述他的思想与言行,记述他与时代的关系。他的美点,自然应当写出,但他的缺点与特点,因为要传述一个活泼泼而且整个的人,尤其不可不书。所以若要写新的有文学价值的传记,我们应当将他外面的起伏事实与内心的变革过程同时抒写出来,长处短处,公生活与私生活,一颦一笑,一死一生,抒其要者,尽量写来,才可以见得真,说得象。"他还强调:"传记文学,是一种艺术的作品,要点并不在事实的详尽记载,如科学之类;也不在以好例恶例,而成为道德的教条。"② 郁达夫的传记理论及自传实践体现了充分的文学自觉,促进了中国自传的现代转型。

文学理论和创作方法的提倡不能代替创作实践,现代自传的产生和发展也不是由传记理论决定的,但西方传记的译介和新的传记理论的提倡,确实有助于改变人们的传记写作观念,加速中国传记的现代转型。

五四新文化运动中"人"的觉醒带来的个性解放思潮,西方自传的译

---

① 郁达夫:《传记文学》,《郁达夫文集》第6卷,花城出版社,1983年,第201页。
② 郁达夫:《什么是传记文学》,《郁达夫文集》第6卷,花城出版社,1983年,第283、285页。

介及胡适等在理论上的提倡，使中国现代作家有了现代自传文学的自觉意识，中国现代自传应时而生。

最早写作具有现代意义的自传作品的有史学家顾颉刚、作家郭沫若和戏剧家欧阳予倩等知识分子。顾颉刚写于1926年的《古史辨自序》是一部学术自传，这篇自序阐明了作者研究古史的方法和形成这种主张的个人经历和思想演变的轨迹。郭沫若从1928年开始写作第一部自传《我的幼年》，直到1948年完成《洪波曲》，这长达20年的自传创作及其不同时期创作的回忆性散文被汇编成了四卷、共110万字的《沫若自传》。《沫若文集》中的四卷本《沫若自传》已经不能算是严格意义上的自传版本，只是有自传色彩的文学作品的汇编。郭沫若在1947年上海海燕书店出版的《少年时代》的序言中写道："这里所收集的是民国二年以前我自己的生活记录，是把《我的童年》（1928）、《反正前后》（1929）、《初出夔门》（1936）几种合并在一道的。写的期间不同，笔调上多少不大一致，有时也有些重复的地方，但在内容上是蝉联着的，写的动机也依然连贯，便是通过自己看出一个时代。"[①] 他也曾在《我的幼年》的《后话》中表明自己的自传写作计划："自己的计划本来还想继续写下去，写出反正前后在成都的一段生活，欧战前后在海外的一段生活，最后写到最近在社会上奔走的一部革命春秋。"[②] 由此可见，有明确的自传意识的是《我的幼年》（写于1928年，1929年4月由上海光华书局出版发行）、《反正前后》（写于1929年，同年8月由上海现代书局出版发行）、《黑猫》（写于1929年，最初发表于1929年10月、11月上海《现代小说》月刊第一、二期）、《初出夔门》（写于1935年，最初收入1936年10月上海不二书店出版的《琢

[①] 郭沫若：《郭沫若全集》第11卷，人民文学出版社，1992年，第3页。
[②] 郭沫若：《郭沫若全集》第11卷，人民文学出版社，1992年，第159页。

蹄》)、《我的学生时代》(初次发表时题为《学生时代》,写于 1942 年,发表于 1946 年 6 月桂林《野草》月刊第四卷第三期)、《创造十年》(写于 1932 年,同年 9 月由上海现代书局出版发行)、《创造十年续编》(写于 1937 年,同年由上海《大晚报·火炬》连载)、《北伐途次》(初次发表时题为《武昌城下》,写于 1936 年,同年至 1937 年由上海《宇宙风》半月刊第二十至三十四期连载)等几个部分。这些自传文字属于系统的写作,其中既有个人生活经历的记述又有时代风貌的展示,并可以看到传主个性发展的历史。其后出现的长篇自传还有欧阳予倩的《自我演戏以来》①。长篇自传和回忆录的大量出现是中国现代传记繁荣的表现。

经过胡适、郁达夫等人的积极倡导和诸多作家的参与,20 世纪 30 年代自传创作形成了繁荣的局面。"现代自传的黄金时期出现在 20 世纪二三十年代,最集中地体现在作家自传中。"② 不少现代作家都写过或长或短的自传,特别是部分著名作家的积极参与,使现代自传在思想内容和艺术特色上都有了长足进展,出现了一些颇有影响力的自传作品。自传文学的积极倡导者胡适在 20 世纪 30 年代初写了《四十自述》,③ "我的《四十自述》,只是我的'传记热'的一个小小的表现"。④ 1934 年,上海第一出版社推出了"自传丛书",包括《从文自传》(写于 1932 年 8 月,发表于 1934 年 7 月)、《巴金自传》(发表于 1934 年)、《庐隐自传》(发表于 1934

---

① 写于 1929 年,同年至 1931 年在广东戏剧研究所出版的《戏剧》杂志第一卷第一至六期、第二卷第一至四期连载。1933 年,上海神州国光社出版单行本。
② 杨正润主编:《众生自画像——中国现代自传与国民性研究(1840—2000)》,上海人民出版社,2009 年,第 184 页。
③ 写于 1930 年 6 月至 1932 年 9 月,在《新月》杂志上陆续刊载。1933 年 6 月作自序,9 月由上海亚东图书馆出版发行。20 世纪 50 年代初的台湾版增补了《逼上梁山——文学革命的开始》。
④ 胡适:《四十自述·序》,《胡适全集》第 18 卷,安徽教育出版社,2003 年,第 6 页。

年6月)、《资平自传》(写于1933年6月,发表于1934年9月)。这些自传作品作为一系列"丛书"被出版,表明作家自传创作已被看作一种文学现象,也标志着中国现代自传进入了繁荣的阶段。郁达夫于1934年开始写作《达夫自传》[①]。许钦文写于1934年的《钦文自传》两年后由上海时代图书公司印行。20世纪30年代中期还出现了两本用英文写成的自传:《林语堂自传》(1935年应美国某书局之约用英文写成,次年由著名史学家简又文译为中文并发表于林语堂主编的《逸经》上)和《陈衡哲早年自传》(1935年在北京出版英文自传 Autobiography of A Chinese Young Girl《一个年轻中国女孩的自传》)。1936年上海良友图书印刷公司出版了谢冰莹的《一个女兵的自传》,1946年她又在北新书局出版了中卷《女兵十年》,之后作者把两书合并删改,仍以《女兵自传》出版。这一时期,作家以外的长篇自传主要有李季的《我的生平》(1932)、韬奋的《经历》(1937)、张静庐的《在出版界二十年》(1938)等。

　　自传文学的艺术性,主要体现在作者对事实的艺术构思和叙述,是作者审美意识的能动反映。政治家的自传往往重在记述传主所参与的重大历史事件,学者自传则侧重表述个人的生平与自己的学术道路及学术思想的关系。作家自传通常有丰富的文学活动叙述,并且会带有这些作家在以往的写作实践中所形成的文学性的思维习惯和叙事策略。作家虽然叙述的是个人的历史,但采用了惯用的文学笔调写人、状物,流露的是对个人命运的感喟,以情动人。作家受西方文学影响比较大,自我意识比较强,并且从叙述技巧来看,作家都是将自传当作文学文本来经营的,因此作家自传更能代表这一时期自传文学创作的水准。

---

　　① 1934年至1935年,在半月刊《人间世》上陆续发表,最后一章《雪夜》刊载于1936年2月16日的《宇宙风》。

第二章　自我的指认与主体的建构

自传是表现自我意识的文体，是传主实现自我认同的方式，对自我的探寻和认知决定了自传的品格和具体的样式。

人类最重要的认知对象就是自己。希腊人将"认识你自己"这句话刻在阿波罗神庙的大门上。苏格拉底的著名设问"What am I?"（我是什么?）表明了他认识自己的强烈要求。只有知道了自我的存在，把自我同他者区分开来，才能够认识外界事物。对自我的认识即自我意识，包括对自我的外部行为、心理活动及自我同周围关系的认识。有了自我意识，人们才会有自我体验的能力，才能自觉地控制和调节自己，不断地完善和发展自我。自我意识是人类自我探索、自我认识的内在要求和必然结果。

一、自传写作的前提与步骤

自我是个人的内在核心，自我意识随着个体的成型而形成，从古代到现代，经历了漫长的发展过程。

"在社会发展的早期阶段，'自我'没有独立自在的意义和价值，个体不是作为独立的成员，而是作为有机整体的一个粒子。"① 由于社会生产力不发达，每个人只是社会有机体的一个分子，只能按照社会分配的角色各司其职，不能有任何突破常规的改变，牢牢地附着于自己的社会角色之上。

在封建社会受儒家伦理道德的影响，自我经常被理解为人与人之间的相互关系，人的自我意识成了作为父亲、作为儿子、作为臣子的自我意识，因此人就必须在社会人际关系中确定自我，从而丧失了作为独立自主的人的意识。每个人在整个封建宗法观念文化系统中的位置是固定的，他的生命世界被局限于社会身份的范围之内。在这种原则的限定下，人的个体意志和自我价值失去了意义，发展个性的要求被彻底否定。无法摆脱人伦关系网而存在的个体，不具备独立的人格价值，不可能主动地进行自我调配，只能成为外力或关系支配的对象。个人只能在君君臣臣、父父子子的人伦秩序之中，像木偶一样接受被安排好的一切。在等级森严的封建社会里，人的活动受到严格的管制和约束，自我和个性被扼杀，国民都被培养成了无知麻木、懦弱胆小的顺民。"中国古代文化传统的本质内容是，强调个人服从群体，小我服从大我，以维护封建的等级秩序为最高宗旨，反对任何独立过分的言行举止。一句话，是强调和维护群体主体的发展，而泯灭或贬低个体主体的发展。"② 在这样的文化传统中，自我意识就像埋在冻土中的种子，难以得到萌发的机会。

认识自我在近现代社会被认为是一切思想的中心。自我意识体现着人的主体意识和个性意识，呈现出现代自我的独立自由精神，被看作是人具

---

① [苏联] 伊·谢·科恩：《自我论——个人与个人自我意识》，佟景韩、范国恩、许宏治译，生活·读书·新知三联书店，1986年，第66页。
② 李福海、雷咏雪：《主体论：作为主体的人》，陕西人民教育出版社，1990年，第15页。

有现代意识和理性精神的重要标志。

随着西方文化的强力介入，20世纪初的知识分子经历了社会生活和精神世界的巨大变革。面对国家民族命运的重大转变，他们不懈地探索民族群体和自我个体的重建和发展的问题，从而形成了以"立人"为出发点的启蒙主义思潮。五四运动是中国历史上一场伟大的思想文化启蒙运动，"把人作为人本身这一人本主义命题"[①]是"五四"启蒙思想的基本原则，这是以西方近代文化的价值系统为理论基础建立起来的。"人的发见，即发展个性，即个人主义，成为'五四'时期新文化运动的主要目标。"[②]新文化运动的先驱者以其特有的理性意识在中西文化的对比中，看到中国人失掉了个性和主体性，在奴性人格的驱使下过着浑浑噩噩的非人的生活，而个性意志不仅是个体存在意义的体现，也是社会发展变革的动力，因此他们大力提倡人格独立和个性自由。五四新文化运动掀起了个性解放的高潮，自我的发现和个性的张扬得到肯定和强调。正如郁达夫所说："五四运动的最大成功，第一要算'个人'的发见。从前的人，是为君而存在，为道而存在，为父母而存在的，现在的人才晓得为自我而存在了。我若无何有乎君，道之不适于我者还算什么道；父母是我的父母，若没有我，则社会、国家、家族等哪里会有？"[③] 五四新文化运动带来了中国社会文化的转型，在个性意识这一时代精神的理性引导下，真诚追求个性解放的每一个体都自觉地将它作为自己对待生活和介入社会的方式。随着个人支配生活的意识的增强和个人化的生活空间的扩大，人的价值观念、审美

---

① 汪晖：《中国现代历史中的"五四"启蒙运动》，《二十世纪中国文学史论》，王晓明主编，东方出版中心，2003年，第155页。
② 茅盾：《关于"创作"》，《茅盾全集》第19卷，人民文学出版社，1991年，第266页。
③ 郁达夫：《〈中国新文学大系·散文二集〉导言》，《郁达夫文集》第6卷，花城出版社，1983年，第261页。

意识和情绪感受也发生变化,文学艺术也进入了以"立人"为中心的现代性写作阶段。

自传可以通过对自我人生经历的追述,表现时代和社会,并自由灵活地抒发个人的情绪感受。因此,自传文学成为现代知识分子实现自我认同,建构现代理想人格的方式之一,承载着张扬个性、建全人性的启蒙思想。"记忆是构成所谓个人或集体身份的一个基本要素,寻求身份也是当今社会以及个体们的一项基本活动,人们为之狂热或者为之焦虑。"① 作家通过自传触摸过去之我的成长印迹,讲述一个有关自己的有意义的故事,是其理解和认识自我的基本方式。

自传中的人和事都是从作家的内心流出的,那些情感和经历看似已在时间的流逝中解体,其实它们早已参与了作家主体的建构。加拿大学者查尔斯·泰勒在描述认同问题的争论时指出:"我是谁?"的问题,不能"通过给予名称和家世而得到回答","回答这个问题就是理解什么对我们具有关键的重要性"。② 其实自我认同是由提供框架和视界的内容和范围所规定的。自我认同就是个体积极投入一个能把过去、现在联系在一起的叙述框架内,将生活中相互割裂的片段和相互冲突的侧面组成一个有意义的整体,赋予个体生活以稳定性和连续性。"为了具有我们是谁的含义,我们必须有我们怎么样生成,以及我们走向何方的概念。"③ 自传作者就是通过叙述把握自己的生活,提供自我认同所必需的框架和视界。

---

① [法] 雅克·勒高夫:《历史与记忆》,方仁杰、倪复生译,中国人民大学出版社,2010年,第111页。
② [加拿大] 查尔斯·泰勒:《自我的根源:现代认同的形成》,韩震等译,译林出版社,2001年,第37页。
③ [加拿大] 查尔斯·泰勒:《自我的根源:现代认同的形成》,韩震等译,译林出版社,2001年,第69页。

自传中，作者、叙述者和人物是同一的，因此，叙述者和人物"最终代表的是封面上的作者的名字"。①"在自传叙事学中，真实作者不但是叙事学中一个重要的理论要素，而且对任何自传的叙事研究都具有重要的现实意义。因为尽管真实作者或多或少地会与叙述自我有所不同，但是它直接的或历史的，甚至必然会与叙述者所讲述的故事——真实作者的亲身经历有关。由此可见，在任何自传的叙事分析中都不能把'真实作者'排除在外。"② 对小说的叙事研究可以不考虑真实作者，而把研究的重点放在文本本身，但在研究自传时，则必须结合文本外的真实作者来考察文本。

二、自我认同与自我指认

自传通过一套完整的关于过去、现在和未来的逻辑通畅的时间观来组织叙事，使自传的叙事服务于自我形象的建构。"大多数自传是受了一种创作冲动，因而也是一种想象的冲动的启示，它促使作家从其过去的生活中只择取那些能够塑造一个有棱有角的模式的事件和经验。该模式可以是一种超越了作者个人，并且作者也不知不觉地与之认同的形象，或者它仅仅是作者一贯的自我和观点。"③ 当作者开始自传写作时，他对自我的指认就开始发生效力，他就是按照自我认同的形象来选择事实阐发主体，塑造自我。"自传里的事实也不会自动裸露。它们之所以赤裸裸地展示在我们面前，完全是因为自传作者纵横组合的结果。纵的一方，他把事实组成一

---

① [英] 菲力浦·勒热纳：《自传契约》，杨国政译，生活·读书·新知三联书店，2001年，第219页。
② 许德金：《自传叙事学》，外国文学，2004年第3期。
③ [英] 菲力浦·勒热纳：《自传契约》，杨国政译，生活·读书·新知三联书店，2001年，第279页。

个发展链,让读者看到自我的演进过程;横的一面,他把事实周围的动机和盘托出,使读者从意义中领悟到经验。自传事实就是这种纵横组合的结晶。"① 自我认同一方面位于个体的中心,另一方面则位于他所处的社会文化的中心。作者在社会文化心理层面和自我的心理意识层面的自我指认直接影响了自传文本中主体的建构。

所谓的"文化心理"是指隶属一定的"文明单位"的成员在共同的文化条件刺激下的"文化行为素养"。"每一个人都置身于一定的文化系统中","置身于其中的成员都持有成套的共同信条,鄙夷某些事物而喜好另一些事物,做出选择而且体验某些反应"。② 中国现代自传的作者共处于新旧交替、中西交汇的文化情境中,文化心理结构必定会有整体上的共性因素。作家的人格结构、人生态度、审美取向、道德选择等都反映了文化心理结构中彼此相依相连的部分。在多元思想文学交相碰撞的氛围中,文化心理结构的各个层面也呈现出错综交杂的状态。

新文化运动一开始就具有反传统主义的品格,这场狂飙运动从发生学上说是对以儒家为轴心的文化传统的反叛。"'五四'实在是一个矛盾的时代:表面上它是一个强调科学,推崇理性的时代,而实际上它却是一个热血沸腾、情绪激荡的时代,表面上'五四'是以西方启蒙运动主知主义为楷模,而骨子里它却带有强烈的浪漫主义的色彩。"③ 身处这样的文化氛围中现代作家有着前所未有的反叛精神,他们以强烈的自我扩张和个性解放反对传统的纲常伦理,以叛逆的姿态与传统社会对抗。13 岁的胡适向村民们虔诚供奉的菩萨掷石子,并扬言"把这几个烂泥菩萨拆下来抛到茅厕里

---

① 赵白生:《传记文学理论》,北京大学出版社,2003 年,第 26 页。
② [美] J. R. 坎托:《文化心理学》,王亚南译,云南人民出版社,1991 年,第 98—99 页。
③ 张灏:《重访五四:论五四思想的两歧性》,《学术集林》(卷八),上海远东出版社,1996 年,第 268 页。

去"。在上海求学期间他虽然处于革命运动的外围,但仍热衷于学生的政治运动和宣传。从梅溪学堂毕业的那年,他不仅不肯参加上海道衙门的考试,还和几位同学联合写匿名信痛骂上海道袁海观。在澄衷学堂读书时他作为班长也时常和学校办事人有冲突,曾因班上一名学生被开除而写信向老师抗议,结果被记大过一次,并因此离开了澄衷学堂。中国公学因修改校章问题引起风潮,在风潮最激烈时他被选为大会书记,做了许多记录和宣传的工作。身处反抗传统伦理价值的社会思潮中,中国现代作家有着反对一切固有秩序的诉求,有着破坏一切丑恶束缚创造全新社会的强烈欲望。郭沫若从少年时代开始接触新思想,他追求个性解放,反抗旧式教育,故意逃学、喝酒,与横暴不公的老师对抗,带头罢课、闹学潮。从自传中可以看出,郭沫若几乎在每个新式学堂里都闹过学潮,遭斥退处分的就有4次。在成都学界掀起的向国会请愿风潮中,他作为学校的学生代表参加代表大会,与态度蛮横的当局交涉,始终坚守立场。郭沫若的种种行为都表现出其内心深处的躁动不安与反抗斗争。郁达夫不满"叩头虫似的学校生活"以及校内强硬者对学生的压迫,因而揭起了自己所在的教学学校的叛旗。6岁的谢冰莹在遭到母亲的鞭打时就曾产生这样的质疑:"孩子不是人吗?她没有自己的主意吗?大人的每一句话,她都要服从吗?"[①] 为了能像男孩子一样上学读书,她以绝食抗争;在益阳的信义女校读书时,她因在"五七"国耻日组织学生参加游行而被学校开除。现代中国的学潮是随着革命风气的传播而产生的,虽然有的学潮并不带有政治色彩,只是一种鸣不平的侠义行为,但都是受时代风气的熏陶所致,表现出他们对社会现实的不满和反抗。中国现代作家在青少年时期参加或鼓动学潮,表现

[①] 谢冰莹:《女兵自传》,四川文艺出版社,1985年,第4页。

了他们激进的思想意识和强烈的反叛精神。巴金也是从小就反感封建礼教的繁文缛节，曾因家人为祖父过寿时他不肯在神前磕头被母亲痛打。"母亲用鞭子在旁边威胁我，也没有用。结果我挨了一顿打，哭了一场，但是我始终没有磕一个头。"① 以个体解放、人格独立、自我表现和自我剖析为特征的个性主义思想顺应了时代潮流，促发了现代知识分子的自我意识。

五四时期的"人的发现"是在接受外来文化和否定封建文化的基础上建立起来的。觉醒者虽然高举个性解放的旗帜走出旧文化的营垒，却无法根除自身具有的传统历史文化的基因，传统文化的积淀往往会通过某些生活态度、思维定式和人格倾向等表现出来。中国传统文化注重群体意识，国家、民族、家族等社会群体的利益被放在首位，成为衡量一切价值的依据，这种文化积淀使"五四"的"人的发现"具有了不同于西方的特殊性。中国知识分子强调的个性解放只是代表了他们对压迫个人的传统封建文化的反抗，这同西方的深信个人价值的个人自由概念是有很大区别的。余时英在分析"五四"时期的个人问题时指出："这个个人主义并不全是西方式的、孤零零的个人，也不是面对上帝时的个人，仍是在中国思想传统中讲个人，'小我'的存在仍以'大我'为依归"。他对中国的个人主义与西方个人主义的异同点有准确的概括："相同的是肯定个人的自由和解放的价值；不同点是：西方以个人为本位，中国却在群体与个体的界线上考虑自由的问题。"②

传统文化"已无孔不入地渗透在广大人民（知识分子）的观念、行为、习俗、信仰、思维方式、情感状态……之中，自觉或不自觉地成为人们（知识分子）处理各种事务、关系和生活的指导原则和基本方针，亦构

---

① 巴金：《最初的回忆》，《巴金全集》第12卷，人民文学出版社，1989年，第379页。
② 余时英：《中国知识分子论》，河南人民出版社，1997年，第149—150页。

成了这个民族的某种共同的心理状态和性格特征。值得重视的是，它已由思想理论积淀转化为一种文化-心理结构。"① 两千年来，儒家思想所宣扬的道德观念、人格理想、价值标准、行为方式等都已融入中华民族的骨血中，凝固为一种潜在的文化心理结构。中国古代文人所怀有的"以天下为己任"的社会责任感，"先天下之忧而忧，后天下之乐而乐"的忧患意识，以及"经世致用"的认知取向，构成了中国知识分子共同的心理状态和人格特征。林毓生在《五四反传统思想与中国意识的危机——兼论五四精神、五四目标与五四思想》中提出，"什么是五四精神？那是一种中国知识分子特有的入世使命感。这种使命感是直接上承儒家思想所呈现'先天下之忧而忧，后天下之乐而乐'与'家事、国事、天下事、事事关心'的精神的；它与旧俄沙皇时代的读书人与国家权威与制度发生深切的'疏离感'，因而产生的知识阶级激进精神，以及与西方社会以'政教分离'为背景而发展出来的近代西方知识分子的风格，是有很大出入的。这种使命感使中国知识分子以为真理本身应该指导政治、社会、文化与道德的发展"。② 在这种使命感的驱使下，追求真理的知识分子看到社会上的不合理现象，就会深感自己应该参与改造社会的爱国运动中去，觉得自己的工作与民族国家的前途休戚相关。

郭沫若创办过重要的文学社团，参加过北伐，又一度身居要职，有着特殊的政治身份。他的自传虽然时间跨度比较大，各章节之间的联系并不紧密，但自传的整体预设是很明确的。早在1928年，郭沫若在《我的童年·前言》（后收入《沫若自传·第一卷》）中曾明确指出，"我不是想

---

① 李泽厚：《中国古代思想史论》，人民出版社，1986年，第34页。
② [美]林毓生：《中国意识的危机：五四时期激烈的反传统主义》（增订再版本），穆善培译，贵州人民出版社，1988年，第335—336页。

学 Augustine（奥古斯汀）和 Rousseau（卢梭）要表述甚么忏悔，我也不是想学 Goethe（歌德）和 Tolstoy（托尔斯泰）要描写甚么天才。我写的只是这样的社会生出了这样的一个人，或者也可以说有过这样的人生在这样的时代。"① 他在《水平线下·原版序引》（后收入《沫若自传·第二卷》）中表示，"我们从这一个私人的变革应该可以看出他所处的社会的变革。"② 此后，在《创造十年·发端》（后收入《沫若自传·第二卷》）中他也表示，"我现在终于下了决心，要费点工夫来记录出我所知道的创造社，或者更适切地说，是以创造社为中心的我自己十年间的生活。"③ 郭沫若在 1947 年 3 月 13 日为《少年时代》（《沫若自传·第一卷》）补作的序中解释创作动机，"这里所收集的是民国二年以前我自己的生活的记录，……但在内容上是蝉联着的，写的动机也依然一贯，便是通过自己看出一个时代。"④《沫若自传》所取的这一观照角度，在作者写作初的自述和以后的序引中一再被重申。所谓"我写的只是这样的社会生出了这样一个人"，表明了自传中表现自我与再现时代的内在相通性。谢冰莹在"五四"新思潮的影响下背叛封建家庭，作为中国第一代女兵参加了北伐战争，从此她以高昂的热情投身社会变革的洪流。抗战爆发后，她组织湖南妇女战地服务团再次奔赴前线，从事伤员救助和抗战宣传工作：

> 真的，我不知用什么文字来形容我的快乐，解除武装整整地十年了！我无时不在回忆那一段有意义，有价值的痛快生活，也无时不在

---

① 郭沫若：《郭沫若全集》第 11 卷，人民文学出版社，1992 年，第 8 页。
② 郭沫若：《〈水平线下〉原版序引》，《郭沫若全集》第 12 卷，人民文学出版社，1992 年，第 404 页。
③ 郭沫若：《创造十年·发端》，《郭沫若全集》第 12 卷，人民文学出版社，1992 年，第 21 页。
④ 郭沫若：《〈少年时代〉序》，《郭沫若全集》第 11 卷，人民文学出版社，1992 年，第 3 页。

留恋那种又艰辛又悲壮,同时又很有趣的行军生活;真想不到今天我又实现十年前的美梦了!我不但一个人能够穿上武装重上征程,而且带了十六位小姐也上前方。今天,该是个多么值得我高兴,而感到光荣痛快的日子哟![1]

郁达夫在13岁时萌发了"所谓种族,所谓革命,所谓国家等等的概念",可是辛亥革命爆发时他却只能站在"大风圈外"。"我也日日地紧张着,日日地渴等着报仇:有几次在秋寒的夜半,一听见喇叭的声音,便发着抖,穿起衣裳,上后门口去探听消息,看是不是革命党到了。"自己渴望参加革命而不能,深深地陷入了自怨自艾的感伤中:

平时老喜欢读悲歌慷慨的文章,自己捏起笔来,也老是痛哭淋漓,呜呼满纸的我这一个热血青年,在书斋里只想去冲锋陷阵,参加战斗,为众舍身,为国效力的我这一个革命志士,际遇着了这样的机会,却也终于没有一点作为,只呆立在大风圈外,捏紧了空拳头,滴了几滴悲壮的旁观者的哑泪而已。

敏感的知识分子率先从内忧外患的社会现实中感受到民族生死存亡的危机,他们积极主动地关注现实,将个人的命运同整个民族的命运联系在一起。新思潮的冲击和视野的开阔,使他们满怀忧患的传统心态演变为强烈的时代责任感和使命感。

自我在与社会沟通的过程中,外在的一套关于自我、他人与世界的价

---

[1] 谢冰莹:《忠孝不能两全》,《女兵自传》,四川文艺出版社,1985年,第334页。

值体系必将逐渐内化为自我的准则,被纳入个体的思想和行动中。明确的反叛意识和强烈的社会责任感已成为现代知识分子的集体无意识。现代自传是以自我为表现中心,皆在"把一个人的一生,极有趣味地叙写出来的"① 文学作品,因此无论它怎样描述社会事件和时代背景,对个人的关注才是现代自传文学产生和发展的终极指向。虽然受时代背景和社会环境的影响,这些现代作家的思想进程相近,但由于成长环境、经历、个性气质的不同,他们又显示出不同的心理趋向和思维方式,这些因素都左右了他们对自我的认知。

除了上述社会文化层面的指认,从心理层面上讲,不同人有不同的自我认定。从边疆僻地走出来的沈从文,在他的很多作品中都自称"我是一个乡下人"。他在自传中称自己是个乡下人,在《从文小说习作选集代序》中表示:"我实在是乡下人……";② 在《篱下集·题记》开头宣称:"在城市住上十年,我还是个乡下人。第一件事,我就永远不习惯城里人所习惯的道德的愉快,伦理的愉快";③ 在《从现实学习》开头再次强调:"我原是个不折不扣的乡巴佬"④。这种明确表达的"异"是作家自我选择和自我认知的话语自省。20岁的沈从文怀着对新知识的渴望和对新世界的憧憬离开故乡来到北京。湘西和北京的差异,不仅是几千里的地理距离,而是它们处于几乎完全不同的两个历史时空。与湘西相比,当时的北京已经是一个现代化的大都市,无论是在生活环境、行为方式还是在情感、价值观等方面,两地都存在着巨大的差异。沈从文来到北京希望能读书救国,

---

① 郁达夫:《传记文学》,《郁达夫文集》第6卷,花城出版社,1983年,第201页。
② 沈从文:《从文小说习作选集·代序》,《沈从文文集》第11卷,花城出版社,1984年,第43页。
③ 沈从文:《篱下集·题记》,《沈从文文集》第11卷,花城出版社,1984年,第33页。
④ 沈从文:《从现实学习》,《沈从文文集》第10卷,花城出版社,1984年,第299页。

可高小毕业的他报考大学屡遭挫折，升学无望，只能自学。无固定收入的沈从文到处受到冷遇，在北京过着孤苦飘零的生活，他在饥寒交迫无望无助的境况中，摸索着自学和写作。初到北京的那段时间，沈从文所面临的现实及其对现实的感受在他早期的作品中都有所表现，《公寓中》《遥夜》等作品都带有自我写真的成分。他在1925年写的《遥夜——五》中，描写了"我"在电车上面对一个都市女子时的心理活动，这是一个初入都市的、生活困顿的青年在生的苦闷和性的苦闷的双重夹击下精神上蒙受屈辱、感到自卑的真实写照。在早期创作中，沈从文曾将自己的生活体验，特别是初入都市的境遇和感受写入小说，他在作品中表现了穷困的青年知识分子在人生道路上跋涉的种种苦闷和不平，也流露出作者当时的卑微感。社会的压迫和经济的窘困使正值青春敏感期的沈从文产生了强烈的愤懑，从而激发了他奋起反抗的斗志。他凭着湘西人的勇敢和坚韧，在艰难环境中努力奋斗，并最终取得了成功。20世纪30年代，沈从文已是自学成才的中国现代著名作家，不仅凭小说创作蜚声文坛，并先后在上海、青岛等地的高等学府任教职，进入了教授和留洋学生组成的知识分子圈子。

沈从文通过自我奋斗取得了成功，但随着他与上层人物的接触，另一种苦闷开始啃噬着他的灵魂。"五四"时期的新文学作家大多在投身新文化运动之前已掌握了较系统的现代文化知识，如：胡适、徐志摩等留学欧美，郭沫若、郁达夫等留学日本，而沈从文只有头脑中杂乱的人生现象和自学的新旧知识。他没有进过大学，缺乏大城市的绅士气度，他的口音更是暴露了自己的"乡巴佬"身份，这些都无形中造成了他自惭形秽的卑怯心理。沈从文为了信仰来到北京，坚持自己认定的文学自由主义之路，把文学创作置于不受时代趣味和传统习惯支配的自由环境之中，保持作家固有的创作个性。虽然他在文学创作上日渐成熟，但受到的误解和轻视也越来越多。在大都市里,沈从文的生活和事业都出现了新的转机,可他仍不免感到孤独。他曾感慨道:"我感觉异常孤独。乡下人实在太少了。"① 沈从文在地理距离上与他魂牵梦绕的湘西世界相距甚远,而寄身的城市又是令他有异己感受的陌生之地,这种矛盾的生命体验带来的文化认同危机,使他处于无所皈依的境地。"我爱悦的一切还是存在,它们使我灵魂安宁,我的身体,却为都市生活揪着,不能挣扎。两面的认识给我大量的苦恼,这冲突,这不调和的生命,使我永远同幸福分手了。……坐在房间里,我耳朵永远响的是拉船人声音、狗叫声、牛角声音。"② 城市对沈从文的轻慢必然会激起他对故乡的思念,引发他从家乡的记忆中寻找一种精神支柱的强烈愿望。

沈从文从乡村到都市的人生历程,使他在心理上经历了从作为乡下人的自卑到拥有道德与人格价值优势的变化过程。沈从文认为大多数乡下人在道德上都比城里人高明,他们能够自我做主,保持尊严。他曾对乡下人作过明确的论断:"乡下人照例有根深蒂固永远是乡巴佬的性情,爱憎和哀乐自有它独特的式样,与城市中人截然不同!他保守、顽固、爱土地,也不缺少机警却不甚懂得诡诈。他对一切事照例十分认真,似乎太认真了,这认真处某一时就不免成为'傻头傻脑'……"③ 沈从文在观察了两个对立的经验世界之后,确立了自己对社会人生的评价标准,并对社会固有的道德观念表达了强烈的蔑视。"我是个乡下人,走到任何一处照例都带了一把尺,一把秤,和普通社会总是不合。一切来到我命运中的事事物

---

① 沈从文:《从文小说习作选集·代序》,《沈从文文集》第 11 卷,花城出版社,1984 年,第 46 页。
② 沈从文:《生命的沫·题记》,《沈从文文集》第 11 卷,花城出版社,1984 年,第 8 页。
③ 沈从文:《从文小说习作选·代序》,《沈从文文集》第 11 卷,花城出版社,1984 年,第 43 页。

物，我有我自己的尺寸和分量，来证实生命的价值和意义。我用不着你们名叫'社会'为制定的那个东西，我讨厌一般标准，尤其是什么思想家为扭曲蠹蚀人性而定下的乡愿蠢事。"① 他只有从故乡的风土人情中提取出不同于城市的价值标准，才能自觉到乡下人道德与人格价值的优势，取得心理上的平衡和情感上的疏导。怀旧情绪是一种朦胧却又固执的心理状态，它是基于现实和理想之间的矛盾而产生的。回忆故乡已不存在的事物，也会比现实存在而自己却不能接近的事物更能自慰。沈从文从故乡的风土人情中提取出不同于城市的价值标准，肯定乡下人的道德与价值观，实际上也是在指认自我不同于城里人的人格优势。由于作者对故乡的自豪怀恋之情，他在自传中所描写的湘西世界和生动而具体的人生境遇，充分展现了乡下人的道德优势。

巴金自称是"'五四'的产儿"，因为他的思想觉醒和事业开端都是源于五四运动。"我是'五四'的产儿。五四运动像一声春雷把我从睡梦中惊醒了。我睁开了眼睛，开始看到了一个崭新的世界。"② 在五四新文化运动前后，新思想的宣传声势浩大，各种标新立异的刊物风起云涌，流向全国各地。各种宣传新思想的报刊虽然政治立场和思想倾向不同，但都致力于反对封建专制制度和封建文化，关注民族、国家的前途命运，探索救国救民的道路。正是这些传播新文化、新思想的报刊书籍唤醒了长期禁锢在封建大家庭中的巴金，使年仅15岁的他热切地吸收着各种新思想。"五四运动后我开始接受新思想的时候，面对一个崭新的世界，我有点惊慌失措，但是我也敞开胸膛尽量吸收，只要是伸手抓得到的新东西，我都一下

---

① 沈从文：《水云》，《沈从文文集》第10卷，花城出版社，1984年，第266页。
② 巴金：《觉醒与活动》，《巴金文集》第10卷，人民文学出版社，1961年，第71页。（新版的《巴金全集》中《觉醒与活动》改为《信仰与活动》并删掉了这句话）。

子吞进肚里。只要是新的、进步的东西我都爱；旧的、落后的东西我都恨。"① 新思想的传播开阔了青年的视野，但追随哪种学派却是由接受者自身的生活环境、认识水平和思维发展程度所决定的。年少的巴金关于新思想的积累很少，但长期生活在封建大家庭中，使他看到了封建宗法制度的腐朽和罪恶，因此他憎恶礼教、奴役和专制，渴望自由平等的生活。五四时期，巴金通过《告少年》《夜未央》接触到无政府主义，通过北京大学无政府主义组织实社编辑的《自由录》懂得并接受了无政府主义的理想。在这种情形下，在"五四"时期广泛流传的无政府主义成了巴金反抗旧社会的思想武器。"它给我打开了一个新的眼界。我第一次在另一个国家的青年为人民争自由谋幸福的斗争里找到了我的梦景中的英雄，找到了我的终身的事业。"② 1927年巴金远赴法国，在法国的这段时间里，他接触到了无政府主义的经典著作，深化了对无政府主义的理解。巴金不仅在思想上把无政府主义作为自己的信仰，还在无政府主义殉道者的精神品质的影响下，确立了自己的人生观和道德理想。"我自己早已在心灵中筑就了一个祭坛，供奉着一切为人民的缘故在断头台上牺牲了生命的殉道者，而且在这个祭坛前立下了一个誓愿：就是，只要我的生命存在一日，便要一面宣扬殉道者的伟大崇高的行为，一面继续着他们的壮志前进。"③ 巴金在法国完成了《断头台上》《俄罗斯十女杰》《俄国革命史话》等三部书稿，高度赞扬了这些革命家反抗专制压迫的坚强意志和为人民的理想和事业而献身的崇高品质。

在思想的觉醒和成熟以及世界观的形成和发展的过程中，巴金受到了

---

① 巴金：《我的幼年·注》，《巴金文集》第10卷，人民文学出版社，1961年，第120页。
② 巴金：《我的幼年》，《巴金全集》第13卷，人民文学出版社，1990年，第9页。
③ 巴金：《断头台上》，《巴金全集》第21卷，人民文学出版社，1993年，第11页。

克鲁泡特金的巨大影响，巴金中的"金"就是取自克鲁泡特金的名字。在思想觉醒的初期，巴金第一次读到克鲁泡特金的《告少年》，这本小册子鼓舞巴金迈出了反封建的第一步。克鲁泡特金在书中为不同阶级出身的青年明确解答了"要做一个什么样的人"和"应该怎么办"的问题。他号召资产阶级家庭出身的青年"到民间来"，"来把你们的知识才能，替那般最需要你们的人做事"，献身于"在民众中间为真理，为正义，为平等"斗争的崇高事业；他号召各个阶级、各种职业的青年"联合起来"，"努力奋斗"，通过社会革命，"使真正的平等，真正的自由，真正的博爱实现在人类社会中"。巴金的文学观点也受到克鲁泡特金的影响。克鲁泡特金在《告少年》中指出："如果你的心的的确确与人类全体的心谐和一致地跳动着，如果你是一个真正的诗人，你有一双诗人的耳朵去注意人生，那么，你亲眼看见那苦海，它的波涛一天天在你四周汹涌；你亲眼看见那些饥饿垂死的贫民，你亲眼看见那些累累堆积于矿穴里的死尸……那时候你再也不能袖手旁观静守中立了；你一定会来加入被压迫者的队伍里面，因为你很知道美、崇高，和生命，都是永远赞美那些为光明，为人道，为正义而奋斗的人的！"[1] 他还呼吁："在你们慷慨激昂的诗文里，或是在你们的深刻动人的图画上，请把民众反抗压迫者的激烈的斗争描写出来；请把那曾经感动过我们的先辈的崇高的革命精神，燃烧到青年的心里去……请来指示给民众看，现在的生活是多么丑恶！并请设法让他们知道，这种丑恶的原因究竟在什么地方；请来告诉大家，如果人们的生活不处处受到现实社会制度的愚蠢和罪恶的妨碍，那么，将来的那个合理的生活会怎样地美满。"[2] 他强调艺术家应该关注现实人生的苦难，表现人类争取光明的革命

---

[1] 巴金：《告青年》，《巴金译文全集》第10卷，人民文学出版社，1997年，第487页。
[2] 巴金：《告青年》，《巴金译文全集》第10卷，人民文学出版社，1997年，第493页。

斗争。这本书不仅影响了少年巴金的世界观，更重要的是为巴金的思想发展指明了方向。巴金后来曾表示："我们安那其主义者没有教主，也不是某一个人的信徒，因为安那其主义的理想不是由某一个人创造出来的。不过在大体上我愿意做一个克鲁泡特金主义者。"[①] 1925年至1930年巴金先后翻译了克鲁泡特金的《面包略取》《人生哲学：其起源和发展》《我的自传》，还撰写了阐述克鲁泡特金无政府共产主义的著作《从资本主义到安那其主义》。克鲁泡特金在思想立场、道德观念、个人品格、人生态度等方面都对巴金产生了重要的影响。巴金从克鲁泡特金的身上找到了生活的榜样，"觉得做要像他这样才好"。[②]

巴金在法国留学时第一次读到克鲁泡特金的自传，当时身在异国他乡的巴金正处在寂寞苦闷的情绪中，他大量阅读欧美革命者的自传，期望能够从英雄们的壮烈人生中找到支持和鼓舞。自传能引起巴金的强烈共鸣，除了他当时的思想状况外，还有一个重要的原因就是克鲁泡特金的生活经历及其思想性格的发展轨迹和他有许多相似之处。1930年巴金翻译了这本自传，在序言中他概述了传主献身革命事业的历程："从穿着波斯王子的服装站在沙皇尼古拉一世的身边之童年时代起，他做过近侍，做过军官。做过科学家，做过虚无主义者，做过囚人；做过新闻记者，做过著作家，做过安那其主义者。他度过贵族的生活，也度过工人的生活；他做过皇帝的近侍，也做过贫苦的记者。"传主跌宕起伏而又伟大壮烈的人生使巴金十分推崇这部自传，此外他还一再强调自传展现了传主道德人格的发展，展示了"最纯洁最伟大的人格"。巴金认为"固然名人的自传很多，但是

[①] 巴金：《从资本主义到安那其主义·序》，《巴金全集》第17卷，人民文学出版社，1989年，第5页。
[②] 巴金：《〈我的自传〉译本代序》，《巴金全集》第17卷，人民文学出版社，1989年，第132页。

其中不是'忏悔录',就是'成功史';不是感伤的,就是夸大的。归根结底总不外乎描写自己是一个怎样了不起的人。""然而这本自传却不与它们同其典型。……在这里面我们找不出一句感伤的话,也找不出一句夸大的话。我们也不觉得他是一个高不可攀的伟人,他只是一个值得我们同情的朋友。"[①] 他表示"这是我最喜欢的一部书,也是在我的知识的发展上给了绝大的影响的一部书。我能够把它译出介绍给同时代的年轻朋友,使他们在困苦的环境里从这书得到一点慰藉,一点鼓舞,并且认识人生的意义与目的,我觉得非常高兴。""我自己比任何人都更明白把我的全部著作放在一起也无法与这书相比。"[②] 巴金对克鲁泡特金始终怀着敬佩之情并对其自传有着极高的评价,因此巴金在自传写作时就有意无意地把克鲁泡特金当成描摹自我人生的模板。

胡适是新文化运动的主将,在中国近代学术思想史上有着划时代的意义。一个二十六七岁的青年,留洋回国不到两年就能"暴得大名",成为中国新学术、新思想的领袖人物,这不仅是中国历史发展的客观要求,也是胡适早有自觉长期准备的结果。1915 年他就曾在日记中写道:

> 吾生平大过,在于求博而不务精。盖吾返观国势,每以为今日祖国事事需人,吾不可不周知博览,以为他日国人导师之预备。不知此缪想也。吾读书十余年,乃犹不明分功易事之义乎?吾生精力有限,不能万知而万能。吾所贡献于社会者,唯在吾所择业耳。吾之天职,吾对于社会之责任,唯在竭吾所能,为吾所能为。吾所不能,人其舍

[①] 巴金:《〈我的自传〉译本代序》,《巴金全集》第 17 卷,人民文学出版社,1989 年,第 131 页。
[②] 巴金:《〈我的自传〉新版前记》,《巴金全集》第 17 卷,人民文学出版社,1989 年,第 197 页。

诸？自今以往，当屏绝万事，专治哲学，中西兼治，此吾所择业也。"①

从胡适早年的日记中就可以看出他有主动承担历史责任的自觉意识，并早已开始进行"为他日国人导师之预备"。他在1908年赴美前写给母亲的信中也曾表示："大人素知儿不甘居人下"②，这都显示了胡适勤勉以学为人的素志。

胡适最初是由于提倡文学革命而在国内"暴得大名"，而他所提倡的文学革命是与思想革命联系在一起的。正如陈独秀所说："孔教问题，方喧哗于国中，此伦理道德革命之先声也。文学革命之气运，酝酿已非一日；其首举义旗之急先锋，则为吾友胡适。余甘冒全国学究之敌，高张'文学革命军'大旗，以为吾友之声援。"③ 文学革命只是思想革命的一个组成部分。胡适对自己也有比较明确的定位："有时我自称为历史家；有时又称为思想史家。但我从未自称我是哲学家，或其他各行的什么专家"。④

胡适在《四十自述》的序言中表示自己劝朋友写自传，"为的是希望社会上做过一番事业的人也会赤裸裸地记载他们的生活"⑤。思想史家和"社会上做过一番事业的人"这两种自我认定决定了作者将自传写成自己思想形成的底稿，并将自传的重点放在叙述对自己的思想产生重要影响的人和事上。

---

① 胡适：《胡适全集》第28卷，安徽教育出版社，2003年，第148页。
② 胡适：《胡适全集》第23卷，安徽教育出版社，2003年，第8页。
③ 陈独秀：《文学革命论》，《独秀文存》，安徽人民出版社，1987年，第95页。
④ 胡适：《胡适口述自传》，《胡适全集》第18卷，安徽教育出版社，2003年，第192页。
⑤ 胡适：《四十自述·自序》，《胡适全集》第18卷，安徽教育出版社，2003年，第7页。

三、主体建构与自我的塑形

自我概念是在交流活动的过程中通过自我观察和自我体验实现的,将影响主体的认知、情感和行为。在与他人和社会的相互作用中,主体不断地调整、明确自己的自我印象,从而形成一种稳定的自我概念。心理暗示是指人或环境以一种间接或含蓄的方式向个体发出信息,个体按照一定的方式行动接受这种信息,并做出相应反应的心理现象。因此,暗示是一种被主体意愿肯定了的心理假设,虽然不一定是客观的、有根据的,但主体已经肯定了它的存在,心理上便竭力趋向这项内容。暗示不仅对自我概念的形成过程产生重要的影响,而且还影响着现实的自我、理想的自我、动力的自我和幻想的自我等自我概念的构成部分。根据来源的不同,暗示可以分为来自外部环境的他人暗示和来自个体自身的自我暗示。

中国现代自传的核心精神就是"五四"先驱所标举的个性解放。反叛意识已经扎根在现代作家心中,自传中处处显露了他们叛逆者的性格特征。现代作家都有意识地将自己青少年时期的叛逆行为作为自传的一个重要的表现内容。另外,个人和社会是不可能完全隔绝的,对于这些聪慧敏感、以天下为己任的中国现代作家来说更是如此。"一个人的发展取决于和他直接或间接进行交往的其他一切人的发展;……我们可以看到,发展不断地进行着,单个人的历史决不能脱离他以前的或同时代的个人的历史,而是由这种历史决定的。"[①] 处在中国社会历史重大转型期的知识分子,他们的思想意识、行为活动必然与时代密切相关。自传在时代背景和

[①] 马克思、恩格斯:《德意志意识形态》,《马克思恩格斯全集》第 42 卷,人民出版社,1961 年,第 368 页。

历史事件为自我成长构建的坐标系中展现了个人遭遇历史事件时思想情感和行为方式的转变,既展现自我人格的成长,又呈现时代风云和历史变迁。自传通过对重大历史事件的记忆介入,在这种呈现作者对自我认同的个人话语中保留公共的痕迹,确认自己在所处的社会环境中的位置,实现自我与社会的沟通,从而更好地理解历史和自己。"我们无法理解错综复杂、千头万绪的社会历史,除非是把它讲成一个有头有尾的、向着一个未来发展的、情节统一的大故事","我们理解和认识自己的方式就是讲一个有关我们自己的有意义的故事","因此,'叙事'首先不是一种主要包括长篇和短篇小说的文类概念,而是一种人类在时间中认识世界、社会和个人的基本方式"。① 作者在自传中叙述了大量自己亲历的重大社会历史事件,展示人与社会、时代的互动,强调自我的人格怎样受到社会的影响。

现代作家所接受的来自外部环境的他人暗示被赋予了社会意义,具有共同叙事的特征。虽然叙事话语都产生于一定的历史文化环境中,具有一种组织和理解过去与现实的功能,但这并不意味着他们放弃了对自己形象的自我认定。由于不同的自我暗示,他们会在内心给自己塑造一个核心形象体现自我的独特性,并在自传中采用不同的叙事方式为这个自我形象的建构服务。"一个乡下人""一个克鲁泡特金主义者""国人之导师"等现代作家各自不同的自我暗示,决定了自传中自我主体建构的角度和方式。

《从文自传》以传主的活动为线带出了一系列鲜活的人物,在传奇性事件和平凡人生现象的交织中,呈现湘西人民的淳厚质朴、勤勉慷慨、热忱守信。《一个老战兵》中技艺精湛、真诚、淳朴而多侠气的"腾师傅"。《船上》中那位粗犷、豪爽,又胆识过人的曾姓朋友。《保靖》中的官兵

---

① [美]华莱士·马丁:《当代叙事学》,北京大学出版社,1990年,第59页。

"生活皆时分拮据,吃粗粝的饭,过简陋的日子,然而极有朝气","生活一面那么糟,性情却仍然那么强"。沈从文从湘西的原始生命形态里发现了一种原始野性般的强力,它是构成乡下人生命形态的重要因素。野蛮而强悍的个性体现在日常生活中的小事上。

> 至于我那地方的大人,用单刀、扁担在大街上决斗本不算回事。事情发生时,那些有小孩子在街上玩的母亲,只不过说:'小杂种,站远一点,不要太近!'嘱咐小孩子稍稍站开点儿罢了。本地军人互相砍杀虽不出奇,行刺暗算却不作兴。这类善于殴斗的人物,有军营中人,有哥老会中老幺,有打抱不平的闲汉,在当地另成一帮,豁达大度,谦卑接物,为友报仇,爱义好施,且多非常孝顺。①

沈从文还极力赞扬湘西人民身上雄强的生命活力和坚韧顽强的生存意志。那个曾两手击毙过200个左右的敌人,有过17位压寨夫人,又曾与收押在监的女匪通奸的牟目,被沈从文称赞为"一个大王,一个真真实实的男子"。通过这些古怪而奇特的人生,沈从文懂得越过人生表面的血泪,窥视更深层的人生底蕴。

> 我从他那里学习了一种古怪的学程。从他口中知道烧房子、杀人……种种犯罪的记录,且从他那种爽直说明中了解那些行为背后所隐伏的生命意识。我从他那儿明白所谓罪恶,且知道这些罪恶如何为社会所不容,却也如何培养着这个坚实强悍的灵魂。我从他坦白的陈

---

① 沈从文:《我读一本小书同时又读一本大书》,《沈从文全集》第9卷,花城出版社,1984年,第119页。

述中，才明白用人生为题材的各样变故里，所发生的景象，如何离奇，如何炫目。①

沈从文宣称"我是个对一切无信仰的人，却只信仰'生命'"。② 对作者来说，最高的信仰就是对生命的信仰，他赋予生命以丰沛的内涵，追求生命的至善至美。

> 那些船夫背了纤绳，身体贴在河滩石头下，那点颜色，那种声音，那派神气，总使我心跳。那光景实在美丽动人，永远使人同时得到快乐和忧愁。当那些船夫把船拉上滩后，各人伏身到河边去喝一口长流水，站起来再坐到一块石头上，把手拭去肩背各处的汗水时，照例总很厉害的感动我。③

蕴积于船夫身上的执着的力量和无可羁縻的气概从他们的形体和动作上迸发出来。从平凡的劳动中，作者真切地感受到民族乃至人类赖以生存和发展的那种巨大的生命力。

沈从文也赞赏人性的真实流露。那个常常坐着烟馆前的40多岁的打扮妖娆的妇人，对路过的"穿着长衣或军官"，总会"很巧妙地做一个眼风"，"且故意娇声娇气喊叫屋中男子为她做点事情"。"我同兵士走过身时，只见她的背影，同营副走过时，就看到她的正面了。"妇人虽然势利，以衣着取人，但她对此并不加掩饰，与城市人的虚伪矫饰相比，总还不失

---

① 沈从文：《一个大王》，《沈从文文集》第9卷，花城出版社，1984年，第206页。
② 沈从文：《水云》，《沈从文文集》第10卷，花城出版社，1984年，第294页。
③ 沈从文：《一个大王》，《沈从文文集》第9卷，花城出版社，1984年，第204页。

一点"真"。"这点人性的姿态,我当时就很能欣赏。注意到这些时,始终没有丑恶的感觉,只觉得这是'人'的事情,我一生活下来,太熟习这些'人'的事情了。"① 作者并不认为人性出自善恶分明的道德标准,更注重世俗生活中普通男女所特有的率真。自传中的人物坚实强悍、风采淳厚,个个动人,他们的形象、气质都与雄浑古朴的湘西世界浑然一体。作者怀着浓重的乡恋乡愁去回忆、去描写,一种温暖的情感流动在作者的回忆性文字中。沈从文在自传中对湘西世界的描述,表面上看是在寂寞客居的日子里对故乡强烈的眷恋,实际上是在告诉读者自己从哪里获得生命力,自己身上流淌的是哪一方水土的血脉。这只不过是沈从文自我指认为"乡下人"之后精心的自我建构。

巴金自传的主体建构也是建立在自我指认的基础之上。克鲁泡特金3岁丧母,但他在自传中一再讲述由于母亲生前体恤下人,赢得仆人的爱戴,使自己和哥哥能从仆人那里得到种种关爱。"所有知道她的人无不爱她。家中的仆婢想起她来表示深深的崇敬。布尔曼夫人之所以照顾我们,是为着母亲的情分;那位俄国保姆之所以一心一意爱我们,也是为着母亲的情分。……事实上,要不是我们在我们家里仆婢中间享受到一般孩子享受到的爱的气氛,我们以后不知会变成什么样子。"② 巴金9岁丧母,在母亲的温暖呵护下度过了幼年时代。他在自传中回忆道:"母亲很爱我。虽然她有时候笑着说我是淘气的孩子,可是她从来没有骂过我。她让我在温柔、和平的气氛中度过了我的幼年时代"。巴金自传中最初的记忆都是和母亲相关的,母亲曾教育他们"丫头同老妈子都是跟我们一样的人,即使

---

① 沈从文:《怀化镇》,《沈从文文集》第9卷,花城出版社,1984年,第164页。
② 巴金:《巴金译文全集》第1卷,人民文学出版社,1997年,第12页。

犯了过错,你也应该好好地对她们说",① 这些具有一定的民主和人道主义色彩的语言在巴金幼小的心田里播下了博爱的种子。克鲁泡特金在自传中记述了俄国家庭教师对他第一次的智力发展所起到的巨大助力,巴金也在自传中强调了教他英文的香表哥对他智力的最初发展的巨大帮助。克鲁泡特金在自传中记述了《北极星》《现代人》等杂志对他反对农奴制思想的形成所起的重要作用。巴金在自传中以"信仰和活动"为题,详细介绍了新书报对自己思想启蒙所产生的重大影响。克鲁泡特金在自传中描述了他所耳闻的农奴所遭受的残酷迫害,字里行间流露着作者的悲愤与同情:

> 这些都是我自己幼年目睹的事实。然而我在那些年代中所听见的事实还要残酷得多;男男女女被人生生拖走,离开他们的家庭和故乡,被卖掉,被赌博时输给别人,被拿去换一对猎狗,然后被押送到远方去开垦新的领地;孩子们被人从他们父母身边抢走,卖与残酷荒淫的主人;农奴中每天都有人要"在马房内"受闻所未闻的笞刑;一位姑娘不堪虐待,投水自尽;一个老人替主人劳苦了一生,到了白发苍苍的时节缢死在主人的窗下;许多次的农奴起义都为尼古拉一世的将军们镇压下去,他们用的方法是将反叛的农奴排列成队,从每十人或五人中抽出一人来鞭笞至死。同时焚掠全村,使村中居民在兵燹之后不得不到邻省去乞讨度日。②

巴金也以同样的情感态度描述了自己亲眼看见的仆人的悲惨命运:

---

① 巴金:《最初的回忆》,《巴金全集》第 12 卷,人民文学出版社,1989 年,第 344 页。
② 巴金:《巴金译文全集》第 1 卷,人民文学出版社,1997 年,第 60 页。

六十岁的老书僮赵升病死在门房里。抽大烟的仆人周贵偷了祖父的字画被赶出去，后来做了乞丐，死在街头。一个老轿夫离开我们家，到斜对面一个亲戚的公馆里当看门人，不知道怎样竟然用一根裤带吊死在大门里面。这一类的悲剧以及那些活着的"下人"的沉重的生活负担，如果我一一叙述出来，一定会使最温和的人也无法制止他的愤怒。①

在为自我立传时，围绕克鲁泡特金形成的一切暗示，深深地影响着巴金自传的主体建构。

创作《四十自述》时的胡适似乎已是"国人导师"和"思想史家"，当年的自欺变成现在的"自我指认"，因此他就侧重从"导师"和"思想史家"这一双重身份的需要进行主体的建构。胡适3岁时父亲就去世了，他几乎没有受到父亲的直接影响，但他强调父亲遗嘱中关于"读书上进"的几句话决定了自己一生的发展方向：

我父亲在临死之前两个多月，写了几张遗嘱，我母亲和四个儿子每人各有一张，每张只有几句话。给我母亲的遗嘱上说穈儿（我的名字叫嗣穈，穈字音门）天资颇聪明，应该令他读书。给我的遗嘱也教我努力读书上进。这寥寥几句话在我的一生中很有重大的影响。②

胡适也强调9年的家乡教育中母亲对他的影响，"除了读书看书之外，

---

① 巴金：《家庭的环境》，《巴金全集》第12卷，人民文学出版社，1989年，第393页。
② 胡适：《九年的家乡教育》，《胡适全集》第18卷，安徽教育出版社，2003年，第25页。

究竟给了我一点做人的训练。在这一点上，我的恩师就是我的慈母"。① 但胡适从母亲处得来的"做人的训练"，其实也是由母亲转手的父亲的影响。胡适认为自己从父亲处得到的，一是遗传，二是程朱理学的遗风。胡适在自传中引用父亲的诗文，强调父亲的理学背景，这一切都是为自己"导师"身份和"思想"的形成做铺垫。胡适的思想转变是接受范缜的影响，但也是由司马光转述而来的：

> 我再三念这句话："形既朽灭，神亦飘散，虽有剉烧舂磨，亦无所施。"
>
> 司马光引了这三十五字的《神灭论》，居然把我脑子里的无数鬼神都赶跑了。从此之后，我不知不觉的成了一个无神无鬼的人。……我只读了这三十五个字，就换了一个人。大概司马光也受了范缜的影响，所以有"形既朽灭，神亦飘散"的议论；……他决想不到，八百年后这三十五个字竟感悟了一个十二岁的小孩子，竟影响了他一生的思想。②

在上海的6年是胡适从"乡下人"到"新人物"的转型期，对于这一时期他强调的是梁启超的影响：

> 这时代是梁先生的文章最有势力的时代，他虽不曾明白提倡种族革命，却在一班少年人的脑海里种下了不少革命种子。

---

① 胡适：《九年的家乡教育》，《胡适全集》第18卷，安徽教育出版社，2003年，第35页。
② 胡适：《从拜神到无神》，《胡适全集》第18卷，安徽教育出版社，2003年，第44—46页。

梁先生的文章，明白晓畅之中，带着浓挚的热情，使读的人不能不跟着他走，不能不跟着他想。

我个人受了梁先生无穷的恩惠。现在追想起来，有两点最分明。第一是他的《新民说》；第二是他的《中国学术思想变迁之大势》。

"新民"的意义是要改造中国的民族，要把这老大的病夫民族改造成一个新鲜活泼民族；

《中国学术思想变迁之大势》也给我开辟了一个新世界，使我知道《四书》《五经》之外中国还有学术思想。……这是第一次用历史的眼光来整理中国旧学术思想，第一次给我们一个'学术史'的见解。[1]

胡适的叙述特别强调《新民说》和《中国学术思想变迁之大势》，因为这两部作品分别代表了梁启超的两种身份，同时也正是胡适主体建构的核心——"国民之导师"和"思想史家"。虽然这一切以影响为框架，"我"所接受的影响和自我的训练，实际上包含了"我"的主体建构。胡适作为开风气之先的启蒙式人物，希望能影响更多的民众，在这种心理背景下，他以影响为框架结构自传，作为个体的传主只是出现在各种影响之下的自我训练中。

总之，自传虽然被认为是具有真实性的文本，但它并不能反映传主一生的全貌。虽然自传的内容都是具有历史性的，是对曾经发生的真实事件的忠实记述，但自传并不是对记忆的全面覆盖，并不是所有发生过的事情在作者写作自传时都能被回忆起，也不是所有记忆中的事件都会被写入自

---

[1] 胡适：《在上海（一）》，《胡适全集》第18卷，安徽教育出版社，2003年，第59—62页。

传，作者按照当下的意识要求和期望，对记忆所提供的纷繁复杂的事件进行了选择，又在写作过程中对记忆中的事件进行了重构。作者当下的意识要求和期望既有来自他人暗示的成分，又有来自自我暗示的成分，个性意识的觉醒和社会责任感的强化就是共存于现代作家自我"期望"中的两大支柱。因此，现代自传作家在时代、社会以及个人生命体验等不同层面上对过往"自我"的叙述，正是写作者当下一种新的主体建构。

第三章　自我叙述中的多重话语

传统自传是作者向世人作自我表白，主要目的在于自我辩明，因此传统自传作为一种盖棺定论的回顾性叙事，它的叙述话语往往是单一的。现代作家在自传创作中也向读者阐释自我，但同样重视在自我梳理中把握自我、重新审视自我。中国现代作家置身于中西文化交汇碰撞的文化环境中，他们既因袭了中国传统文化，又大量接受和汲取了西方思想文化，传主本身就是一个复杂的矛盾统一体。而半殖民地半封建社会下，中国的各种社会矛盾、各种社会文化思潮也与作家个体构成复杂的动态关系，不同的社会思想、价值观念交织并存于现代作家的心态、人格和行为模式中。自传写作过程中现在的"我"和过去的"我"对"自我"的指认既受到社会文化心理的影响，同时也受到个人的心理意识的影响，因此这种指认必然存在一定的犹疑和不确定性。上述这种种矛盾与不确定性交织于自我叙述之中，必然使现代作家的自传有别于传统自传话语的单一性，而存在多样的话语和不同的声音。

一、叙述自我和经验自我

自传是对自我记忆的再现，现在的感觉与过去的感觉的非逻辑迭合是回忆的固有形态,过去的时间和空间与当下的时间和空间在回忆中是同生共存的。自传是"我"在进行回顾性叙述,虽然回顾性的叙述更多是确证过去的时空,但是当下作为过去存在的参照始终是隐含存在的。"……自传和小说的区别,不在于一种无法达到的历史精确性,而仅仅在于重新领会和理解自己的生活的真诚的计划。……自传中令我们感兴趣的是一个人上了年纪后看待时光流逝和生活意义的角度,由于这一角度是他的历史的结果,它对于此人的历史所提供的情况不亚于一部详细但无倾向性的叙事。"[1] 自传中的第一人称"我"具有双重身份,一种身份是故事的叙述者,即作为叙述主体的"我",另一种身份是故事的主人公,即作为行动主体的"我"。前者是现在时的讲述故事的"我",后者是在过去的故事中充当角色的"我"。在自传的回顾性叙述中,必然存在着两种不同的视角:一种是当下的"我"追忆往事的视角(叙述自我视角),另一种是过去的"我"正在经历事件时的视角(经验自我视角)。过去的视角承担着客观叙事的功能,当下的视角承担着主观评述的功能。过去视角与当下视角的转换、叙事的话语与非叙事的话语的交融,充分拓展了叙事的张力。

"要讲述一生的全部故事,自传作家一定得有所创新,保证两个生存层面都能够记录下来——转瞬即逝的事件和行为;强烈情感渐渐激发的庄严时刻。"[2] 那些对作者的心态个性产生过重要影响的事件,在郁达夫的自传中有格外生动形象的描写。在《孤独者——自传之六》[3] 中,郁达夫用经验自我的视角展示了第一次看到自己的作品被报纸刊登时的感受:

---

[1] [英] 菲力浦·勒热纳:《自传契约》,杨国政译,生活·读书·新知三联书店,2001年,第18页。
[2] [英] 伍尔夫著,文楚安译:《德·昆西自传》,《普通读者II》,人民文学出版社,2003年,第125页。
[3] 郁达夫:《郁达夫文集》第4卷,花城出版社,1982年,第286页。

当看见了自己缀联起来的一串文字,被植字工人排印出来的时候,虽然用的是匿名,阅报室里也决没有人会知道作者是谁,但心头正在狂跳着的我的脸上,马上就变成了朱红。洪的一声,耳朵里也响起来,头脑摇晃得像坐在船里。眼睛也没有主意了,看了又看,看了又看,虽则从头至尾,把那一串文字看了好几遍,但自己还在疑惑,怕这并不是由我投去的稿子。再狂奔出去,上操场去跳绕一圈,回来重新又拿起那张报纸,按住心头,复看一遍,这才放心,于是乎方才感到了快活,快活得想大叫起来。①

作者采用经验自我的视角使当时的情景更加真实生动,逼真地呈现事件发生时自己的惊喜与兴奋。紧接着作者又转换视角,通过非叙事话语做进一步的解说,并抒发了现在之"我"触景生情的感慨:

当时我用的假名很多很多,直到两三年后,觉得投稿已经有七八成的把握了,才老老实实地用上我的真名实姓。大约旧报纸的收藏家,翻起二十几年前的《全浙公报》《之江日报》以及上海的《神州日报》来,总还可以看到我当时所做的许多狗屁不通的诗句。现在我非但旧稿无存,就是一联半句的字眼也想不起来了,与当时的废寝忘食的热心情形一对比,进步当然可以说是进了步,但是老去的颓唐之感,也着实可以催落我几滴自伤的眼泪。②

---

① 郁达夫:《孤独者——自传之六》,《郁达夫全集》第4卷,浙江大学出版社,2007年,第288页。

② 郁达夫:《孤独者——自传之六》,《郁达夫全集》第4卷,浙江大学出版社,2007年,第288—289页。

经验自我总是置身其中，而非超然局外的。采用经验自我的视角时，读者只能跟随当年的"我"，逐步地认识人物，经历事件，这样既能够制造悬念，又有助于表现人物的内心情感。谢冰莹经历的四次逃婚和入狱等事件都极具传奇色彩，她在自传中采用经验自我的视角叙述自己曲折的人生经历，使这些故事更加扣人心弦，但作者的主观情愫则是通过非叙述话语来表达，自然流泻于笔端的抒情性文字赋予自传清新明丽的诗意。作者在叙述传主逃出封建家庭的牢笼，前往上海寻求自由和理想时，也毫不掩饰地表现了她在即将踏入新的人生历程时期待和迷惘交织的复杂情感。

三天三夜的轮船生活，快告结束了，当船要驶进吴淞口时，我的心是多么感到茫然呵！

我像一只失了舵的孤舟，漂浮在波涛汹涌的大海里！我像一匹弱小的羔羊，失落在虎豹怒吼的森林；我像一只失群的孤雁，整天在空中哀号，飞过了太平洋，飞过了喜马拉雅山，飞遍了天涯海角；但，何处是归宿啊！天！

一阵阵的寒流，只是向我的周身袭来。

——到了上海又怎么办呢？

凝视着白茫茫的长江，滚滚的波涛，给予我以新的启示。流吧，只有像水一般地流去才有出路！不论前面是险滩也好，礁石也好，你只管像流水一般不断地，猛烈地冲去，随时都可创造你的新生命，实现你的志愿的！[①]

---

① 谢冰莹：《女兵自传》，四川文艺出版社，1985年，第203页。

作者将传主比作孤舟、孤雁和失落在丛林中的羔羊,一系列的比喻显示了她摆脱家庭束缚之后的短暂的迷茫,但是之后作者又将传主比喻成奔腾的江水,可以跨越礁石、险滩,按照自己的意志创造新生活。在这新旧交替的动荡的时代中,作者会感到苦闷、矛盾,甚至做人的艰难,但她仍然坚持反抗传统做一个新人。

两种叙事视角可以分别呈现"我"在不同时期对事件的不同理解或不同看法,它们之间的差别往往是了解事情的真相与被蒙在鼓里,或是成熟与幼稚的对比。郭沫若在自传中采用经验自我的视角,通过戏剧化的场景描写,详细叙述了传主在嘉定中学读书时,因酒后辱骂专制的丁平子老师而引起的一场风波。"烛光和灯光射到室外的天井里,那儿依然是薄暗的。丁先生的剪了的头发还没有长齐,刚好披到肩上。他又矮,走路是一跳一跳的,因此他的头发便在肩头上一披一披地披打。我从薄暗的光中醉眼地看着他的背影,我隐隐自咎起来。我好像欺负了一位比我还年青的小兄弟一样。"这是若干年前自传事实发生时传主的印象和感触,对丁先生的外貌描写看似是当时情景的实录其实是暗含讥讽的漫画式描述,春秋笔法的使用使这些看似实感的表述更像是侮辱。作者采用经验自我的视角可以将事情描述得波澜起伏,详细地呈现过去之"我"的行为和想法,而非叙事话语则表达了当下之"我"对事件的看法:

> 事实上丁先生也未免太年青了!吃醉了酒骂人,这在我本来是一种恶德。但是你被骂的丁先生也应该内省一下,你到底为什么受骂?假使你内省不疚,那小孩子的醉态就像蜉蝣撼大树,何损与你的泰山北斗呢?但他偏偏要和我计较,我现在除我自己甘愿认错之外,觉得

你意气用事的丁先生也未免错了。①

叙述自我不像经验自我那样视点下沉饱含情感，但仍是一种居高临下的调侃。叙述自我的视角通过非叙事话语承担了评判的功能。

中国古代的史传就有辩诬的传统，叙述者在回顾性的叙事中常常会穿插议论，以透露或阐发作者的观点。在自传写作中，当作家认为叙述的故事所提供的信息不足时，也会中断叙事通过非叙事话语进行补充性的说明。谢冰莹在第四次逃婚前曾扮演过新娘的角色，这一看似屈服的行为只是传主以退为进的一种策略，作者自身对此有清醒而深刻的认识：

> 这并不是我投降了封建社会，也不是为着好奇心驱使，故意要玩这一套把戏；而是我看到母亲太苦了，我可怜她，不忍使她太伤心，原意给她一点暂时的安慰。当然，最大的原因，还是在我根本认清楚了，我反对的并不是母亲，而是整个的封建思想，只要最后的目的能够达到，短时的忍痛牺牲，是没有什么不可以的。②

沈从文初恋的失败是他改变人生走向的重要事件，受骗上当后，他觉得无颜见江东父老，想走得越远越好。在提及母亲为了他的出走而哭了半年时，他解释说："这老年人不是不原谅我的荒唐，因我不可靠用去了这笔钱而流泪，却只为的是我这种乡下人的气质，到任何处总免不了吃亏，想来十分伤心。"③ 作者不仅是在解释母亲伤心的原因，也是在强调传主身

---

① 郭沫若：《我的童年》，《郭沫若全集》第11卷，人民文学出版社，1992年，第154页。
② 谢冰莹：《第四次逃奔》，《女兵自传》，四川文艺出版社，1985年，第155页。
③ 沈从文：《女难》，《沈从文文集》第9卷，花城出版社，1984年，第182页。

上一直保有纯朴的乡下人气质。

现代自传在追忆童年往事时，常常以童年"我"的视角来观察自己的生活场景，构建文本的主体内容。儿童视角能再现原生态的社会面貌、非功利的审美世界，这是成人视角无法替代的优越性。但是，儿童有限的认知水平和思辨能力使儿童视角成为一种限知性视角，需要成人视角的弥补。同时，由于叙述者是在当下实施叙事行为的，儿童视角不可能完全排除成人理性思维的介入，再现的童年生活中必然存在着成人视角的干预。它必然是"过去的'童年世界'与现在的'成年世界'之间的出与入。'入'就是要重新进入童年的存在方式，激活（再现）童年的思维、心理、情感，以至语言（'童年视角'的本质即在于此）；'出'即是在童年生活的再现中暗示（显现）现时成年人的身份，对童年视角的叙述形成一种干预"。[1] 在现代自传中，儿童叙述者作为主体显现在文本的表层，但"回溯的姿态本身已经先在地预示了成年世界超越审视的存在"，[2] 成人叙事者或显或隐地夹杂在其中。儿童视角和成人视角在自传中往往会共生并存，二元互补。沈从文在《辛亥革命的一课》中，有这样的描述：

> 我那时已经可以自由出门，一有机会就常常到城头上去看对河杀头。每当人已杀过赶不及看那一砍时，便与其他小孩比赛眼力，一二三四计数那一片死尸的数目。或者又跟随了犯人，到天王庙看他们掷筊。看那些乡下人，如何闭了眼睛把手中一副竹筊用力抛去，有些人到已应当开释时还不敢睁开眼睛。又看着些虽应死去还想念到家中小

---

[1] 钱理群：《问题与风格的多种实验——四十年代研读札记》，《文学评论》，1997年第3期，第54页。

[2] 吴晓东等：《现代小说研究的诗学视域》，《中国现代文学研究丛刊》，1999年第1期，第74页。

孩与小牛猪羊的，那分颓丧那分对神埋怨的神情，真使我永远忘不了。也影响到我一生对于滥用权力的特别厌恶。①

文字中既有儿童视角对草菅人命的社会境况的展现，又有成人视角对这种社会现象的审视——"对于滥用权力的特别厌恶"。独特的生活经验使沈从文有着不同于其他现代作家的对于现代性的理解。他通过儿童的视角叙述看杀头的人生经历，使用"显示"的艺术手法洗去了死亡的恐怖和绝望，但儿童的视角后隐藏着成年人才有的悲凉和沧桑感。"那分颓丧那分对神的埋怨的神情"的观察中隐含着成年的沈从文的悲悯之情。郭沫若在《我的童年》②中回忆了自己家中收租时的情境：

> 我记得我们小时候家里收租，租谷是由佃农们亲自背来的，背来的时候在我们家里有一顿白米饭吃。因为这样的原故，农人在上租的时候，便一家老小都来了。各人在背上多少背负一点，便可以大家吃一顿白米饭。……为吃一顿饭，一家人都跑来，在小时候地主儿子的我们觉得好笑，但我现在实在从心忏悔了。这儿不是很沉痛的一个悲剧吗？自己做出来的东西自己不能吃，乐得吃点别人的残余，自己都觉得是无上的恩惠。这不是很沉痛的一个悲剧吗？③

成年叙述者从自己的视角出发对儿童视角呈现出来的生活景观进行了省察，将儿童视角无力承载的更深层的社会学的内容传达给读者，体现了

---

① 沈从文：《辛亥革命的一课》《沈从文文集》第9卷，花城出版社，1984年，第126页。
② 王黎军：《儿童视角的叙事学意义》，绍兴文理学院学报，2004年第2期，第54页。
③ 郭沫若：《我的童年》，《郭沫若全集》第11卷，人民文学出版社，1992年，第20页。

作者的批判立场。儿童叙述者的声音和成年叙述者的声音轮流切换，形成了两套不同的话语体系。"儿童"是自传所叙述的事件的经历者，儿童视角就代表经验自我的视角，"成人"在追忆往事时往往会采用叙述自我的视角在叙述中加入当下自我的主观评述。两种声音错杂交织在一起，"使叙事文本在充满内在叙事张力的机理中生成了超越现有文体的它种意义，从而拓宽了叙事的空间"，"读者在儿童叙述者的牵引下，获得了阅读中的审美愉悦，但读者对世界的观察和认知又是远远的超过了儿童的，成年叙述者的评论声音使他能对儿童叙述者所展示的世界作进一步的思考，将作品的主题引向更深刻的层面。"①

二、启蒙救亡的双重变奏

作为五四新文化运动和文学革命先驱者的中国现代作家表现出对旧的中国传统思想和道德的激烈否定与批判。五四新文学表达的反抗传统、追求自我、弘扬个性的主题是五四思想价值的实质和旨归。1915年，探讨中国社会问题的文化评论杂志《青年杂志》创刊，陈独秀在《警告青年》中提出："我有手足，自谋温饱；我有口舌，自陈好恶；我有心思，自崇所信；绝不认他人之越俎，亦不应主我而奴他人；盖自认为独立自主之人格以上，一切操行，一切权利，一切信仰，唯有听命各自固有之智能，断无盲从隶属他人之理。"② 这是中国个人主义的宣言书。追求个性解放，使个人取得平等、自由、独立的权利和地位的启蒙思想在五四时期的中国广泛传播并得到认同。"'五四'人物对传统的政治秩序和道德秩序的否定和批

---

① 郭沫若：《郭沫若全集》第11卷，人民文学出版社，1992年，第3页。
② 陈独秀：《警告青年》，《独秀文存》，安徽人民出版社，1987年，第5页。

判，无非是把人作为人本身这一人本主义命题当作启蒙思想的基本原则：'人的觉醒'是'五四''反传统主义'的真正本质。"[1] 新文化运动对个体的价值和尊严的推崇，直接影响了新文学"自我表现"文学观的建构。创造社成员都是"自我表现"文学观的支持者，他们强调创作者自身的主体性因素，突出作者与作品的关系。其他新文学作家也十分重视个性在文学创作中的价值和意义。庐隐表示："足称创作的作品，唯一不可缺的就是个性"；[2] 冰心也呼吁："请努力发挥个性，表现自己"；[3] 瞿世英认为："凡是那些一种描写自身的作品，都比别的作品好。因为他是写他自己的哲学，所以格外真"。[4] "五四"以后，"人的解放"深入人心，中国现代作家都大力提倡人格独立和个性自由的现代精神，把个性解放当作唤醒民众觉醒的思想武器，猛烈地抨击封建家族制度及其伦理道德。

五四新文化运动提出的目标还没有完全实现时，历史就又匆忙进入了新的时期。大革命失败后到抗战爆发前这10年，是我国阶级矛盾尖锐民族危机严重的时期。国内军阀混战，民不聊生。1931年，日本又公然侵占我国东北三省，并步步紧逼，使中国人民面临着民族危亡的严重局势。面对极度尖锐的民族矛盾和残酷无情的阶级斗争，"救出你自己"的个性主义思想必然受到冲击，中国现代作家身上的国家民族意识和社会责任感等传统人格精神进一步强化。郭沫若曾明确指出："在大多数人完全不自主地

---

[1] 汪晖：《中国现代历史中的"五四"启蒙运动》，《二十世纪中国文学史论》，王晓明主编，东方出版中心，2005年，第155页。

[2] 庐隐：《创作的我见》，《文学研究会资料》（上），贾植芳等编，河南人民出版社，1985年，第159页。

[3] 冰心：《文艺丛谈》（二），《文学研究会资料》（上），贾植芳等编，河南人民出版社，1985年，第69页。

[4] 瞿世英：《创作与哲学》，《文学研究会资料》（上），贾植芳等编，河南人民出版社，1985年，第152页。

失掉了自由，失掉了个性的时代，有少数的人要来主张个性，主张自由，总不免出于僭妄""要发展个性，大家应得同样地发展个性。要享受自由，大家应得同样地享受自由"。① 自传是对自己人生经历的回顾，使作者将目光投向过去的自我，有助于他们的自我反省。现代作家的人生历程都留下了新旧交替时代的鲜明印迹，他们相信通过反省可以实现自我救赎，通过自赎又可以赎众。启蒙的主题和救亡的主题在现代作家心中相互纠缠，他们既是国民的启蒙者又是爱国的救亡者。作者的双重角色使自传中出现了启蒙和救亡的两种声音，两种声音交织在文本的同一层面，使文本深层产生了一种相互碰撞，相互制衡的张力。

由于自我主体意识的缺乏，中国古代自传必然是以当时社会的主流文化（传统观念及封建伦理道德）为依托，是对自身的家庭渊源、学术成就和个人政绩的记录。现代个性意识的觉醒使人的个性从传统专制思想、伦理道德等外在束缚中解放出来，转变为对自我的确信和依赖，使单个的自我成为独立的精神个体。作家对自我内在精神的探究和拷问越是深刻，对自我的认识就越全面和透彻。

个性的解放使人的自我意识觉醒，它就要求人真实地呈现自我，科学地认识自我。现代作家在自传中呈现一个真实而全面的自我形象，不仅记述了他们的理想和成就，也记录了他们自身的局限和失误，表现了大胆的自剖意识。胡适在上海读书期间因与当时教育和社会的叫板而产生苦闷情绪，再加上自己家庭的经济困窘使他陷入绝望的境地，一度过起了放荡的生活。他在自传中叙述了自己因"少年人的理想主义受了打击"和"家事败坏到不可收拾的地步"而"忧愁烦闷"，感到"前途茫茫"的"我"就

---

① 郭沫若：《〈文艺论集〉序》，《郭沫若全集》第15卷，人民文学出版社，1990年，第146页。

跟着"一班浪漫的朋友"堕落,"从打牌到喝酒,从喝酒又到叫局,从叫局到吃花酒",连续几个月"昏天黑地里胡闹,有时候,整天的打牌;有时候,连日的大醉"。一天晚上,他因为酗酒打伤了巡捕,被关入巡捕房,第二天交了罚款才被保释。因人生困境而开始偏离正规慢慢堕落的胡适并没有完全忘记母亲的教诲,对自己的堕落行为是有知觉的。当在镜子里看见自己脸上的伤痕和浑身的泥湿时,"我忍不住叹一口气,想起'天生我材必有用'的诗句,心里百分懊悔,觉得对不起我的慈母,——我那在家乡时时刻刻悬念着我,期望着我的慈母!我没有掉一滴眼泪,但是我已经过了一次精神上的大转机。"胡适想到那位一直鞭策自己读书上进的母亲时,内心充满了内疚,在巨大的痛苦中完成了精神上的转变。这次精神转机促使他正视自己的责任,积极准备投靠官费留学,最终顺利完成自己的学业并取得了令人钦羡的成就。已成为青年导师的胡适并没有回避个人求学生涯中不光彩的一幕,在自传中详细记述自己的精神危机以及自省和忏悔。郭沫若在《黑猫》中忏悔了自己对亲历的包办婚姻应负的不可推卸的责任:"我的一生如果有应该要忏悔的事,这要算是最重大的一件。我始终诅咒着我这项机会主义的误人"。他认为自己参加北伐后,在江西的半年,"可以说完全做的是这样昧良心、卖人格的工作,我现在回想起来,不觉得犹有余痛"。有一次他因醉后骂人,"打了自己重重三下重实的耳光,连连骂自己是政客、政客、混账的政客!"他们严厉地剖析和批判过去的自我,期待理想中新的更好的自我诞生。"只有成为成长和生成的人,通过我的成熟和退化、成功或失败的历史,我才能认识我自己。我的自我理解必然有时间的深度和体现出叙述性。"[1] 他们都曾有过彷徨的时期,但

---

[1] [加拿大] 查尔斯·泰勒:《自我的根源:现代认同的形成》,韩震等 译,译林出版社,2001年,第74页。

都顽强地战胜了自己的消沉和软弱，更加磨炼自己的意志和毅力，最终通过努力走向成功。作家在自传中通过正视自我的局限性，努力探索自我，深化对自我的认识。

在中国传统社会里，群体高于个人，人的社会性又遮蔽了个人的自然属性。"五四"时个人主义观念冲破了封建伦理道德的藩篱，不仅强调人的社会性，也关注人的自然本性。现代作家在自传中大胆公开自己的性心理。郁达夫在《雪夜》①中记述了"我"在20岁的青春期，受到两性解放的牵引，性苦闷"昂进到了不可抑止的地步"，在雪夜走进一家妓院，"受了龟儿鸨母的一阵欢迎，选定了一个肥白高壮的花魁卖妇，这一晚坐到深更，于狂歌大饮之余，我竟把我得童贞破了"。② 第二天醒来，"我"又十分懊悔，流着泪自责："太不值得了！太不值得了！我的理想，我的远志，我的对国家抱负的热情，现在还有些什么？还有些什么呢？"对传主性行为的直白书写达到了惊世骇俗的地步。自传在暴露性行为的同时，也表现了自我内心的悔恨和痛苦，塑造了灵肉分裂的自我形象。《沫若自传》③描述了传主性意识的觉醒，甚至还详细记录了他在县立高小读书时与汪姓少年的亲密交往，"我在这儿才感到真正的初恋了，但是对于男性的初恋。"作者大胆的暴露自我，以无比的真诚忠实地记录自己的私生活，有助于表现自我，张扬个性，反抗旧的封建礼教。作者通过叙事探索自己，在自我审视中完成对自身价值和意义的思考，但他们的问题又是与时代、社会密切相关的，同时代的人面临着同样的困境，因此，作者对自我的反思具有了启蒙大众的意义。

---

① 郁达夫：《郁达夫文集》第4卷，花城出版社，1982年，第304页。
② 郁达夫：《雪夜》，《郁达夫全集》，浙江大学出版社，2007年，第308页。
③ 郭沫若：《郭沫若全集》第11卷，人民文学出版社，1992年，第111页。

中国现代作家自传其实是从启蒙话语和救亡话语两个维度进行书写的。作家在自传中通过对自我人生经历的梳理，考察个人与时代的关系，审视个人和民族的命运。现代作家在动荡的时代中找寻自己的位置，救亡的声音贯穿于他们把个人命运和时代发展并行考察的自传写作中。首先，作家十分关注社会时代的变革及重大历史事件对个人的意义。郁达夫在自传中刻意将传主的出生与当时的重大社会事件联系在一起：

> 光绪的二十二年（西历一八九六）丙申，是中国正和日本战败后的第三年，朝廷日日在那里下罪己诏，办官书局，修铁路，讲时务，和各国缔订条约。东方的睡狮，受了这当头的一棒，似乎要醒传来了，可是在酣梦的中间，消化不良的内脏，早经发生了腐溃，任你是如何的国手，也有点儿不容易下药的征兆，却久已流布在上下各地的施设之中。败战后的国民——尤其是初出生的小国民，当然是畸形，是有恐怖症，是神经质的。①

《沫若自传》也是如此："就在那样土匪的巢穴里面，一八九二年的秋天生出了我。这是甲午中东之战的三年前，戊戌政变的七年前，庚子八国联军入京的九年前。在我的童年时代不消说就是大中华老大帝国的最背时的时候。"② 刚出生的传主本不会对周围的社会环境有什么印象，因此作者书写传主出生时的历史事件只是为了强调自传书写的是具有时代烙印的个人。受中国传统传记的影响，作者自觉地将社会作为自传的关键词，牢牢地把握着时代感。沈从文坚持为现象所倾心，从人生中取证，他在自传中

---

① 郁达夫：《悲剧的出生——自传之一》，《郁达夫全集》，浙江大学出版社，2007年，第257页。
② 郭沫若：《我的童年》，《郭沫若全集》第11卷，人民文学出版社，1992年，第17页。

也通过视觉的感性记忆描述了辛亥革命的片段。"一大堆肮脏血污的人头，还有衙门口鹿角上，辕门上，也无处不是人头。从城边取回的几架云梯，全用新毛竹作成（就是把这新从山中砍来的竹子，横横的贯了许多木棍），云梯木棍上也悬挂许多人头。"河边愚昧残酷的杀戮场面，天王庙掷竹筊决定人的生死……革命就以种种血腥的场面呈现在文本中。"我刚知道'人生'时，我知道的原来就是这些事情"，这"也影响到我一生对于滥用权力的特别厌恶"。①历史事件进驻了个人的经验世界，深深地影响着作者的情感态度。自传叙述的个人经历中都有着历史事件的投影，个人化的叙述为历史事件提供了情境化的存在方式，将个人的情绪与时代的氛围紧密结合起来。现代作家将自己融入时代洪流之中，在社会历史的大背景中寻求个人的身份认同，因此自传展示了他们不同人生阶段所经历的各种历史风云，使自传叙事呈现出鲜明的时代感。庐隐在北京女高师读书时就积极接受五四新思想，参与社会活动：

> 这些被压迫几千年才得解放的民众，真如同发了狂似的，今日这一个团体开会发宣言，明日那一个团体请愿，游行大示威。当然这是学生会的事，我整天为奔走国事忙乱着——天安门开民众会呀，总统府请愿呀，十字路口演讲呀，这些事我是头一遭经历，所以更觉得有兴趣，竟热心到饭都不吃，觉也不睡的干着。②

"五四"时期的青年学生在文化变革和社会改造上都是十分激进的，"五四"以后的现代中国更处于不断激进化的状态，从新文化运动到爱国

---

① 沈从文：《辛亥革命的一课》，《沈从文文集》第9卷，花城出版社，1984年，第126页。
② 庐隐：《庐隐全集》上册，福建人民出版社，1985年，第578页。

主义运动再到阶级斗争。谢冰莹为了逃避包办婚姻争取个性自由,投考军校参加北伐战争。"那时女同学去当兵的动机,十有八九是为了想脱离封建家庭的压迫,和找寻自己出路的;可是等到穿上军服,拿着枪杆,思想又不同了,那时谁不以完成国民革命,建立富强的中国的担子,放在自己的肩上呢?"① 从女作家的思想转变中就可以感受到民族救亡意识的冲击力有多么强大。"在如此严峻、艰苦、长期的政治军事斗争中,在所谓你死我活的阶级、民族大搏斗中——任何个人的权利、个性的自由、个体的独立尊严等等,相形之下,都变得渺小而不切实际。个体的我在这里是渺小的,他消失了。"② 在民族救亡的旗帜下,无论男女,无论拿笔的作家还是握枪的战士,都有着强烈的民族意识,以不同的方式担负起社会历史使命,参与历史的"宏大叙事"。郭沫若在自传中对自己亲历的历史事件更是不惜笔墨,进行了详尽的叙述。北伐时期,革命军露营汨罗江畔,跋涉崇阳山中,奔波咸宁道上,喋血宾阳门外;南昌起义失利后的辗转……这些重大的历史事件在郭沫若的自传中有细致而全面的再现。郭沫若作为历史的见证者,对北伐战争中伤亡场面有较多的细节描写,以这种方式向读者讲述了自己亲历的、看见的历史事件。

> 阵亡的人很不少,尸首在城下暴露了足足40天才得以收敛了,但在那儿压了一个月以上,被压着的草腐化了,因此在那青草地上狼藉着的手榴弹的残骸中,还纵一个横一个地呈出一些人体的烙印。……我冒着那浓烈的尸臭,在一些死尸间向那城门走去,在那城门洞下也横陈着好几个尸首,都是穿着革命军的军服的。尸首大都偃伏着,其

---

① 谢冰莹:《北代途次》,《女兵自传》,四川文艺出版社,1985年,第61页。
② 李泽厚:《中国现代思想史论》,安徽文艺出版社,1994年,第37页。

中最把我打动了的，是靠着城门洞的左壁坐在地上的一个，两手叉着，头部是折叠在胸上的。①

现代作家意识到革命斗争将影响国家民族及每一个人的前途命运，他们以自己的方式投身社会运动实现个人价值。作者在自传中不是将历史事件作为个人成长的背景，以旁观者的姿态来记述历史，而是以见证者和参与者的身份表现个人对历史的感受和认知。

在不同作家的自传中，救亡声音的强弱也有所不同，但它却是始终存在的。救亡声音的加强是对启蒙话语的一种质疑，现代作家思想深处这种内在的矛盾性与复杂性体现了传统的文化心理结构对他们的影响。在自传中两种声音杂糅，相互制约，使坚守与质疑共存于同一文本中，产生了巨大的内在张力。

三、主流话语中的性别意识

作家自传中的自我一般来说包括叙述的自我和经验的自我，个性化的自我和社会化的自我，但是在女性作家的自传中还包含了另外的两种声音，那就是固有社会的男权话语和逐渐觉醒的性别意识的双重变奏。中国的妇女解放不是以性别意识觉醒为前提的女权主义运动，而是由对民族历史有所反省的启蒙者提出来的。颠覆封建礼教秩序的"五四"时代是中国"女性"的诞生期。《新青年》杂志第7卷的《本志宣言》中提出："我们相信尊重女子的人格和权利，已经是现在社会进步的实际需要；并且希望

---

① 郭沫若：《北伐途次》，《郭沫若全集》第13卷，人民文学出版社，1992年，第117—119页。

他们个人自己对于社会责任有彻底的觉悟。"① 叶绍钧也表示:"男女大家应该有个共同的概念:我们'人',个个是进化历程中一个队员;个个要做到独立健全的地步;个个应当享光明,高洁,自由的幸福。"② "五四"启蒙者大都从伦理、心理等方面论述男女平等的必要性。妇女解放、男女平权、女子人格、贞操问题等问题被提出和讨论时并没有性别的针对性,而是和"科学与民主""打倒孔家店""劳工神圣"等一样,出于"反传统"的需要,具有意识形态和历史的针对性。女性在个性解放思潮的影响下,否定以往的社会性别规范,背叛封建家庭,争取个性自由,与男性一起反抗封建专制。因为妇女解放只是作为个性解放的组成部分,是历史性的要求,所以当社会解放成为主流时,女性便失落了她在主流意识形态中的立足点。

中国现代女作家身处半殖民地半封建社会,她们所遭受的不平等不仅是性别的,还有阶级的和民族的。作为弱势民族的弱势性别群体,她们不仅要关注社会性别体制,即女性在社会上的地位问题,更要关注整个民族国家的前途和命运。中华民族的落后被欺是女性受歧视和压迫的重要根源,在不平等的社会性别体制下欺凌残害女性的父权制,又是与阶级、种族等社会因素融为一体的。"在男权制社会里,女性的等级式地位最易引起混淆的地方是阶级领域,因为性地位在阶级可变因素中常常处于一种表面的混乱状态。"③ 这种状态巩固了以男权为中心的社会文化体系。"在这个充满动荡与颠覆、毁坏与重建的年代,女作家们自觉加入了时代叛逆与时代先导的行列。她们最初的创作,几乎无一例外地表现出对支配人们生

---

① 陈独秀:《〈新青年〉宣言》,《独秀文存》,安徽人民出版社,1987年,第245页。
② 叶绍钧:《女子人格问题》,《叶圣陶集》第5卷,江苏教育出版社,1988年,第10页。
③ [美] 凯特·米利特:《性政治》,宋文伟译,江苏人民出版社,2000年,第44页。

活的社会现状的强烈关注。"① 正如法国女权主义批评家克莉斯特娃指出的那样,女性要想进入男性掌握话语权的主流话语,只有两种途径,一种是作为男性的同性进入话语,即站在他的立场上,借用他的概念,以他认可的方式发言。另一种是用不言或异常语言来"言说"。中国现代女作家紧跟时代主动寻找结合社会的契机,分享着男性知识分子的自我想象和自我定位,使女性文本融入阶级意识、民族意识逐渐鲜明的文学主流话语。女作家与男人一起承担起历史的使命,在反帝反封建的营垒中结成战友,并且在战斗中有意地忽略自己的性别,呈现出男性化的姿态。在对民族命运的焦虑中,女作家具有了双重身份:她们首先是"少年中国"之子——社会历史主体,然后才是女性——历史中弱势的性别群体。女作家的双重身份意识使自传既传达出主流话语的声音,同时又在文本深层隐含女性话语的声音。

女作家自传中呈现了将自身嵌入主流意识形态中的女性知识分子形象,她们只是一个社会群体,而不是性别群体。女人只存在于生理层面,是由她自身的女性特征决定的。"在角色和气质这些重要方面,更不用说地位方面,两性间的许多差异实际上是文化的而不是生物性的"② 女作家在自传中塑造的自我形象,在外形举止和精神气质上都带有传统意义上男性专属的特征。庐隐明确表示在生活中自己是一个爽朗旷达的人,"我从小就不喜欢女孩子喜欢的东西","我是一个畸形发展的人物,也是一个富于男性色调的人物"③。谢冰莹从小就和男孩子一样,"白天总是在外边玩,不肯规规矩矩地坐在家里",讨厌纺纱,而"常常和男孩子在一块做泥菩

---

① 李少群:《追寻与创建——现代女性文学研究》,山东教育出版社,1997年,第20页。
② [美] 凯特·米利特:《性政治》,宋文伟译,江苏人民出版社,2000年,第37页。
③ 庐隐:《庐隐全集》上册,福建人民出版社,1985年,第604页。

萨，抛石子，当司令"，拒绝穿耳、裹脚，还争取和男孩子一样上学读书。《女兵自传》中传主的头发"剃得像个芋头一般"，"晒黑了的皮肤"和"因为握枪柄弄厚了皮的右手掌"①都颠覆了传统的女性形象。"所谓具有女性气质，就是显得软弱、无用和温顺。她不仅应当修饰打扮，做好准备，而且应当抑制她的自然本性，以长辈所教授的做作的典雅和娇柔取而代之。任何自我表现都会消弱她的女性气质和魅力。"② 女作家顽强坚定、百折不挠的性格更是迥异与传统意义的女性气质。谢冰莹为争得读书的权利而绝食，因反抗包办婚姻被家人囚禁，四次逃婚最终获得自由。女性已经不再是柔弱的代名词，她们和男性遭遇一样的历史境遇，承担一样的社会责任。谢冰莹作为一名女兵投身大革命的洪流，此后，她的个人命运就随着时代浪潮的涨落而起伏。一般女性都会惧怕的鲜血，在她心里激起的是杀敌的豪情。"我们就这样不分昼夜地，一天二十四小时，在血泊里生活着，工作着。起初，我们的手上染着血时，心里非常难过，吃饭的时候，还要洗洗手；后来伤兵越来越多，战士的血滴在我们的鞋子上、衣上，涂满了我们的两手，这时对于血，我们不但不害怕，反而感到这是无上的光荣。"③ 在硝烟弥漫的阶级、民族搏斗中，女作家将个人的一切融入社会主旋律，意味着女性是与男性一样的主体，获得同男性相同的权利义务，这虽然是对自己作为平等的社会主体的自我指认，但却是以疏离女性自身世界失落性别特征为代价。所指的匮乏使"女性"概念在某种程度上再次成为话语世界的空洞能指。在女作家的叙述中，"大写的人"天经地义地该是男性主体，显露自己的女性特征，就是对弱势地位的认可，意味

---

① 谢冰莹：《女兵自传》，四川文艺出版社，1985年，第8页、第100页。
② [英]西蒙娜·德·波伏娃：《第二性》（下），陶铁柱译，中国书籍出版社，1998年，第387页。
③ 谢冰莹：《女兵自传》，四川文艺出版社，1985年，第337页。

着放弃知识分子的社会责任和神圣使命。

在阶级社会的无意识领域仍然保留着女性与社会之间的藩篱,"性角色对男女两性各自的行为、举止和态度作了繁复的规定。性角色将料理家务、照管婴儿之事划归女性,其他的人类成就、兴趣和抱负则为男性之责。女性的有限作用往往使她停留在生物经历这个层面上。因此,几乎一切可以明确称为人类而不是动物行为(动物也同样会生育,照顾幼仔)的活动都属于男性"①。女作家有意冲破自我与家庭的狭小天地,走向社会,就是为了逃开身为女性的艰难处境和无法磨灭的性别痛苦。女作家与男性一起参与社会革命和民族战争,在投身社会解放运动的过程中,她们的性别意识不断弱化。谢冰莹东渡日本求学时,曾在东京参加追悼东北死难同胞大会,并因拒绝迎接溥仪访日被投入日本监狱,身心遭受巨大伤害。抗战爆发后,她再度穿上军装,到战地救助伤员,进行抗战宣传活动。"'五四'时期的'学生会时代',庐隐是一个活动分子。她向'文艺的园地'跨进第一步的时候,她是满身带着'社会运动'的热气的,《海滨故人》集子里头的七个短篇小说就表示了那时的庐隐很注重题材的社会意义。她在自身以外的广大的社会生活中找题材"②。"五四"时期的庐隐除了参加社会活动,还积极从社会取材,通过作品表达对黑暗现实的不满和抗议。"我正努力着,我不只为我自己一阶级的人作喉舌,今而后我要更深沉的生活,我要为一切阶级的人鸣不平。我开始建筑我整个的理想。"③庐隐在自传中叙述个人的社会经验,折射社会的腐朽黑暗,批判尔虞我诈、钩心斗角的邪恶世道。"当然我的社会经验太浅薄,太窄狭,除了知识界,我

---

① [美]凯特·米利特:《性政治》,宋文伟译,江苏人民出版社,2000年,第35页。
② 茅盾:《庐隐论》,《茅盾全集》第20卷,人民文学出版社,1990年,第110页。
③ 庐隐:《庐隐全集》上册,福建人民出版社,1985年,第595页。

不曾有过更多的生活方面，我又岂能以一隅之见，而推定全部的社会现象呢？不过这已经很够了，最高尚最神圣的知识界，还不过尔尔，其他官场中，商场中，我又何忍设想。"①庐隐在自传中并未浓墨重彩地渲染自己惊世骇俗的爱情故事及由此掀起的情感波澜，而是通过叙述自己多舛的命运，表达自己对人世的感悟，呈现自己在时代精神的感召下日益完善的思想和人格。在大变革大动荡的时代，女人若不放弃自身的性别特征和性别经验，就只能是社会革命与人民大众之外的异己存在。女作家都热切地期望冲破性别差异的限制，进入公共的社会空间，参与民族历史的建构。"在妇女身上，个人的历史既与民族与世界的历史相融合，又与所有妇女的历史相融合。作为一名斗士，她是一切解放不可分割的一部分。"② 女作家在自传中都体现了对自己作为社会主体身份的确认和自信，但对女性形象的书写却呈现出巨大的匮乏。规避女性自我，实际上是为了赢得或保留女性进入历史的权利。女作家在历史进程中确定无疑地充当了重要的角色，但她们无法赋予这一角色以充分的合法性，一旦进入叙事空间就在相当程度上抹去自己的性别身份。回避性别的结果是，让男性的视点、立场和主体意识统治文本。女作家在自传中书写了男性社会所允许的女人的故事，她们在集体无意识中编写着社会革命的神话情节，迎合了主流话语的声音。

女作家臣服于主流意识形态，成为主流话语的传达者，而将性别埋入无意识的底层。"西方人类学家指出，在人类文化史上，女人过着一种双重生活，她们既是社会总体文化圈内的成员，又拥有女性自己的独特特

---

① 庐隐：《庐隐全集》上册，福建人民出版社，1985年，第601页。
② [英]埃美娜·西苏：《美杜莎的笑声》，《当代女性主义文学批评》，张京媛主编，北京大学出版社，1992年，第197页。

征，其文化和现实生活圈子同社会主宰集团的圈子相重合，却又不完全被它包容，有一部分溢出这重合的圈子之外，于是'前者可以用主宰集团控制的语言清晰地表达，而溢出的部分是女子独特的属于无意识领域的感知经验，它不能用主宰集团的语言表达，这是失声的女子空间，是野地'"。[①] 她们虽然在阶级斗争、民族解放等领域，找到了自己与以男权文化为中心的主流话语的契合之处，但在爱情、婚姻、家庭等神话模式之外的事件中，还保留了一些弱化了的性别意识。

母亲是女作家自传中一个重要的叙述对象。虽然在同时代的男性作家自传中也都有对母亲的深情描述，但他们只是把母亲作为自己所接受的影响谱系中的一个符号，而不像女作家将母女关系作为自我塑形的必不可少的环节。"从一方面看，母女之情得到重视很可能是由于母亲代表了历史中的弱者。出于对强暴专制的封建父权秩序的逆反，女儿们倾向于向苦难宽容的母亲形象的价值回归。从另一方面看，一代尚未独立立足社会人生，尚未成为性别主体的女儿们需要以母亲填补主体结构上的不自足性。"[②] 女作家在自传中对母亲的书写，填补了自身性别历史传统及经验的匮乏。母亲与女儿之间，是生命的施与与获取的关系，她们所代表的两代人之间及新旧文化之间的差异，往往在冲突和对立中交织。西蒙·波伏娃在《第二性》中指出："有两种情况使青春期女孩子发现要摆脱母亲影响很难：一种是她被多虑的母亲过分溺爱，另一种是被'坏母亲'虐待，引

---

① 乔以钢：《多彩的旋律——中国女性文学主题研究》，南开大学出版社，2006年，第63页。
② 孟悦、戴锦华：《浮出历史地表——现代妇女文学研究》，中国人民大学出版社，2004年，第12页。

起她很深的有罪感。"① 谢冰莹和庐隐在年少时都对母亲有过坚决的反抗。谢冰莹回忆道："我是一个淘气的孩子，我使母亲常常生气，母亲可以支配很多人，甚至可以支配整个谢铎山底男男女女，老老幼幼；但是驾驭不了我——淘气的小怪物，这是母亲最不高兴的一件事。"② 谢冰莹对包办婚姻的反抗使母女之间的矛盾冲突白热化，母亲把她像犯人一样囚禁起来，她策划四次逃婚，历经坎坷才冲破了封建家庭的束缚。庐隐因为桀骜的脾气从小就不讨母亲的喜爱："母亲看见我，永远没有好脸色。"③ 幼年被寄养在奶妈家，成为家庭的弃儿，长大一些后又被送到教会寄宿学校，她的成长中一直缺乏父母的关爱和家庭的温暖。自传中对母女关系的书写透露了女性在反传统中的艰难处境，表达了女性自我分裂式的焦虑和痛楚。即使在这些情节中，母亲仍有养育她们的辛苦和安身立命的艰难，母女的冲突是因为她们不得已执行父权意志。

母女之间的感情是不可替代，无法割舍的，只是因各自不同的文化差异和价值取向，表达爱的方式也有所不同。自传中书写的母女之间的温情是女作家站在具体的家庭成员的角度对女性生命体验的叙述和思考，母女之情所洋溢的温情与关爱、理解与超越是对女性生命价值的认同与肯定。谢冰莹在艰险的社会中为思想的自由和人格的独立而奋斗，多年之后再次见到母亲时，她依然渴望在母爱的庇护下使自己疲惫的身心得以休憩，并向母亲诉说衷曲："我想老实告诉她，四年来，我饱尝了人间的酸苦，受尽了命运的折磨；我坐过牢，饿过饭，也生过孩子；现在还在过着流亡的

---

① ［英］西蒙娜·德·波伏娃：《第二性》（下），陶铁柱译，中国书籍出版社，1998年，第474页。
② 谢冰莹：《女兵自传》，四川文艺出版社，1985年，第4页。
③ 庐隐：《庐隐全集》上册，福建人民出版社，1985年，第553页。

生活，前途茫茫，母亲呵！何日才是我真正得着自由和幸福的时候？"她们"通过母亲的爱来回避从女儿成长为成人的恐惧，回避那个关于我是谁，从哪里来，到哪里去的，关于一个未知、孤独的性别的诸多问题"。① 庐隐也在自传中满怀深情地叙述了自己与母亲最后一次别离时的情景，表现了自己对母亲深深的眷恋。"她们能够从与这一同性家长的区别、冲突、联系中确立自己性别的，也是历史的、经验的、主体的来源。"② 女作家和母亲最终都走向曲终的和谐，对母亲的观照和期待也是对自我的观照和期待，在自传中母亲不再是被书写的他者，而是传主自身不可分割的一部分，对母亲的理解认同也是一种自我认同。

《女兵自传》"主要是表现在那个时代的女性，如何地从封建的家庭里冲出来，走进这五光十色的社会，吃过多少苦，受过多少刺激，始终不灰心，不堕落，仍然在努力奋斗，再接再厉"。③ 它提醒人们，妇女解放是一个长久存在的问题，随着意识形态斗争的加强，女性作为性别主体的空间日益萎缩。女作家以主体性的豪迈感受时代浪潮的汹涌激荡，把女性的困境和民族国家的艰难一并纳入自己的生命体验。自传中存在的是一个非女性的观察主体，它的视域大部分都重叠在主流意识形态的规范之中，未被包容的部分十分微小。但正是这部分游离于主流意识形态之外的经验世界，显现了女作家自身的性别体验和感受方式，使她们的自传在主流话语的缝隙中闪露女性的性别话语。

---

① 孟悦、戴锦华：《浮出历史地表——现代妇女文学研究》，中国人民大学出版社，2004年，第61页。
② 孟悦、戴锦华：《浮出历史地表——现代妇女文学研究》，中国人民大学出版社，2004年，第20页。
③ 谢冰莹：《关于〈女兵自传〉》，《女兵自传》，四川文艺出版社，1985年，第1页。

第四章 变动成长中的生命历程

传统自传关注的是社会性的个体，重视作者进入社会以后的经历，主要记述传主官职、政绩、交往等内容，进入社会之前的情形也会有所交代，但往往非常简略，对作者个人的成长，即如何成为这样一个人而进入社会几乎没有叙述。传统自传"但写某人为谁某，而不写其人之何以得成谁某是也"，传主的个性通常是"静而不动"的。而现代自传"则不独传此人格已也，又传此人格进化之历史"，[①] 它不仅关注传主是一个什么样的人，还要表现传主是怎样成为这样一个人。现代自传讲述了"自我"由少及长的人生经历和心路历程，既展现了独特的个性，又呈现了个性的形成与发展的轨迹。事实上，一个人的童年生活和家庭环境会对其思想个性的形成产生重要影响。因此，现代自传是一种成长叙事，而且特别关注童年经历及成长中的关键性因素。

一、童年叙事与个性的诞生

童年叙事是现代自传区别于传统史传静态叙事的一个重要特征。"所

---

① 胡适：《传记文学》，《胡适全集》第27卷，安徽教育出版社，2003年，第515页。

谓纪传体的历史学方法，就是以人物为主体的历史学方法。这种方法是将每一个他认为足以特征某一历史时代的历史人物的事迹，归纳到他自己的名字下面，替他写成一篇传记。"① 史传虽然重视人在历史中的作用，"以人别为篇，标传称列"，②但着眼点仍是社会和历史，叙事的重点是参与社会历史进程中的人与社会的关系。按照传统的传记观念，一个人未进入社会就意味着他未参与历史的进程，因此个体成年之前的生活没有进行郑重记录的必要。现代自传则更符合人的价值的发现，很重视传主的童年经历。勒热纳认为："人是通过他的历史，尤其是通过他在童年和少年时期的成长得以解释的。写自己的自传，就是试图从整体上、在一种对自我进行总结的概括活动中把握自己。识别一部自传的最有效的方法之一就是看童年叙事是否占有能够说明问题的地位，或者更普遍说来，叙事是否强调个性的诞生。"③

现代自传中"自我"的建构和"个性"的诞生，都是从童年和少年的叙事展开的。"对于一个文学艺术家来说，丰富的（五彩缤纷的）早期经验具有弥足珍贵的价值。那些最初的、自发的（然而也是强烈的）情感体验像浇在心田深处的第一层水泥浆，完整的个性大厦就在这层'墙基'上逐渐构建起来。对于一般人来说，早期所经历的许许多多事件和体验，他只是偶尔回忆一下而已。但对文学艺术家来说，这些经历都是他最有个性最有价值的'不动产'，它们会保持一生，并且在作家从事主观创作活动

---

① 翦伯赞：《中国历史学的开创者司马迁》，《中国史学史论集》（一），吴泽主编，上海人民出版社，1980年，第107页。
② 章学诚：《文史通义·永清县志列传序例》。
③ ［英］菲力浦·勒热纳：《自传契约》，杨国政译，生活·读书·新知三联书店，2001年，第8页。

时便执拗地流淌和复现出来。"① 大多数作家都将自传的叙事重点放在自己童年和少年时代的经历和所受的影响上。《四十自述》叙述的是胡适从童年到 20 岁参加庚款考试赴美留学这段生活。《从文自传》叙述的是沈从文从童年到 21 岁离开湘西入京闯荡这段人生经历。《达夫自传》叙述了郁达夫从出生到在东京进入第一高等预科这 20 年的人生经历。《资平自传》也是以传主初到日本留学时的一段生活经历为结束,当时张资平大概 21 岁左右。郭沫若、巴金、庐隐等的自传中,童年叙事所占的比例也都较大。

每个人都有来源和历史,这些独特的过往造就了他/她现在的"自我"。"对一个成年人来说,孩提时代并非其他,常常似乎是一连串的稀有事件。它产生的映像非常强烈,甚至在岁月流逝之后,那精神上所受的打击也仍有使我们颤动的力量。"② 现代作家站在已功成名就的存在点上,追根溯源,回顾着、审视着、剖析着,探究自己是如何有了这种存在状态的胚芽以及这胚芽的发展变化。自传中的童年(青少年)叙事着重讲述孩子的内心经历,以及童年经历和以后的生活之间隐含的密不可分的联系,使童年真正成为个人历史的第一幕。现代作家都以充分的童年叙事,解释传主个性的诞生和人格的发展。

巴金是格外重视人格建构的现代作家,不论是在文学作品或是传记作品中,他都很关注人物的人格构成和人格力量,他的作品总是以人格为中心。《巴金自传》正是以童年和少年时代为叙事重点,展现自我人格的形成与发展。巴金生长在一个封建大家庭,接受的是典型的传统教育,但善良民主的母亲给了他另外一种爱的教育。童年的巴金在温馨的家庭中感受

---

① 钱谷融、鲁枢元主编:《文学心理学教程》,华东师范大学出版社,1987 年,第 79 页。
② [英] 安德烈·莫洛亚著,杨民译:《论自传》,《传记文学》,1987 年第 3 期。

到人性的美和善，并受到母亲关于"仁爱"的熏陶，他渴望爱并企图把爱分给他人。"是什么东西把我养育大的？我常常拿这个问题问我自己。当我这样问的时候，最先在我的脑子里浮动的就是一个'爱'字。父母的爱，骨肉的爱，人间的爱，家庭生活的温暖，我的确是一个被人爱着的孩子。在那时候一所公馆是我的世界，我的天堂，我爱一切的生物，我讨好所有的人，我愿意揩干每张脸上的眼泪，我希望看见幸福的微笑挂在每个人的嘴边。"[1] 但亲人的接连死亡使巴金感到了失去幸福、爱和生命的悲哀，使"我"产生了对人生的悲剧意识。女仆杨嫂的死，使"'死'在我的眼前第一次走过了"，"我哭得很伤心"。母亲的死，使"我深深地感到了没有母亲的孩子的悲哀"；二姐死后，"我感到了恐怖"；"父亲的死使我懂得了更多的事情。我的眼睛好像突然睁开了，我更看清楚了我们这个富裕大家庭的面目"。童年的生命体验会影响个人一生的心境和情感基调，对艺术家来说，则更为明显，"艺术家一生的体验都要经过这个结构的过滤和折光，因此即使不是直接写到，也常常会作为一种基调渗透在作品中"。[2] 由童年体验建构的这种心理图式具有某种稳定性，能潜在地规约或控制着个体成年后的行为方式和性格特征。死亡在巴金心中投下了浓重的阴影，气质敏感的巴金开始用悲剧的眼光审度人生，思考社会和人生中的诸多问题。

巴金在封建家庭中目睹了仆人们的种种遭遇，了解了下层人民苦难而艰辛的生活。

> 我生活在仆人、轿夫中间。我看见他们怎样怀着原始的正义的信

---

[1] 巴金：《我的幼年》，《巴金全集》第13卷，人民文学出版社，1990年，第5页。
[2] 童庆炳主编：《现代心理美学》，中国社会科学出版社，1999年，第100页。

仰过那种受苦的生活,我知道他们的欢乐和痛苦,我看见他们怎样跟贫困挣扎而屈服、而死亡;

我在污秽寒冷的马房里听那些老轿夫在烟灯旁叙述他们痛苦的经历,或者在门房里黯淡的灯光下听到仆人发出绝望的叹息的时候,我眼里含着泪珠,心里起了火一般的反抗的思想。我宣誓要做一个站在他们这一边、帮助他们的人。①

下层人民的痛苦经历使巴金看到了社会的不公,产生了反抗的思想。"我找到了我的终身事业,而这事业又是与我在仆人轿夫身上发现的原始的正义的信仰相合的。"巴金在自传中讲述了个体生命的成长历程和自我人格的形成与发展。自传中《最初的回忆》和《家庭的环境》两部分讲述都比较详细,包含了大量的场景和各种细节,而思想人格基本定型以后的《写作的生活》就相对简略,由此可见,叙事的重点是对人格形成与发展起关键作用的童年和少年时代。

郁达夫认为小说中的人物都有作者自身性格心理的烙印:"小说家在小说上写下来的人物,大抵不是完全直接被他观察过,或者间接听人家说或在书报上读过的人物,而系一种被他的想象所改造过的性格。所以作家对于人物的性格心理的知识,仍系由他自家的性格心理中产生出来的。"②在自叙传小说中塑造了大量零余者形象的郁达夫,在其自传中围绕自己的生命体验,展现了自我人格的形成与发展过程。童年是人格行为萌芽的时期,童年经验直接影响着人的个性、气质及思维方式的形成和发展。零余者的性格特征在郁达夫身上主要表现为孤独、自卑、敏感,而这种性格特

---

① 巴金:《家庭的环境》,《巴金全集》第12卷,人民文学出版社,1989年,第394页。
② 郁达夫:《小说论》,《郁达夫文集》第5卷,花城出版社,1983年,第26页。

征的形成与郁达夫的童年经验有关。郁达夫出生在一个破落的乡绅家庭，3 岁丧父，母亲代替父职为家计经常外出，两个哥哥又在外读书，年幼的他只有年迈的祖母和忠心的婢女陪伴，孤独如影相随。"这相貌清瘦的孩子，既不下来和其他的同年辈的小孩们去同玩，也不愿意说话似的只沉默着在看远处。"① 在孤独的童年里，郁达夫体验最深的还有贫穷。"对于饥饿的恐怖，到现在还在紧逼着我。"少年时孤儿寡母试图向店家赊一双皮鞋的经历，又使郁达夫体验到了因贫穷而遭受羞辱的痛苦。贫困是一种经济上的压迫，从表面上看它直接指向物质生活条件和环境，制约和规定着人的社会地位，事实上它却能通过人肉体的承担进而渗入和压迫人的精神和灵魂。孤独的身世和贫寒的家境对作者心灵和精神的压抑，一直贯穿了作者的一生。经济上的窘迫造成的自卑，使他更加敏感。赊皮鞋被羞辱之后，"我非但皮鞋不着，就是衣服用具，都不想用新的了。拼命地读书，拼命地和同学中的贫困者相往来，对有钱的人，经商的人仇视等，也是从这时候而起的。当时虽还只有十二岁的我，经了这一番波折，居然有起老成人的样子来了，直到现在，觉得这一种怪癖的性格，还是改不转来"。② 他的自卑还反映在性心理上："从性知识发育落后的一点上说，我确不得不承认自己是一个最低能的人。又因自小就习于孤独，困于家境的结果，怕羞的心，猥琐的性，更使我的胆量，变得异常的小"。③ 他在同学们眼中是"一个不善交际，衣装朴素，说话也不大会说的乡下蠢材"，在学堂里自然成了"一个不入伙的游离分子"。后来留学日本，在异国他乡面对日本人的侮辱与欺凌，他更是无法摆脱内心的自卑和孤独，在精神上是"一

---

① 郁达夫：《悲剧的出生》，《郁达夫全集》第 4 卷，浙江大学出版社，2007 年，第 259 页。
② 郁达夫：《书塾与学堂》，《郁达夫全集》第 4 卷，浙江大学出版社，2007 年，第 273 页。
③ 郁达夫：《水样的春愁》，《郁达夫全集》第 4 卷，浙江大学出版社，2007 年，第 275 页。

个无祖国无故乡的游民"。《达夫自传》集中描述了对自我人格成长有重大影响的关键事件,展示了自己每个人生阶段的心路历程。

  《从文自传》在对湘西世界的整体扫描中呈现传主的成长史。作者将自我成长的根源追溯到湘西的自然山水和古朴人事上。沈从文没有接受过系统的学校教育,独特的湘西生活给了他最为重要的人生养料:"感谢我那爸爸给了我一份勇气,人虽小,到什么地方去我总不害怕。"① 凭着自己的敏捷机智,儿童时代的沈从文虽然厌倦沉闷枯燥的私塾教育,却热衷于探索书本以外的生活,以强烈的好奇心和求知欲接触社会这本大书。"在我面前的世界已经够宽广了,但我似乎就还得一个更宽广的世界,我得用这方面得到的知识证明那方面的疑问。我得从比较中知道谁好谁坏。我得看许多业已由于好询问别人,以及好自己幻想所感觉到的世界上的新鲜事件新鲜东西。结果能逃学时我逃学,不能逃学我就只好做梦。"② 与自然的亲密接触,培养了沈从文非凡的观察力,而频繁的逃学被惩罚又恰好锻炼了他的想象力。"我一面被处罚跪在房中的一隅,一面便记着各种事情,想象恰如生了一对翅膀,凭经验飞到各样动人事物上去。按照天气寒暖,想到河中的鳜鱼被钓起离水以后拔刺的情形,想到天上飞满风筝的情形,想到空山中歌唱的黄鹂,想到树木上累累的果实。"③ 那些处罚让作者在无法接触自然时有了一个锻炼想象力的机会。敏锐的感知力和强烈的艺术直觉,是他以后走上创作道路的必备素养。

  水边是沈从文童年时最迷恋的去处之一,他为了逃避私塾的惩罚,能高举被写上朱笔大字的一只手,然后把身体泡到河水里玩大半天。"我的

---

  ① 沈从文:《我读一本小书同时又读一本大书》,《沈从文文集》第 9 卷,花城出版社,1984 年,第 119 页。
  ② 同上,第 118 页。
  ③ 同上,第 111 页。

感情流动而不凝固，一派清波给予我的影响实在不小。我幼小时较美丽的生活，大部分都同水不能分离。我的学校可以说是在水边的。我认识美，学会思索，水对我有极大的关系。"与水的亲密接触不仅陶冶了沈从文的性情，而且对他的创作有重要的影响。沈从文作品的背景都少不了水，水在他的笔下不仅是一种自然景象，更蕴涵着他对生命的理解。"对于一切成例与观念皆十分怀疑，却常常为人生远景而凝眸"的个性，使作者了解的人事更加贴近血肉人生，从而成为中国现代文学史上一位视野独特的作家。强烈的主体精神使他在接触到"五四"新书刊之后，自我意识逐渐觉醒，对社会和人生都有了新的认识和思考，最终决定走出湘西探索新的世界。沈从文在自传中追溯自己的童年和少年生活，梳理了自己成为作家的缘由和自我人格的发展轨迹。

其他几位作家的自传也是以充分的童年叙事强调其个性的诞生。不知道谢冰莹童年时对穿耳、裹脚等残害女性身心健康的封建陋习的敌视和以绝食换取求学机会的果敢，就无法理解她作为中国第一代女兵参加北伐战争的壮举和四次逃婚反抗包办婚姻的坚韧。不知道郭沫若童年时代对古代诗文的接触和偏爱，就无法充分理解他后来文学成就的远因和源头。"自传不仅仅是一种内心回忆占绝对优势的叙事，它还意味着一种把这些回忆加以组织、使之成为一部作者个性历史的努力。"[1] 各位作家都对自己最早的、印象最深的人生体验予以理性概括和感性重塑。"儿童并不是一个只可以从外部观察的陌生人，更确切地说，童年构成了人一生中最重要的一部分，因为一个人是在他的早期就形成的。"[2] 鲁迅甚至提出"童年的情

---

[1] ［英］菲力浦·勒热纳：《自传契约》，杨国政译，生活·读书·新知三联书店，2001年，第8页。
[2] ［意］玛丽亚·蒙台梭利：《童年的秘密》，马荣根译，人民教育出版社，1990年，第17页。

形,便是将来的命运"。① 在现代自传中,作者通过对传主的童年和少年生活的详细叙述,确定自我个性形成和发展的历史。

二、引路人的情节意义

现代自传是对"自我"成长经历的叙述,反映其思想、个性由幼稚走向成熟的过程。现代自传中传主的形象,不是静态的统一体,而是动态的统一体,传主本身及其性格在自传中都是变数,极大地改变了人物命运变化及生活中其他因素所具有的情节意义。现代作家把自我的人生看成一个演变的过程,在自传中再现个人的成长经历,并突出成长的原因和方式,呈现斑斓的人生和世界。

在现代作家自传的叙事结构中,成长引路人是一个重要的构建要素。"从社会学的角度看,每一个人的成长都会受到一些人的影响,这些人从正、反两方面丰富着主人公的生活经历和对社会的认识。在观察这些人扮演的社会角色过程中,青少年领悟到不同的生活态度和生活方式,逐渐确立自己的角色意识和生活方向。"② 心智尚未成熟的青少年在认识自我和建构人格的过程中,需要成长引路人指点迷津。

个人的成才需要正面引路人,引导和帮助他在心理和性格上健康发展。在儿童成长过程中有一个较长的对父母的依赖期,因此,在人生的最初阶段,父母通常对儿童的成长有最重要的影响意义。父母的言行举止都会潜移默化地影响着儿童对周围世界的认识,甚至左右着他们个性气质的

---

① 鲁迅:《南腔北调集·上海的儿童》,《鲁迅全集》第 4 卷,人民文学出版社,1981 年,第 566 页。

② 芮渝萍:《美国成长小说研究》,中国社会科学出版社,2004 年,第 125 页。

形成和发展。在男主外女主内的封建家庭中,孩子在幼年时代和童年时代受母亲的影响更大。在现代作家自传中,作者对母亲的人生经历和个性气质都有较详细的描述。胡适将《我的母亲的订婚》作为自传的"序幕",介绍了母亲的身世和经历。《九年的家乡教育》更详细地讲述了传主和母亲共同度过的9年家乡生活,及母亲的言传身教使他得到的做人的训练。"如果我学得了一丝一毫的好脾气,如果我学得了一点点待人接物的和气,如果我能宽恕人,体谅人,——我都得感谢我的慈母。"[1] 沈从文也认为他的气度更接近瘦小、机警、富于胆气的母亲,母亲曾教他识字和其他一切常识,更教给他做人所必备的决断力。郭沫若也在自传中用大量笔墨介绍了母亲的出身和个性,在他的记忆里,母亲开明、乐观、聪明。"她完全没有读过书,但她单凭耳濡目染,也认得一些字,而且能够暗诵得好些唐诗。在我未发蒙以前她教我暗诵了很多的诗。"他在自传中深情地写道:"在一生之中,特别是幼年时代,影响我最深的当然要算是我的母亲。我的母亲爱我,我也爱她。"[2] 巴金也在自传中详细描述了母亲的音容笑貌及性格特征,把母亲看作自己的第一位老师。父母是儿童的保护伞,但随着年龄的增长,孩子不再满足于家庭的狭小天地,他们要探索未知的事物,接触真实而复杂的社会,逐渐地长大成人。在传主们开始告别童真,探询新知的时刻,"兄长"扮演了伙伴式的引路人的角色。"兄长"们接受了新学,在传主的成长过程中给予必要的教育和引导,对传主自我精神主体的形成和发展,起到了积极的导向作用。

在郭沫若的发蒙阶段,对他影响最大的一个人是他的大哥郭橙坞。郭橙坞年少时喜欢写诗学过画画,13岁进学,但几次秋闱都未能及第,1903

---

[1] 胡适:《九年的家乡教育》,《四十自述》,安徽教育出版社,2003年,第39页。
[2] 郭沫若:《我的童年》,《郭沫若全集》第11卷,人民文学出版社,1989年,第32页。

年考入成都东文学堂。在外来文化的影响下，郭橙坞成了启蒙运动的急先锋，他除了提倡放足、女子读书外，还把大量的新书报源源不断地寄到家塾中。《启蒙画报》《经国美谈》《新小说》《浙江潮》等书报都成了郭沫若的课外读物。"除开这些书报之外，还有各种上海出版的蒙学教科书，如格致、地理、地质、东西洋史、修身、国文等等，差不多现在中学堂所有的科目都有。我们家塾里便用这些来做课本。"① 乡里的蒙学堂也是由他提倡的，郭沫若虽然没有直接参加，但也受到很大的影响。1905年，郭橙坞赴日本留学，他想让郭沫若同去，但遭到父母的反对。郭沫若虽未能同去，但大哥向他灌输的富国强兵、实业救国等思想，却启迪他去思索自己以后的生活是应该采取另外一种途径。郭沫若认为："一个人在年轻时的可塑性最大，一个人要成为什么，主要就在年轻时的教育。"② 他虽然并未像大哥期许的那样走实业救国的道路，但大哥的浪漫主义气质，积极接受新事物、新思想，敢于创新等精神品质对他人格的形成和发展产生了深刻的影响。"我到后来多少有点成就，完全是我长兄赐予的。"然而郭橙坞去日本后并没有学实业，而是随时流学了法政，回国之后成了一个军阀的官僚。

谢冰莹的二哥对她的成长也有着很大的影响。谢冰莹在县立高等女子小学读书时，二哥曾寄给她一本胡适翻译的短篇小说集，使她开始与小说发生了关系。"我开始对新文学发生无限的好感与崇拜，这本薄薄的短篇小说集，我一连看了三遍还觉得不满足，好像越看越有兴趣，越看越不忍释手似的。"③ 她能够从军也是由二哥促成的。他认为："她如果想要写出

---

① 郭沫若：《我的童年》，《郭沫若全集》第11卷，人民文学出版社，1989年，第43页。
② 郭沫若：《如何研究诗歌与文艺》，《郭沫若全集》第19卷，人民文学出版社，1992年，第426页。
③ 谢冰莹：《开始与小说发生关系》，《女兵自传》，四川文艺出版社，1985年，第37页。

有血有力，不平凡的作品，那就非经过一些不平凡的生活不可！去当兵，正是锻炼她的体格，培养她的思想，供给她文章材料的好机会，这对于她，绝对只有益而无害的！"① 他为谢冰莹指出了一条解放自己，改变命运的道路，但是自己却在封建社会的迫害下过早地故去了。

巴金在精神上的觉醒和智力上的发展都得到了大哥的帮助，大哥买了很多新的书报，使巴金能够广泛地涉猎，得到思想上的启蒙。

> 《新青年》《新潮》《每周评论》《星期评论》《少年中国》《少年世界》《北大学生周刊》《进化杂志》《实社自由录》……都接连地到了我们的手里；
>
> 我们设法买全了《新青年》的前五卷。后来大哥甚至预先存了一两百块钱在"华阳书报流通处"，每天都要到那里去取一些新的书报回来。②

巴金离开成都到上海，以及后来到法国留学，都得到了大哥的帮助。巴金一直怀着感激的心情怀念他的大哥："我本来是一个愚蠢的、孤僻的孩子。要是没有他们的帮助，也许我至今还是一个愚蠢的、孤僻的人罢"。③ 但善良聪慧的大哥却变成"旧社会中一名诚实的绅士"，最终被旧制度杀死。

郁达夫的长兄郁曼陀对他有着重要的影响。郁曼陀工诗善画、作风严谨、品行方正，在他的影响下少年郁达夫养成了刻苦努力勤奋好学的精

---

① 谢冰莹：《当兵去》，《女兵自传》，四川文艺出版社，1985年，第60页。
② 巴金：《信仰与活动》，《巴金全集》第12卷，人民文学出版社，1989年，第406页。
③ 巴金：《做大哥的人》，《巴金全集》第12卷，人民文学出版社，1989年，第422页。

神。学术与知识间的相互切磋，也使郁达夫受益匪浅，尤其是在中国格律诗的训练方面起到了重要的促进作用。郁曼陀除了督促弟弟好学上进外，在郁达夫的生活和职业方面也积极筹划。1913年，郁曼陀赴日本考察司法，携郁达夫赴日留学，这是郁达夫人生道路上最关键的一步。虽然后来由于生活环境和职业志趣的差异，郁达夫与长兄有过矛盾冲突，但他对长兄一直都怀着敬畏之心。

胡适同父异母的二哥也在他的求学生涯中产生过重要的影响。他能到上海读书以及报考庚款留学，都离不开二哥的帮助。"兄长"在这些作家的成长过程中都曾给予他们鼓励和帮助，扮演了正面引路人的角色。但这些正面引路人本身也是一个矛盾的统一体，他们最终都未能战胜黑暗走向光明，有的腐化堕落，有的被恶势力迫害致死。他们的遭遇给作家们提供了反面参照，在"坏"的对比下，"好"更清晰坚定。

"兄长们"的启蒙和引导使作家们开启了自己的寻梦之旅、探索之路。中国最早接触西方文化的知识分子都是通过著书立说或办刊物等方式启迪智慧传播思想。从自传中，我们可以看到，阅读是现代作家获得知识的重要方式，在青少年时期，他们大多都是通过阅读接受并理解新的思想文化，促进其现代人格的形成。

伙伴式的成长引路人可以是自己的兄长，也可以是成长旅途中偶遇的"兄长"式的朋友。沈从文是通过一名印刷工人接触到五四新文化的，但同样对他的思想产生了重大的冲击。

> 这印刷工人我很感谢他，因为若没有他的一些新书，我虽时时刻刻为人生现象自然现象所神往倾心，却不知道为新的人生智慧光辉而倾心。我从他那儿知道了些新的，正在另一片土地同一日头所照及的

地方的人,如何去用他们的脑子,对于目前社会作反复检讨与批判,又如何幻想一个未来社会的标准与轮廓;我记下了许多新人物的名字,好像这些人同我都非常熟习。我崇拜他们,觉得比任何人还值得崇拜。我总觉得稀奇,他们为什么知道事情那么多,一动起手来就写了那么多,并且写得那么好。①

五四新文化运动中的许多新思想都是通过进步书刊渗透到现代作家的精神世界,使他们的价值观念发生了根本的变化。他们通过自己的探索,最终寻找到实现自己梦想的道路。这些作家都是在"兄长"的影响下,走出了不同于父辈的道路,并且他们在接受新的思想之后,又都超越了自己最初的认同对象。

三、出走:成长的标志性仪式

每个人的成长过程中,总会有些独特的、有象征意义的事件,经历这些事件之后,主人公意识到自己的成长。"成长不是一次性的行为,人总是在各种不同的经历中不断成长。"② 在现代自传中,"出走"是现代作家生活中具有重大转折意义的事件,成为能够代表作者阶段性成长的象征性仪式。他们或是为了求学,或是为了谋生,走进一个又一个陌生的环境,不断接受新的文化体系和价值观念。

20世纪初,青年人离开故乡到大城市去接受现代教育是很普遍的。有些人很小就离开了父母的呵护和关爱,在远离家乡的异地求学,一个个聪

---

① 沈从文:《一个转机》,《沈从文文集》第11卷,花城出版社,1984年,第221页。
② 芮渝萍:《美国成长小说研究》,中国社会科学出版社,2004年,第190页。

慧而敏感的少年开始了探求新知的航程。胡适13岁就离开寡母到上海读书，上海的学习生活使胡适从一个完全不懂上海话的"乡下人"转变成"新人物"。"这一年之中，我们都经过了思想上的一种激烈变动，都自命为'新人物'了。二哥给我的一大篮子的'新书'，其中很多是梁启超先生一派人的著述；这时代是梁先生的文章最有势力的时代，他虽不曾明白提倡种族革命，却在少年人的脑海里种下了不少革命的种子"。[1] 郁达夫也是在少年时代就辗转嘉兴、杭州等地求学，忧郁敏感的郁达夫初次离家到嘉兴时，怀乡之情很强烈，在暗夜的操场或其他无人的地方流尽了思乡的泪水。"忧能伤人，但忧亦能启智"，"事实上，因为在学堂里，被怀乡的愁思所苦扰，我没有别的办法好想，就一味地读书，一味地作诗"。[2]

近代以来，一批批先进的中国人试图向西方学习，引进现代科学技术，实现国家民族的富强。特别是变法维新以后，科学在国内几乎拥有了无上尊严的地位，无论是守旧的还是维新的人都一致崇信。当时的新式学堂里都开设了数学、几何、地理等课程，现代作家也都在青少年时代的求学中开始接受新的科学文化知识。在澄衷学堂念书的胡适，从英文的《格致读本》中"懂得了一点点最浅近的科学知识"，并用它来批判孟子的行善主张和荀子的性恶说，支持王阳明的看法，他以此做的演说《论性》很受同学的欢迎，自己感到很得意。胡适只在澄衷学堂读了一年半，"但英文和算学的基础都是在这里打下的"。郁达夫也在自传中描述了自己刚入新式学堂时对学习现代文化知识的热情。现代作家的这种科学崇拜出自他们振兴民族的良知和真诚，他们渴望通过科学知识的普及实现富国强民的

---

[1] 胡适：《在上海（一）》，《胡适全集》第18卷，安徽教育出版社，2003年，第55页。
[2] 郁达夫：《远一程，再远一程—自传之王》，《郁达夫全集》，浙江大学出版社，2007年，第284页。

理想。科学成为现代知识分子为实现中国的富强之路而寻求的器物上的支持,而科学的精神和知识的习得又进一步改造了他们的思维方式和价值观念。现代作家自从离开故乡,脱离那种由地缘和血缘维系的宗法制度后,人生就带上了明显的流动性。

1905年科举制度被废除,以儒学为支撑的中国传统文化开始衰落。辛亥革命推翻清王朝彻底改变了中国的政体。当五四新文化运动的号角吹响时,历史的进程早已宣告了中国古老僵化的封建秩序的解体。"五四"时期先进知识分子高举"民主"和"科学"两大旗帜,对中国的封建思想和封建文化进行了猛烈的抨击。生活在新旧交替、中西激荡的时代,现代作家必然会受到新的思想文化的洗礼。中国传统的价值体系在外来文化的冲击之下开始发生质的变化,中国的社会政治秩序也在新旧交替的环境之中崩离瓦解。作为半封建半殖民地国家的知识分子,现代作家必然是一个民族主义者,他强烈感受到西方政治、经济、文化侵略所造成的民族痛苦,有向西方学习探求民族解放道路的迫切要求。同时,作为古老的封建大国的知识分子,他又深切地感受到几千年封建专制所造成的精神苦痛,渴望从西方文化中寻求个性解放道路。这双重的历史要求是他们接受西方文化的最初动力,并决定着他们对西方文化的选择和吸收。

出洋留学被现代知识分子看作是解决自我的出路和寻求救国真理的必由之路。胡适在度过了一段萎靡堕落的生活之后,经过一番深思熟虑,最终做出了辞职到北京参加庚款留学考试的决定。"胡适旅居上海的六年,是有关精神探险、个人不受拘束成长的六年。但上海的声望、作为新观念领导中心的地位、它所提供的大量机会、它具有的现代设施等等,都并不能使胡适及许多他的同代人完全满足。实际上,中国社会并不能给予他及其他许多人所要求的东西。这样,上海必然仅成为他新的探险征途中的一个中转站。"① 郭沫若在读中学时，对学校的课程十分不满意，又没有能够填补这种不满的课外研究，内心异常焦躁，当时留学热已经在国内蔓延，于是他对留学欧、美有着很大的憧憬。他在辛亥革命后的那段苦闷的日子里仍抱着这样的希望，"我自己住在夔门以内时只因为对于现状不满，天天在想着离开四川。在那时最理想的目标是游学欧美，其次是日本，又其次才是京、津、上海"。② 郭沫若的想法在当时的知识青年中是有普遍性的。

康有为、严复、梁启超等中国第一代觉醒的知识分子是西方价值和观念的传播者和灌输者，许多新的观念已经渗透到中国现代知识分子的意识和精神世界。向西方学习的观念深入人心，新式学堂对英文的重视便是最好的证明。"中国人也敬畏日本的惊人成功，但这种成功仅加强了西方价值优越的信念，使中国人对西方更加向往。中国学生到日本，主要不是学习日本的方法，而是通过日本来学习西方的知识。"③ 郁达夫、张资平、谢冰莹等都曾留学日本，但留学日本似乎是他们学习西方的一种折中的办法。张资平就是因为担心自己的英文程度不够，所以选择报考东洋的。谢冰莹也在自传中表示："我有一个计划，是想在东京再努力读几年日文，然后把托尔斯泰，狄更斯，罗曼·罗兰，巴尔扎克……几位我最崇拜的作家底全部杰作，介绍到中国来。我的英文根基没有打好，不能从英文翻译，那么只好走这条比较容易走的路子；何况东京的出版界又是那么迅速，无论一部什么有名的著作，只要运到东京后，不到半月，日译本就出

---

① [美] 周明之：《胡适与中国现代知识分子的选择》，雷颐译，广西师范大学出版社，2005年，第19页。
② 郭沫若：《初出夔门》，《郭沫若全集》第11卷，人民文学出版社，1992年，第331页。
③ [美] 周明之：《胡适与中国现代知识分子的选择》，雷颐译，广西师范大学出版社，2005年，第22页。

来了；而且售价很廉，怪不得这么多人来东京留学，特别是文人。"① 这些都表明，中国人到日本留学的比较多，更多是由于地理的接近、经济的节省，文字的类似等外在因素，他们都是将希冀的目光投向西方，虽然在日本留学但接受的思想文化都是西方的。出洋留学使青年们接受新的知识、新的思想，同时也经历了巨大的文化碰撞和价值落差，是他们人生中最具有转折意义的事件。

处在社会动荡、政局混乱的现代中国，个人的遭遇必将复杂多变，只能在不断变动的时空中艰难生存。比起同时代的其他作家，以"乡下人"自居的沈从文的"出走"经验更为特殊。他自幼便厌恶枯燥的私塾生活，倾心于自然、人生的"观世光色"。在他看来，从"大书"上学到的"智慧"和"人事"比从"小书"上学到的"知识"更为重要。沈从文15岁时就离家开始了行伍生涯，由于部队的不断换防他有机会了解湘西各地的风土人情和日常生活。军旅生活使他看到了愚蠢的杀戮、残酷的阶级压迫及军人的正直和善良，并极其偶然地使他有幸接触到了历史和文学，引发了他对智慧的倾心和对生命价值的思索。"知识同权力相比，我愿意得到智慧，放下权力。"因此，他怀着强烈的自主意识迈出了人生中最重要的一步——走出湘西。"我想我得进一个学校，去学些我不明白的问题，得向些新地方，去看些听些使我耳目一新的世界。"②

人生中总有一些具有重要转折意义的契机。出走标志着他们开始步入新的人生阶段，虽然未来的生活还有很多不确定，但坚定的理想和信念，使他们克服了最初的惧疑，走向新生活成为他们的必然选择。一次次的出

---

① 谢冰莹：《再渡扶桑》，《女兵自传》，四川文艺出版社，1985年，第319页。
② 沈从文：《一个转机》，《沈从文文集》第9卷，花城出版社，1984年，第223页。

走经历，像一道道节节上升的螺旋，构建了传主的成长历程。

依据作家自传中提炼出的叙事逻辑，我们可以看到，作者都是通过传主的个性的诞生、成长的引路人、成长的仪式等方面内容的叙述来表现成长的主题。作为"五四"一代的新型知识分子，现代作家都经历了时代带给他们的进退失据和痛苦挣扎。时代背景必然会对个人生活产生影响，他们的人生历程既有命运的偶然性，又有历史的必然性。现代自传在记述自我的人生状态时也表达了共同的精神面貌和时代主题。

第五章　个性化与"心理化"叙事

传统自传在强调社会性时关注的是与历史有关的大局、大事、传主的社会功绩及社会对其评价等，而往往忽视了个人的内心世界。事实上，个人的意识活动和实践活动同样重要，意识活动及其结果的总和就是精神世界，它揭示了人的本质。对传主精神世界的重视成为现代自传的一个鲜明特征。法国著名的传记作家安德烈·莫洛亚认为注重传主的内心冲突和揭示传主人格的复杂性是现代传记的基本特征，他指出："若不考察一个人物的各个方面，不深入了解其无数的细枝末节，要想把握他的心理状况，是根本不可能的"。[①] 现代作家对自我的内心世界和精神生活的重视，使他们选择了注重情感抒发和心理显现的"心理化"叙事方法。写作自传的这些作家都是优秀的文学家，他们将小说中的心理描写运用到自传创作中，借助内心独白、精神分析等手法，在叙述自我人生经历的同时，将视线转向自我的精神世界，探寻自我的心理体验，展示个体精神世界的动荡和演变。

[①] ［英］安德烈·莫洛亚著，刘可、程为坤译：《论当代传记文学》，《传记文学》，1987年第4期。

一、独白、抒发与心理分析

传统自传中作者对传主的认知与理解受以儒家"礼教"思想为主体的传统文化模式的制约。"礼教"的作用"在于维护上下尊卑的统治体制,其文化形式则表现为个体的感性行为、动作、言语、情感都严格遵循一定的规范和程序","礼教"规约下的人性"实际即是原始群体、氏族、部落历史具体地要求的社会性"。[1] 这种文化模式强调人的外在的群体性和社会性,无视人作为个体存在的内心活动和生命状态,使人的个性和生命欲求被社会性、群体性等原则所遮蔽。在这样的文化模式的制约下,传统自传中的"我"是处在外部的社会生活中的人,而不是具有独特个性和丰富感性的个体。注重人的外部关系,注重人在社会空间中的个体地位,是传统自传的文化基础。

五四新文化运动以"人的发现"为目标,否定了"礼教"文化,掀起了"个性解放"的时代浪潮。个性意识作为"五四"时期的时代精神,对每一个信仰和追求"个性解放"的个体起到了理性的引导作用,使他们开始重视个体性的生命体验和人生感受。个体的生命体验和人生感受是原发性的、个人性的,具有突出的个性化特征。个性意识的觉醒使现代自传将以前被公共化的价值判断和社会化的"宏大叙事"所遮蔽的个人独特的生命体验和人生感受揭示出来,将人的心灵世界细致入微地展现出来。

单有表现内在自我的愿望还不够,还要有准确把握内心世界的能力。五四运动以后,心理学作为一门学科在中国发展迅速,成为新式教育的一

---

[1] 李泽厚:《华夏美学》,天津社会科学出版社,2001年,第28页。

个组成部分。作为一种对人的心理现象进行专门研究的学问，心理学改造了作家的知识结构和思维方式，促使作家自我意识的觉醒，深化作家对个性解放的理解。现代作家在个性解放的引导下，借助心理学知识，对自我的内心世界和精神生活进行深入的观察和分析，准确而全面地展示了人物的心理现象和内心活动。

人类对"过去"的记忆总是杂乱的、感性化的，叙述者在叙述时不是事无巨细、包罗万象，而是围绕一定的主题决定表现什么、解释什么，自传作为回顾性的叙述也是建立在选择的基础上。"对艺术家来说，他的敏感和创造性则在于：他能不断淘洗作家的内在冲动，确立'过去'及其那些人与事的外部边界，即他能把'过去'及其人与事作为一种审美客体接收和纳入自己主体的深度体验之中。"① 现代自传虽然是按时间推进的，但它叙述的是传主的心灵发展史，而不是流水账式的个人年谱，因此"回忆"有意舍弃了某些生活事件的自然过程，而选取那些刻骨铭心的最能引起作者情感波动的生活片段，这些构成情节内容的生活片段在很大程度上体现了创作主体的个性和情感。现代作家在自传中直接揭示人物的内心世界，展现外部事件在人物内心所引起的波动，而不仅仅是通过人物的语言动作，表现人物的感情变化。

自传是叙述者站在第一人称的立场上描述自己的人生经历，再现特定的人生事件时也要有相应的内心活动，使自我形象更加丰满。现代自传在表现人物的内在变化时，通常使用直接或间接内心独白技巧，自由展示人物心理变化，使读者能深入人物内心。《女兵自传》被认为是比传奇小说还好看的传奇故事，传主百折不挠的个性和清醒执着的奋斗精神，曾激励

---

① [苏联] 巴赫金：《巴赫金全集》第1卷，钱中文译，河北教育出版社，1998年，第306页。

了无数青年走上反封建反礼教争取自由和个性解放的道路，甚至鼓舞了无数青年走上战场奋勇杀敌。然而，在传主坎坷曲折充满磨难的前半生中，自杀的念头也曾多次出现，只是坚强的意志和强烈的使命感最终战胜了内心的怯弱，使她最终走出一个个艰难困苦的境遇。"内心独白是向着戏剧化前进的一步，这种作品中使用的永远是现在时。由于强调的是个人的内心生活，所以这是一种更为严格而可信的写实主义的形式，其中有很多自传性的成分。"[①] 谢冰莹用内心独白的方式记录了自己内心深处情感与理智的矛盾冲突及心灵所承受的痛苦煎熬。

传主因反抗包办婚姻而被母亲监禁，在孤立无援的情况下，生与死在内心展开激烈的交锋：

——自杀，倒是个最好的办法，忍受一刹那的苦痛，解除了一生的烦恼，忧愁。人生究竟有什么意义？迟早是死，无论在生时做过多少伟大的事业，建立过多少奇功，一到最后的一口呼吸停止时，什么都没有了！一切都是幻灭，一切都是空虚。牺牲了吧，与其将活泼泼的生命付与别人去宰割，不如痛痛快快地死在自己手里；生命是我的，当然我有权利来处理。死吧，死是我最后的安息，也是我最后的胜利！

——死？难道你真的只有死路可走吗？为什么不想想自己的前途？你常常责备自杀的人太没有勇气，太懦弱，太不中用；求生，是一切生物的本能，何况一个为万物之灵，具有创造一切的聪明的人应该努力求生，而真的去寻死吗？你虽然是这样渺小，即使真的自杀，

---

① [美] 利昂·塞米利安：《现代小说美学》，宋协立译，陕西人民出版社，1987年，第200页。

于社会没有丝毫影响，它绝不会因你的死，有什么损失；但你自己对得起国家吗？对得起供给你饭吃，供给你衣穿，供给你受教育的父母吗？你不想想，你是受过革命洗礼来的，你负有改造社会的使命，你曾经上过前方，你曾否认自己是个懦弱无能的旧式女子，而是个有血性，有勇气，意志坚强的新女性！你是反抗一切的封建制度的战士……现在难道你真的忘记了自己的任务吗？死，就是表示你的失败，礼教的胜利。封建社会，这杀人不见血的恶魔，每天都张开血嘴，在吞吃这些没有勇气奋斗的青年，你也甘愿给它吞下去吗？而且，你应该更进一步想想，自杀是多么愚笨的事呵，你死了，旧社会少了一个叛徒，即使你没有勇气拿着枪，跑上战场去冲锋杀敌，也应该做一点于人类有益的工作呀。[①]

作者采用内心独白写出自己的所思所想，用这种直接的方式吐露了自己的悲伤、矛盾和希望等情绪，让读者看到单靠外部形象很难表现的内心感受，使传主的形象更加完整和真实。

当作者执着追求的爱情、婚姻濒于破灭时，自杀的念头再一次浮现在传主的脑海中：

——死吧！十二点半从天津开来最后一班特别快车，趁着这时我丢下孩子去躺在铁轨上吧，让火车驶过来把我压成粉碎，等他去看明早铁轨上一副血肉模糊的女尸招领的新闻吧！

——或者就用绳子吊死在这屋里吧，横竖他是不会进来的，只要

[①] 谢冰莹：《女兵自传》，四川文艺出版社，1985年，第117—119页。

将绳子结紧一点，身子悬在空中，至多十分钟以内一定可以断气。

——好，就这样决定吧，这比去铁轨上自杀还方便得多呢。

……

——孩子是我生的，我应该好好抚养她，不要使她初来到人间，就做了无母的孤儿；即使要自杀，也应该先把她安置好了再说；否则，奇是不会照管孩子的，将来他有一天另娶了，遇着这女人又不喜欢孩子的话，那么孩子的前途还敢想象吗？

这样一想，死的念头又渐渐冷下去了。

……

——唉！你已经是个被爱人遗弃的女人了！还留恋人间干什么？你看，自己是这样过着痛苦的生活；他却还能安心地看书，天呵，男子难道真的是铁打的心肠吗？

——孩子，管她做什么？横竖她是国家的人，生也好，死也好，何必这样痛惜她；我这么大了，社会都不能保障我的生命，何况她是一个这么弱小的婴儿呢？

——死吧，就这么不顾一切地死吧！

……

这天晚上生与死的斗争，一直延长到黎明。①

内心独白是最具内心探索性质的话语场景，对独语者心灵深处微妙的难以描述的情感、意识、思想进行着捕捉和表现。在生与死的心灵交锋中，"我"的内心斗争很激烈，心情非常复杂矛盾。作者用大段的内心独

---

① 谢冰莹：《女兵自传》，四川文艺出版社，1985年，第254—256页。

白，展示了自我心理的矛盾冲突，让读者清晰地看到一个具有强烈自我意识的个体的挣扎与困惑，具有强烈的情感冲击力。"几行或几段内心独白或以第三人称写出的意识之流，戏剧化描述的情感潜流，那生动的蔓叶花饰，那些内心冲动和内心分裂，那些自我认同的瞬间，自我分析和自我审视的瞬间，悲痛中的倾吐心志，心灵深处抑压的呼喊，客观景象在心灵上形成的意念和情感印象——所有这些内部意识之流迸发的微微闪光，都将产生一种丰赡而富有诗意的综合复杂的意蕴，对于严肃的小说来说，这是新的心理探索范畴。这就是生命的本来面貌，是活的现实，也是生命的秘密和奇妙所在。"[1]谢冰莹通过对内心矛盾冲突的描写，深入地开掘了自我的内心世界，呈现出自己纷繁复杂的心理侧面，从而使这个叛逆而矛盾的女性形象更有立体的质感。

现代自传打破了古典自传一贯采用客观描绘和旁观评价等手法的模式，用类型不同、长短不同的内心独白展示人物暂时的局部的心理动态，是对自我情感的直接抒发。内心独白可以在没有叙述者介入的情况下，直接向读者传达人物内心的无声语言。作者通过内心独白直接披露自己的情感体验，使文本的主观性和抒情色彩更加浓厚。作者在直接展示人物内心情感流动的过程中，有时会使用直接引语对人物心理进行挖掘和诠释。直接引语中有承担"路标"功能的引号，引号有信号意义，更容易将读者引入人物的内心世界，并给人以真实生动之感。

张资平在自传中经常采用直接内心独白技巧，表现某些事件在传主内心深处引起的波澜。张资平在几位老师的鼓励下，决定报考留学，因文凭引起的小风波也有惊无险顺利解决，满心欢喜的传主因此充满了对未来的

---

[1] [美]利昂·塞米利安：《现代小说美学》，宋立协译，陕西人民出版社，1987年，第206页。

各种畅想：

  我从教育署出来，在途中觉得头脑有点发热，只顾胡思乱想。

  "考上了日本留学，有港币百元的制装费，到日本后，每月又有日金三十七元半的官费可领。……"

  想到这里，真是心花怒开。

  "我不再写信回家去了，要等到留学考试的结果发表以后，——不论成功失败。——领得一百元港币的制装费，要买些什么呢？硬化得像门板一样的棉被，实在失掉了防寒的性质，到香港去时，须得买一件红毛毡了。去年冬实在冻得人害怕了。同学们十中七八有手表，自己也非买一个手表不可了。还要买些什么呢？好一点的帆布学生装。不要再穿白竹布的制服了。还有黄皮鞋，也得买一双。此外，……此外，……最好有余裕时，再买一幅墨晶金丝眼镜，装束起来，同学中哪一个赶得上我漂亮呢？……"

  走到祠堂前来时，才像从梦中惊醒过来。我还欠包饭的二伯母的债，积至一百二十毫以上了。单就这部分的亏欠来说，对于留学考试，实在有济河焚舟的必要。不然，对家中的父亲，真是报销不出了。

  "港币一百元！天鹅肉，自己在做梦！"

  我登时像完全失掉了水分的植物，萎缩起来了，我想，假如考不上留学日本，今年暑假决意不回家了。否则无法可以弥缝这笔亏欠。让父亲的盘川寄来了后，便借一个口实不回家去。①

---

① 张资平：《资平自传》，上海第一出版社，1934年，第76—77页。

直接引语的插入像手术刀一样剖开了人物的外在躯壳，使作者的笔尖直接触及人物的灵魂深处。这段文字细致地描绘出传主由惊喜到振奋、由自卑到沮丧的复杂内心情感。在这一系列动态的情感迭进的描述中，一个遭受经济压迫的既骄傲又自卑的青年形象栩栩如生，跃然纸上。

自传中的内心独白或长或短，有些旨在表现人物内心的各种思想感情相互冲突、反复较量的过程。有些则是为了渲染内心感受包含着强烈的感情色彩。

郁达夫在经历了由中学到教会学校的一系列转学事件以后，对当时腐败的学校教育深感失望，因此做出了回家自学的另类举动：

等年假考一考完，于一天冬晴的午后，向西跟着挑行李的脚夫，走出候潮门上江干去坐夜航船回故乡去的那一刻的心境，我到现在还不能忘记。

"牢狱变相的你这座教会学校啊！以后你对我还更能加以压迫么？"

"我们将比比试试，看将来还是你的成绩好，还是我的成绩好？"

"被解放了！以后便是凭我自己去努力，自己去奋斗的远大的前程！"

这一种喜悦，这一种充满着希望的喜悦，比我初次上杭州来考中学时所感到的，还要紧张，还要肯定。①

郁达夫认为，回乡独居苦学的两年带给他很大的收获，是对他一生影

---

① 郁达夫：《大风圈外——自传之七》，《郁达夫全集》，浙江大学出版社，2007年，第293页。

响最大的一个预备期。年仅 16 岁的传主能做出这样特立独行并使自己受益终生的决定，使他深感自豪。作者用直接内心独白的方式展现自己当时的豪情壮志，既表明了此事在作者记忆中留下了深刻的印象，又有强调凸显这一事件重要性的作用。

五四运动的余波激起了沈从文追求真理，追求光明的勇气，他经过认真的思考，最后做出了改变自己一生的重大决定：离开湘西到北京寻求新的人生。沈从文也采用直接的内心独白，吐露自己在特定时刻的复杂思想情感：

> 到后得到一个结论了，那么打量着："好坏我总有一天得死去，多见几个新鲜日头，多过几个新鲜的桥，在一些危险中使尽最后一点气力，咽下最后一口气，比较在这儿病死或无意中为流弹打死，似乎应当有意思些。"到后，我便这样决定了："尽管向更远处走去，向一个生疏世界走去，把自己生命押上去，赌一注看看，看看我自己来支配一下自己，比让命运来处置得更合理一点呢还是更糟糕一点？若好，一切有办法，一切今天不能解决的明天可望解决，那我赢了；若不好，向一个陌生地方跑去，我终于有一时节肚子瘪瘪地倒在人家空房下阴沟边，那我输了。"[1]

写作自传时的沈从文已经拥有知名作家和大学教授等头衔，要让自己支配命运的决定已取得了成功。他通过详细呈现自己在重大人生抉择时刻关于利弊的各种考虑表现其善于决断的个性。

---

[1] 沈从文：《一个转机》，《沈从文全集》第 9 卷，花城出版社，1984 年，第 223 页。

内心独白还可以零星地点缀和穿插在回顾性的生活片段中，表现传主在特定情景下的主观感受和情绪。许钦文进入军人监狱之后，亲人都非常挂念，不断地探望并常常送东西给他。"我想，只是为着这两点，我也是应该希望这只不浪舟，早点考拢码头的了。'我也只好这样希望了罢，'我不知不觉的这样想了起来，'只有实行放大拢子，才得马上离开这只不浪舟！'"① 内心独白既可以是作者具有特定意义的内心冲突的迸发，也可以是日常生活中司空见惯的自言自语，这些灵魂深处的自我对话能够赋予文本一种新鲜的生活真实感。"内心独白赋予故事以直接性，这是它最有用处的功能之一。同对话一样，内心独白能使过去的事件具有即刻生动的性质。"② 张资平考上官费留学以后，从经济的压迫中解放出来，精神上开始松懈：

> 有时略一反省也知道不该不努力用功。但在另一方面，又自宽自慰地对自己说："慢慢来吧。还早呢。在省城二三年，物质上太受苦了。休息一年半年，透透气吧。"嗣后，还跟他们到吉原和浅草十二阶下去游览。（前者是公娼所在地，而后者是私娼群集的地方。）虽幸未堕落下去，但也常常感着不小的诱惑。"你是革命政府新派遣来日本留学的官费生！"想着自己的资格既如此，但自己的学力又如彼，也常感着一种矛盾的痛苦。③

内心独白是人物心灵的自我对话，在自传中，对于内心独白的精确复

---

① 许钦文：《钦文自传》，人民文学出版社，1986年，第30—31页。
② ［美］利昂·塞米利安：《现代小说美学》，宋协立译，陕西人民出版社，1987年，第175页。
③ 张资平：《资平自传》，上海第一出版社，1934年，第92—93页。

制，也同有声话语的精确复制一样，是不可能的。自传中传主的内心独白不可避免地被删减和调节，但它依然是按照记忆中的片段陈铺开来的。

作者在按照事件发展的外在线索建构叙述文本时，除了运用大量的内心独白之外，还会穿插大段的对自己内心世界的剖析和评价，虽然会造成外在事件叙事的中断，但有助于细腻地展示传主的思想活动，表现传主在特定时间内的情感变化。

为了不喜欢做祷告，我宁愿每天早晨和晚间，或者吃饭的时候，躲到厕所里去受苦。有次被吴先生发觉我常常吃饭迟到，她叫我到训育部去。

"你为什么每次吃饭时要比别人后到？"她问我。

"我没有听见摇铃。"

"是真的吗？"

"真的！"

"在上帝的面前不要说谎话，以后每天吃饭时，你都要来作祷告。"她微笑着摸了摸我的头。

"好的！"口里虽然这样答着，心里却在想："上帝知道……"

那时我的知识幼稚，脑筋也很简单，我没有什么高深的理论来和同学们辩论，我常常怀疑这句话："凡信上帝的人都能得救。"为什么每个星期日，许多穿褴褛衣服来做礼拜的穷人们，他们永远是如此穷下去呢？上帝不能赐给他们衣，食，住；也不能替他们医治疾病，更不能使他们找到职业。如果说，贫困的人，是因为他们有罪，所以上帝处罚他们，我不相信上帝会这么小气。我只晓得，人就是创造世界的上帝，什么都是自己靠自己。①

谢冰莹在教会学校时，因逃避作祷告而引出风波，简单的对话和叙述之后是传主的思考，是青少年时期的谢冰莹对宗教最浅显的理解和看法，由情节叙事直接过渡到自我的主观评判，除了传达出当时身为无神论者的传主的观点也显示了她的坚定和自信。

青少年时期就接受新思想洗礼的郭沫若，一直向往新式婚姻，但他却接受了父母的安排与一位旧式女子结婚，这成为他一生中最要忏悔的事。在自传中他连用几个比喻，浓墨重彩地谱写了自己当时的想法，使自我复杂的内心世界真切地显露出来。

说到我自己呢？人是一个善于适应环境的动物。他总会有种种的幻想来安慰自己。在未订婚之前他有他的梦想。梦想的是几时当如米兰的王子在飓风中的荒岛上遇着一位绝世的王姬；又当如撒喀逊劫后的英雄在决斗场中得着花王的眷爱。这样高级的称心的姻缘就算得不到，或当出以偶然，如在山谷中遇着一株幽兰，原野中遇着一株百合，那也可以娱心适意。现在呢，婚事已经定了。怎么办呢？拒绝罢，叔母是那样可以相信的人。她不是说过那苏溪场的姑娘人品好，在读书，又是天足吗？你还要苛求甚么？她说不定就是深谷中的一朵幽兰，或者是旷原里的一枝百合。母亲的信中还说：叔母认为姑娘的人品和三嫂不相上下。三嫂是家中最美的人，禁不住想到了年幼时在竹林下想去扪触三嫂手掌的那桩心事。是的，她或许就是理想中的人

---

① 谢冰莹：《女兵自传》，四川文艺出版社，1985年，第40—41页。

物，他们可以共同缔造出一座未来的美好花园。

　　就这样要说是绝望说不上绝望，要说是称心也说不上称心。心机像突然取去了秤盘座的天枰，两个秤盘只是空空地动摇。动摇了一会之后自然又归于平静了。①

"人是一个善于适应环境的动物。他总会有种种的幻想来安慰自己。"这是作者的自我解嘲，说明他已经意识到妥协是自己的一个性格弱点。媒人把女方的品貌说得天花乱坠，使他抱有美好的幻想："说不定就是深谷中一朵幽兰，或者是旷原里的一枝百合"，但是由于他对女方一无所知甚至模样都没见过，因此，心里仍然是十分忐忑。作者将心机比作天枰，"动摇了一会之后自然又归于平静了"，将其曲折变动的心态表现得十分形象贴切。与传统自传相比，现代自传更关注个体的精神和人格，因此不仅叙述了外在生活事件的发展过程，还展现了生活事件在传主内心所引起的情绪反应和情感体验。

二、神态、感受与间接心理描写

　　心理描写能够深入细致地揭示人物的心灵奥秘，是丰富人物性格和剖析人物灵魂的有力手段。小说中人物的个性和情感固然可以表现在典型动作和语言上，但丰富的内心生活也是不容忽视的。中国古典小说以白描见长，通过人物的动作和对话表现人物性格，文笔简练，很少直接的内心刻画，即使有也只是简单的几句话。如《水浒》第二回，鲁达三拳打死郑屠

---

① 郭沫若：《黑猫》，《郭沫若全集》第 11 卷，人民文学出版社，1989 年，第 283—284 页。

后的心理描写:"鲁达寻思道:'俺只指望痛打这厮一顿,不想三拳真个打死了他。洒家须吃官司,又没人送饭,不如及早撒开。'"。① 许多古典小说中都是偶尔零星出现这样简短的心理描写,只有到了《金瓶梅》和《红楼梦》,人物的心理描写才有所增加,然而大段的心理分析或内心独白还是罕见的。

心理描写作为表现人物心理活动和精神状态的一种艺术手法,在中国现代小说中得到了前所未有的重视。心理描写成为表现人物内心的重要手法,不只是技术方面的原因,更是与五四新文化运动中"人的发现"密切相关的。"人的发现"打破了传统的价值规范和伦理原则,重视人作为个体生命的人生价值和人性内涵。在社会生活中个体地位的上升带来了对人的精神世界的重视与开拓。心理描写通过对人物内心思想活动的描写,表现人物丰富而复杂的思想情感,生动地展示人物的心路历程,是刻画人物性格的重要手段。中国现代小说中大量的、有深度的心理描写,极大地丰富了小说的表现内容和艺术手法,深化了小说的主题意蕴和文本的审美内涵。

中国古代自传的叙述重点是以客观的社会生活为前提的人生重大事件,因此自传的主体是社会化的生活经验和公共性的价值观念,不注重个人主观的精神世界的描写和性格变化的刻画,未能对传主的人格成长作深层次的揭示。中国现代自传则采用了大量的心理描写,细致入微地表现人物的性格特征和内心世界,呈现传主人格的发展轨迹。

张资平在自传中将自己报考公费留学后内心的波动描写得淋漓尽致,看发榜时的心态更是刻画得惟妙惟肖:

---

① [明]施耐庵著,[清]金圣叹评改,张国光校订:《水浒》,华中理工大学出版社,1998年,第49页。

距教育司愈近，我的胸口便愈跳动，双脚也愈颤动，几乎不会走路了。

刚踏入外门，就看见对过的墙上，高高地贴着一张榜。但看榜的人却寥寥无几。只有四五个人，其中有一二个人在拼命地抄录入选者的姓名。我也顾不得胸口颤动，足胫无力，忙三步并二脚，走到墙面前来。抬起头来望了望那张复试的榜，在这瞬间，只觉得榜面是花花绿绿的，认不清楚是什么字。我当然是先注意榜的后半段，看是不是考上了备取第二名。但认真一看，我惊骇得心脏几乎要从胸坎里跳出来了。

"这是什么道理啊！"

我当时就像服了多量的亚斯匹林，全头面，全身上都是汗水淋淋了，双脚颤抖得非常厉害了，若不是怕人们笑话，我真要蹲下了。

"备取第二名哪里是自己的名字呢？"

但是这榜上明明是有自己的名字。自己镇静了一下，审查自己的名字，恰恰占了孙山的位次。

……

在榜下的墙面前立了一会，汗水也稍稍停止了。……

我走出教育司的外门首来后，又还有些不放心，自己真的是考上了正取第三十名。于是再折回头，进去看榜。……

在回寓的途中，仍然是全身渗着汗，不过没有初看见榜时流得那样厉害吧了。双足仍然是在微微地颤抖着，我想，像我当时的脸上，

121

也一定发青的,因为汗实在流得太多了。①

传主看发榜时的心态可谓是波澜起伏,作者不仅写了传主的行为、神态而且插入简短的内心独白,更加逼真地呈现了他既着急、又胆怯,从懊恼到喜出望外的心理状态。

人的表情和动作都是其心理活动的自然流露和外在表现方式,因此对特定心理活动支配下的人物神态、动作的细腻描写,都间接地呈现了人物的内心活动和精神状态:

> 第一次的投稿被采用的,记得是一首模仿宋人的五古,报纸是当时的《全浙公报》。当看见了自己缀联起来的一串文字,被植字工人排印出来的时候,虽然是用的匿名,阅报室里也决没有人会知道作者是谁,但心头正在狂跳着的我的脸上,马上就变成了朱红。洪的一声,耳朵里也响了起来,头脑摇晃得像坐在船里。眼睛也没有主意了,看了又看,看了又看,虽则从头至尾,把那一串文字看了好几遍,但自己还在疑惑,怕这并不是由我投去的稿子。再狂奔出去,上操场去跳绕一圈,回来重新又拿起那张报纸,按住心头,复看一遍,这才放心,于是乎方始感到了快活,快活得想大叫起来。②

"心头正在狂跳着的我的脸上,马上就变成了朱红","耳朵里也响了起来","头脑摇晃的像坐在船里"。作者看到自己投稿被采用的那个时间

---

① 张资平:《资平自传》,上海第一出版社,1934年,第92—93页。
② 郁达夫:《孤独者——自传之六》,《郁达夫全集》第4卷,浙江大学出版社,2007年,第288页。

节点被定格，他调动了各种感官来细腻地刻画这个瞬间，真切地呈现了稿件第一次被录用在自己心灵上引起的强烈震动。

现代自传注重心理描写，除了通过人物的动作、神态等细节描写来表现内心世界外，还融情于景，通过"风景的心灵化"，使人物心灵和风景产生对位效应。中国古典小说中的景物描写数量少并且程式化，古代自传中更缺乏静态的景物描写。自传是通过记忆来建构自我的，作者对往事的回忆只有在基本轮廓上是准确的，自传事实并非事实本身而是事实的印象，这种印象就是事物通过感觉而遗留在作家心中的踪迹，因此，作者在自传中描写的自然景物更主要是传主内在思想情感的物化。现代自传中出现了大量的景物描写，这些景物通常是人物某种情绪或情感的外化或载体。"艺术上的最高沉醉，是通过物而实现了对物的突破。"① 写作自传的这些作家正处在中国现代文学"风景之发现"② 的现场，自传中的风景都融入了主体感受和自我意识，从而使风景和自我的内心状态紧密结合在一起，实现了对有限的突破，达到了精神层面的合目的性的统一。现代作家在自传中对景物的描写都经过了主观情感的过滤，带有浓厚的情绪色彩。这种"风景的心灵化"是作者通过风景描写来表现人物心理的重要手法。

自传中出现的自然环境虽然是客观存在，但已渗透了作者的主观因素，成为创作中艺术构造的有机部分，这些经过作者选择和艺术加工的"人化的自然"，是受客观制约的传主的精神世界的产物。作者通过饱含主观情感的情绪化色彩来传达自己对客观事物的感知和理解。故乡的风景在作家笔端展露时，它已不再是独立的自然山水，而是伴随着作家情感结构

---

① ［日］今道友信：《东方的美学》，蒋寅等译，生活·读书·新知三联书店，1991年，第133页。
② ［日］柄谷行人：《日本现代文学的起源》，赵京华译，生活·读书·新知三联书店，2003年，第1页。

的生成和主体性的建构被内在化了,这就是"风景的心灵化"。在自传写作中,作者往往依据记忆的踪迹,按照"我"认为它应该是的那个样子来描写自然景物,创造令读者心生共鸣的画面,不同色调的景物反映了传主不同的思想情绪和感受。

谢冰莹第一次离开家乡到益阳读书,"开始过着住四层洋楼的生活"时,她的心情"简直比叫花子做了皇帝还要快活"。那时候在她的眼中,一切都是那么的美好,如画的风景透露的是她诗一般的情怀:

> 每当夕阳西下,最后的红光射在水中荡漾的时候,我们便爬上三楼,三五成群的同学,并肩远眺往来的帆船。渔人唱着美丽的歌曲,慢慢地摇着轻舟,踏上他们的归程;微微的江风一阵阵送来浓郁的花香,浮在水上的帆船,正像海鸥般轻飘;隔岸的山岳,笼罩着一层薄薄的灰幕,这是一幅多么富有诗意的图画呵![1]

谢冰莹历经四次逃婚,终于冲破了家庭的牢笼。初获自由的她站在开往上海的轮船上,百感交集,放眼两岸的风景:

> 月亮是如此皎洁,两岸的风景,像在晴天似的一目了然;那儿是高山,那儿是田垄,那儿是村庄,树林……什么都看得清清楚楚。月夜的江水,简直像万顷金波,从天上泻下来一般地美丽。机器的声音愈响得急促,由船头打过来的浪花,便愈加雄壮与美丽。[2]

---

[1] 谢冰莹:《女兵自传》,四川文艺出版社,1985年,第39页。
[2] 谢冰莹:《女兵自传》,四川文艺出版社,1985年,第198页。

景物生机勃勃，夜色中大自然依然艳丽多姿。"什么都看得清清楚楚"，直接点出了风景背后存在着的观察主体的行为：看。当传主的目光扫过这些风景时，就是这些风景心灵化的时刻，作者将兴奋的心情投射于外在的风景，风景就变得如此生动而有活力。郭沫若在脱离蒋介石之后，经过两个礼拜焦头烂额的奔走，终于通过了严密的检查，登上开往南昌的列车。当他放眼窗外时，自然风光也是如此的赏心悦目：

  南浔铁路沿线的春光是很明媚的，仅仅离开了两个礼拜的江西，已经成了一片锦绣的世界。四处的桃花都在开放，杨柳已经转青了，一片金黄的菜花敷陈在四处的田亩上，活活的青水流绕着沿线的溪流，清脆的鸟声不断地在晴空中清啭。[1]

景色油画般质地可感，流动的色彩和每根线条都无比舒畅，传主的愉悦与画面的明媚如此和谐地相互映照。张资平也描绘了他离开祖国赴日本留学的途中看到的风景：

  轮船早出了鲤儿门，那些黛色的海岛，愈望愈远了。巨轮般的太阳，渐渐地趋近西方的天脚下。（地平线）低头看了一会下面的深蓝色的海水。几匹白鸥在上空翱翔。[2]

景物以粗线条勾勒，以冷色调渲染，看似是对景物的客观描写，但仔

---

[1] 郭沫若：《脱离蒋介石以后》，《郭沫若全集》第13卷，人民文学出版社，1992年，第166页。
[2] 张资平：《资平自传》，上海第一出版社，1934年，第103页。

细体会就能感受到其中所包含的强烈的主观心态。"黛色的海岛""巨轮般的太阳"、翱翔在空中的"几匹白鸥",构成了一幅宏大而开阔的画面,传达刚刚走出国门开阔视野的传主内心饱含的激情和信念。郁达夫将自己纯美的初恋置于一个月光如水、幽静迷蒙的夜晚:

> 月光如潮水似的浸满了这一座朝南的大厅,她于一声高叫之后,马上就把头朝这转来。我在月光里看见了她那张大理石似的嫩脸,和黑水晶似的眼睛,觉得怎么也熬忍不住了,顺势就伸出了两只手去,捏住了她的手臂。两人的中间,她也不发一语,我也并无一言,她是扭转了身坐着,我是向她立着的。她只微笑着看看我看看月亮,我也只微笑着看看她看看中庭的空处,虽然此外的动作,轻薄的邪念,明显的表示,一点儿也没有,但不晓怎样一股满足,深沉,陶醉的感觉,竟同四周的月光一样,包满了我的全身。[1]

这是一段情景完美交融的文字。作者并没有全方位地展现夜色,而是素描淡写,极力幻化,追求虚实相间的意境,产生了空灵飘逸、神思悠远的美感。这样的环境正与人物内敛的热情和朦胧的情愫相契合。自然美具有诗意的瞬间性,夜色在谢冰莹笔下有另一番色调和气息。

> 夜,静寂的夜,幽暗的漫漫长夜。
> 月亮爬上了中天,淡淡的光辉,射在我的帐子上,一只蚊子在嗡嗡地叫着,除了这微弱的声音在打破夜之沉寂外,我几乎怀疑我已躺

---

[1] 郁达夫:《水样的春愁——自传之四》,《郁达夫全集》第4卷,浙江大学出版社,2007年,第279页。

在寂然无闻的坟墓中了。①

传主因反抗包办婚姻被母亲监禁在家里,过着囚徒一般的生活。万籁俱寂的夜晚在作者独特的审美观照下,成为其感伤压抑情绪的有机组成部分。在自传中作者根据过去事件发生时自我特定的心理状态和情绪氛围,描摹记忆中的自然风景。正所谓一切景语皆情语,千变万化的风景是主体的内心世界的外化,展露了人物纤细微妙的情感变化。

现代作家都不是浅尝辄止的自然景物欣赏者,他们在自传中不是对自然景物进行逼真描绘,而是积极主动地将传主的心灵和生命激情化于万物,达到物我合一的境界。"事实和纯事实性的东西在艺术中是没有发言权的,因为作家主体强大的情绪——意志的张力总是在积极紧张地渗透、克服它,并赋予它新的表现内涵,同时,艺术的审美形式以隐喻的方式,把存在于过去中的对象生命化、个性化、诗意化,使他们脱离原来的存在结构的单一性、平面性,使人物有余地可以向多方面流露他的性格,即把他安排在各种各样的情境之中,使他能够把内心世界的丰富多彩性呈现于丰富多样的表现中。"② 郭沫若漂泊多年回到自己日思夜想的祖国,此时他眼中的黄浦江畔的景象也满蕴了传主的主体情愫。

  船进了黄浦江口,两岸的风光的确是迷人的,时节是春天,又是风雨之后晴朗的清晨,黄浦江中的淡黄色的水,像海鸥一样的游船,一望无际的大陆,漾着青翠的柳波,真是一幅活的荷兰画家的风景

---

① 张资平:《资平自传》,上海第一出版社,1934 年,第 115 页。
② [苏联] 巴赫金:《巴赫金全集》第 1 卷,钱中文译,河北教育出版社,1998 年,第 306 页。

画……

  船愈朝前进，水愈见混浊，天空愈见昏朦起来。杨树蒲一带的工厂中的作业声，煤烟，汽笛，起重机，香烟广告，接客先生，……中世纪的风景画，一转瞬间便改变成为未来派。①

大自然中的一切都美不胜收，而社会面貌却是肮脏破败，自然景物与社会面貌的反差渲染出悲惨凄凉的气氛，传达出作者对帝国主义的控诉和对祖国前途命运的担忧。

在史传美学传统中，文学叙事与历史知识、个人言说与社会言说是相融合的。古代自传中的叙事者是属于社会的、群体的，它要表现的是一种群体性的社会生活经验，而不是自我意识和个人生命体验。现代作家则是从自我的生存状态出发，表现自我独特的生命体验与人生感悟。现代作家都是带着现代人的思想意识、生活态度和心理状态进入自传创作的，当他们讲述自己亲身经历的人生故事时，必定会在创作中充分发挥出主体的力量，将自己思想的困惑、情感的抑郁和心灵的孤独等都灌注于表现对象。现代作家将大量细腻的景物描写融入自传文本中，在景物的描写中凸显传主独特的心态和感受，通过景物描写显现传主的主观情感。

三、性的觉醒和梦中的潜意识

人的心理活动是复杂多样的，现代作家自传中心理描写的表现形式也是多样化的，除了内心独白、景物烘托等手法之外，精神分析也是现代作

---

① 郭沫若：《创造十年》，《郭沫若全集》第12卷，人民文学出版社，1992年，第88页。

家自传心理描写的重要形式。

弗洛伊德学说作为现代心理学的一个重要派别，在其鼎盛时期被介绍到中国。弗洛伊德学说传入中国主要有两条途径：一是作为一种新思潮由我国的一些心理学家和哲学家从欧洲直接翻译引进；二是由我国文艺界人士经日本引进，他们在介绍精神分析时侧重它的社会意义和对文学艺术的指导价值。

弗洛伊德的精神分析学说作为对精神现象和社会现象所做的一种新的理论解释，得到一些中国现代著名作家的宣传和介绍，在文艺界受到重视，对中国现代文学的影响十分深远。新文化运动中的许多重要作家都曾不同程度地，将精神分析用于自己的文学创作和批评，他们站在反封建的立场上，以精神分析为武器，对虚伪的封建假学道和违反人性的封建礼教进行了辛辣的讽刺和批判。鲁迅是最早接受弗洛伊德精神分析学说的中国现代作家之一，他的《高老夫子》和《四铭》都是通过精神分析揭示主人公的潜意识心理，鞭挞封建假学道的虚伪。

鲁迅对精神分析理论的接受更多的是侧重社会批判，而创造社成员则主要是侧重文学创作和批评。1921年郭沫若写了《〈西厢记〉艺术上的批判与其作者的性格》，这是郭沫若将精神分析用于文学批评的代表作。他认为许多中外文学作品都是弗洛伊德所说的生命力受压抑而升华的结晶，并用精神分析学说解析《西厢记》对封建礼教扭曲人性的批判。郭沫若在写于1923年的《批判与梦》中提出，文学创作譬如在做梦，文学批判就有如在做梦的分析，并强调了表现潜意识和梦对人物心理描写的作用。他还尝试在小说中运用弗洛伊德的学说描写潜意识、性心理和变态心理等。《叶罗提之墓》描写了主人公长期压抑的性欲得不到发泄而最终殉情的过程。《残春》和《客尔美萝姑娘》都是通过梦境的描写，挖掘人物的潜意识心理。在小说创作中他有意识采用弗洛伊德对梦的本质的阐述梦,表现主人公因欲望受压抑而产生的灵与肉的冲突。郁达夫则提出性欲和死是人生的两个根本问题,主要是运用精神分析描写性心理和变态心理。爱情和死亡是文学史上公认的两大主题,而把性欲看作文学不可分割的部分,则显然是受了弗洛伊德的影响。《沉沦》写主人公的正常性欲得不到发泄,而以各种变态的行为表现出来。《茫茫夜》和《过去》中分别描写了同性恋和自恋癖等。

郭沫若、郁达夫、张资平等对精神分析学说有所关注的作家,在自传创作中也不同程度地运用了精神分析理论,将他们内心深处的情感和思想意识更坦白地暴露出来。首先,他们都在自传中直接袒露了自己的性意识。郭沫若在自传中回忆了自己性意识觉醒的最初的征兆:

> 时候是暮春天气,天日是很晴朗的。一走到园门口来,看见我们的一位堂嫂背着手站在一笼竹林下面。她在那儿瞭望。她穿着一件洗白了的葱白竹布衫子。带着乳糜色的空中,轻松的竹尾不断地在那儿动摇。堂嫂的两只手带着粉棠花的颜色。我在这时突然起了一种美的念头,我很想去扪触那位嫂子的那粉红的柔嫩的手。[①]

这段描写和弗洛伊德关于儿童早期性感的特征的描述是完全吻合的。接着他还叙述了自己11岁的时候,热衷于攀爬校园中的竹子,因为可以获得"一种不可言喻的快感",就"把竹杆当成了自己的爱人"。传主通过攀爬所得到的快感其实就是性方面的快感。郭沫若的这种行为,正是弗洛伊

---

① 郭沫若:《我的童年》,《郭沫若全集》第11卷,人民文学出版社,1989年,第53页。

德在探讨儿童性欲时指出的:身体敏感部位的接触摩擦是儿童满足性欲的一种手段。郭沫若还描述了自己在这个时期偷看旧小说的情形:《西厢》《西湖佳话》《花月痕》等小说中"很葱茏的暗示,真真是够受挑发了"。"到了那时候,指头儿自然又忙碌起来,于是不知不觉之间又达到了它的第三段的进展。"作者认为,生理上的变动总是要像开了闸的水一样流泻到内外平静的那一天。

郁达夫在自传中袒露了传主少年时期性意识的觉醒在内心引起的矛盾冲突:

> 我虽则胆量很小,性知识完全没有,并且也有点过分的矜持,以为成日地和女孩子们混在一道,是读书人的大耻,是没出息的行为;但到底还是一个亚当的后裔,喉头的苹果,怎么也吐它不出咽它不下,同北方厚雪地下的细草萌芽一样,到得冬来,自然也难免得有些望春之意;老实说将出来,我偶尔在路上遇见她们中间的无论哪一个,或凑巧在她们门前走过一次的时候,心里也着实有点儿难受。[①]

作者用比喻的手法写出了自己性意识的萌动以及内心所弥漫的苦涩与抑郁。此外,他还写了自己与赵家姑娘的接触,追忆了自己在离家考中学前的夜晚与她独处时的情景,流露出对赵家姑娘的思恋和爱慕。

张资平也在自传中记述了自己在日本两性解放的时代风气的影响下,对女性的渴望和性苦闷的昂进。

---

① 郁达夫:《水样的春愁——自传之四》,《郁达夫全集》第4卷,浙江大学出版社,2007年,第279页。

>但因为每天要搭院线电车往返，激动了我许多的情绪，也增加了我许多的知识，特别是对日本女性发生了兴趣。……有时挤拥的时候，常触着她们的肩部和膝部。发香和粉香真是中人欲醉。
>
>听说同伴来日本的，也有几个居然姘识了日本女学生了，双宿双飞。那是何等令人羡慕啊！
>
>我在这村间的广场上，每天下课回来，便学驶脚车以疲劳我的身体，免得发生许多妄想和欲念。[①]

性的觉醒是一种正常的生理、心理现象，自古有之，但对性的觉醒的自觉和正视却是一种现代意识，性的觉醒是和人的觉醒密不可分的。可以说，现代性爱意识的觉醒是个体人格和自我价值受到关注的一个重要标志。

从生理学的角度看，梦是大脑皮质神经细胞活动的结果，现实在脑神经细胞中留下的深刻的痕迹是梦的唯一基础。心理学家则认为，梦是人在日常生活中经验的精神生活在睡眠中的反映，它与清醒状态中的精神生活有密切的关联。弗洛伊德提出，梦的根源是愿望，梦的内容是愿望的实现，梦不但表达了思想，还以幻想经验的形式使愿望得到满足。在弗洛伊德看来，梦是生活的一个重要组成部分，梦与人类内心深处最隐秘的最本质的东西接近，而这些东西在人处于清醒的时候是被理性和规范压抑着的，通过对梦的分析和解释有助于人们寻找被隐藏的更真实的自我。梦不再具有古老的迷信的色彩或是人鬼沟通的桥梁，而是作为潜意识的一种表现。因此，现代作家在自传中完全按照弗洛伊德对梦的解释来写梦。

郭沫若在《我的童年》中，记述了自己患肠伤寒而处于昏迷状态时，

[①] 张资平：《资平自传》，上海第一出版社，1934年，第128页。

做的一个很长很长的梦：

我已经到了上海，而且在上海进了学堂，那学堂也是考棚改的。

我在那里住了一个学期竟公然考了第一。在第二学期中我因为跳木马把左手跳伤了，不能不回家就医，但我又舍不得抛费了学校的学业。后来我想了一个两全的办法，便是把手切下来送回家就医，我自己仍留在学校里。

……

有时候好像有一位朋友把我引到一家人家里去，一进门才晓得是娼家。我便责骂了那位朋友一场和他绝了交。

有时候又好像因为自己的书法很好，被那一个的国王看中了，便聘请我去做客卿。因为我爱菊花，便替我修了一个菊圃。我住在一座玻璃亭子里面，四面都是各种各样的菊花。

就是这样的好像有联系好像又没有联系的不规则的幻想，时隐时现，一直缠绕了我好几天。我在梦中就好像过了好几年。[1]

梦境中通常包含了在现实生活中被压抑的人格的重要成分及倾向。郭沫若当时对现状不满，把外出游学当作解决自己出路和寻求救国真理的必由之路，他很渴望离开四川到北京、上海甚至国外去读书，可现实的困境使他无力实现这个愿望，只有在梦境中得偿所愿。作者梦见自己与逛娼家的朋友绝交，以及住进国王修建的菊圃中，暗示传主具有远大的志向和坚强的意志，也表现其洁身自好的高尚品格。由于现实的阻碍太过强大，作

---

[1] 郭沫若：《我的童年》，《郭沫若全集》第11卷，人民文学出版社，1992年，第135—136页。

者的愿望和抱负暂时只能在自己幻想所创造的世界中现实。

巴金在自传中记述了，自己在二姐死去的那个早上做的一个梦：

> 我到了一个坟场。地方很宽，长满了草。中间有一座陌生人的坟。坟后长了几株参天的柏树。仿佛是在春天的早晨。阳光在树梢闪耀，坟前不少的野花正开出红的、黄的、蓝的、白的花朵。两三只蝴蝶在花间飞舞。树枝上还有些山鸟在唱歌。[1]

巴金的二姐体弱多病，特别是在母亲去世之后，她的身体更是每况愈下。看着二姐病弱的身体，巴金心里非常难过，害怕她难以承受病痛的折磨而像母亲一样撒手归去。他潜意识中一直担忧死亡降临到二姐的身上，在梦境中形成了顺向的心理运动。现代作家在自传中描写梦境、幻觉，深入挖掘自己的潜意识，旨在展示个体特定时期内心世界的骚动和挣扎。

---

[1] 巴金：《家庭的环境》，《巴金全集》第12卷，人民文学出版社，1989年，第388页。

第六章　回顾叙事中的戏剧性

传统自传在史传的影响下强调简约，绝少具体的细节描写和场景再现，主要是历史的记录或纪事，而不是文学的描述。现代自传是以自我为中心，极有趣味地把自己的人生经历叙写出来，为求形象可感，会吸收各种叙事文学的写作技巧，构建感性而充满艺术张力的文学世界。从事自传写作的这些作家在文学上都卓有建树，深厚的文学素养足以丰富现代自传的情节性和艺术性，使戏剧性成为现代自传写作的重要特征。

一、时间链条与因果链接

传统自传受史传的影响，将自传单纯作为记载个人事迹的文字，其实"就是对一些按时间顺序排列的事件的叙述——早餐后是午餐，星期一后是星期二，死亡以后便腐烂等等"[1]，这样的自传只是对自我人生的重要事件的流水账式的纪事，缺乏艺术作品的魅力，结果"不免失之於刻板，读未尽而思睡矣"[2]。历史叙事关注的是大局、大事，按照索引性的历史写作成规排列的人生事件必定是单调乏味的。文学则要生动形象使读者在阅读

---

[1] ［英］爱·摩·福斯特：《小说面面观》，苏炳文译，花城出版社，1984年，第24页。
[2] 汪荣祖：《史传通说》，中华书局，2003年，第87页。

时能产生饶有兴味的快感，只有生动的故事情节和丰富的戏剧场景才能产生这样的艺术效果。

自传必须详细地叙述传主个人的生平，重点讲述传主成长的故事和人格的历史，否则便不能生动、具体地表现自我，这已成为现代自传作家的共识。用故事的叙述来建构自传的主体是现代自传作家的共同追求，也是优秀的自传作品必备的特征。人生是一个曲折变化的过程，不管是伟人还是普通人，人生中都会遭遇到各种各样无法回避的变动，总会有几次充满戏剧性的转折事件。作家在自传写作中很讲究叙事策略，从故事中提炼出引人入胜的情节，使文本产生陌生化的效果。

写作自传时这些作家都早已蜚声文坛，他们的身份地位都已是众所周知，但是他们成长为作家的经历却各不相同。作家都着力从人生的转机中提炼因果关系，揭示偶然中的必然，强化人生故事中的因果逻辑，展示"我"能成为"我"的原因。沈从文只有小学文化，持有这样简陋的教育背景却能够成长为知名作家，本身就是一个传奇，当他写下这些影响他人生走向的故事时，大概会概括人生的奇妙。《从文自传》是作者对自己人生中最初 20 年的湘西岁月的戏剧性叙述。这 20 年的人生经历，可以以 15 岁为界，大体分为求学阶段和行伍生涯。出身军人世家的沈从文高小毕业后，家境开始衰落，为谋出路当了一名小兵，随部队辗转湘西各地，后来因所在部队的覆灭而中断了自己的军旅生活，被遣散后为了生计到芷江投亲，在警察署里做了一名小职员，生活平稳而安定，按照正常的情形，传主将会成为当地的一名绅士度过余生，可"乡下人有什么办法，可以抵抗这命运所摊派的一份"，传主自以为爱上了一个女孩并被对方爱着，拒绝了当地绅士的提亲，无日无夜地写情诗，结果被骗了很多钱。遭遇"女难"后，母亲为"我这乡下人的气质，到任何处总免不了吃亏"而哭泣，他则选择出走,"以为我必得走到一个使人忘却了我的种种过失的存在,也使自己忘却了自己种种痴处蠢处的地方,方能够再活下去"。他接着又去当兵,并发奋临帖,终于由于"缮写能力得到了一方面的认识",而能够到统领管陈渠珍身边做书记。这份工作使他接触到了统领管收藏的大量古书旧画。"由于这点初步知识,使一个以鉴赏人类生活与自然现象为生的乡下人,进而对于人类智慧光辉的领会,发生了极宽泛而深切的兴味。"[①] 随后他又被统领管调到新办的报馆,通过一名印刷工从长沙带来的新书刊接触到五四新文化,因而发生了生命中最重大的一次转机,在经历了一场大病和好友的死亡后,他决定,将自己的生命押上去,走向生疏的世界。作者通过这一环扣一环的因果关系,绘声绘色地讲述了自己人生中最初20年的传奇经历,将传主思想个性的发展及各种因时际会,生动而紧凑地展现在读者面前。

作家在自传中叙述自己那些有意味的人生故事时,刻意在故事固有的时间序列之外强化其锁链式的因果链接,从中提炼出曲折紧凑的情节。谢冰莹在第四次逃婚成功,挣脱封建家庭的束缚后,在长沙带着另外一个逃婚的小女孩爱珍,辗转到汉口,在汉口登上了去上海的轮船。可就是这三天三夜的航程,也是一波未平一波又起。"我"和爱珍由于缺钱只能两人合睡一张铺,结果"我"伸在外面的头被上铺一个老头儿掉下来的饭碗砸破了,这场风波却引来了一位"侠客似的茶房"的注意。这位茶房主动找来墨鱼灰为"我"敷伤口,开饭时,给囊中羞涩的"我"端来了雪白的米饭和咸鱼榨菜等食物,夜晚,在空的过道中摆出长椅让"我"休息。这位陌生人的一系列殷勤举动,让"我"忐忑不安,面对我的惧疑,茶房终于

[①] 沈从文:《学历史的地方》,《沈从文文集》第9卷,花城出版社,1984年,第215页。

说出了缘由，原来他是"我"北伐时的战友，还应允到达上海后把"我"送到孙先生处，使"我"心中充满了安慰。"我"到上海后的故事则更加戏剧化，登上黄埔滩头后，"我"和爱珍被这位茶房安排到了一个旅社里，结果因为我们都没见过旅社里那种新型的可以从里面打开的锁，就以为是被锁了起来，两个人在屋里做出了种种可怕的猜测，在想尽办法仍无法出去时甚至想到了跳楼。好在茶房及时回来告知了实情才避免了一场灾难的发生。在这一环紧扣一环的因果链条的推进中，故事情节更显得错综复杂曲折生动，读者一直紧张地关注着故事的发展和人物的命运，期待视野在被满足的同时又不断被超越，形成新的召唤结构。

现代作家在自传叙事中不仅从事件中提炼情节强化因果链接，而且不断推出戏剧性的悬念，把读者引入故事营造的世界，引起读者极大的阅读兴趣。《四十自述》的"序幕"一开始就用一个大大的问号吸引了读者，太子会是作者家乡秋天最热闹的神会，今年为什么会让大家失望？接下来，作者在解释大家失望原因的过程中又一步步设置新的悬念：恒有绸缎庄的珍珠伞不敢拿出来，"因为怕三先生说话"；今年没有一出花旦戏，《翠屏山》改成了《长坂坡》，"也因为怕三先生说话"；"今年最扫兴的是没有扮戏的'抬阁'"，也是因为三先生极力阻止。这必然会引起读者的兴趣和好奇，三先生到底是个什么样的人物呢？这样在文本中多次提出同一问题，又一再推迟给出答案，让问题一直处于悬而未决的状态就形成悬念。作者通过制造悬念为三先生的正式出场做铺垫，埋伏笔，让读者对三先生的出场充满期待。这是胡适将小说笔法用于自传创作的大胆尝试。郭沫若在自传中讲述蒋介石叛变革命后自己避难苏州的一段经历时，也是在开篇就直接亮出预先设置的悬念：

苏州胥门外一家破旧的客栈，客栈第一进一间西南临街的楼房，两个人坐在房中挟着一张方桌谈话。一个是长袍短褂，戴着一顶马纱的瓜皮帽，一眼看去，俨然就是一位土豪劣绅。其他一个是穿的军服。穿军服的挟着一个皮包，站起来又坐下去。

最后是土豪劣绅说："你到了的时候立刻打一个电报给我。假使情形是严重的时候，你就说'生意不佳'；他们是有危险的时候呢，你就说'货物业已销售'。好的情形你说不好的话，不好的情形你说好的话。我得到你的消息，无论怎样，总设法赶来。"

军官说："我去总接不起头，恐怕调查很费手续。"

土豪劣绅说："没有甚么，你只要会着银行里的那位文先生，便甚么事情都知道了。"

——"你不晓得他不是我们帮上的人呢。"

——"他虽然不是帮上的人，但他们的消息他总是晓得的，你一问着小毛就行了。"

这两人就好像两个做私贩的一样，最后是军官的一位走出房外去了。

这两人是谁？土豪劣绅的一位是我；军官就是辛焕文同志。①

作者采用外聚焦的方式描述双方的肖像、穿着及对话，使读者不知道谈话双方的身份，充满了神秘感，这样将常规事件放在一个看似不平常的环境里制造出"未定性"，在读者的知与未知之间形成戏剧张力。场景是故事发生的基础可以让故事更加具体生动，但是这种突如其来的场景让读

---

① 郭沫若：《脱离蒋介石以后》，《郭沫若全集》第13卷，人民文学出版社，1992年，第186页。

者无法对发生的故事产生明确的认知，从而和自传中的人物一样处于紧张的气氛中，产生了扣人心弦的情绪感染力。

现代作家自传都通过强化故事情节和设置悬念使传主的命运在一系列矛盾冲突中显得更加跌宕起伏，让故事更加精彩。《钦文自传》却在自传的整体结构上独辟蹊径，制造陌生化效果，产生了更为独特的召唤结构。传统的自传一般都是回顾性叙事，在与接受者确定"自传契约"之后开始倒叙，但整体的叙事通常是根据时间顺序展开的，呈现出稳固的编年体结构。而《钦文自传》的叙事却是以逆时序的方式展开的，呈现的是反编年体的结构。全书共十章，第一章《出狱》写的是传主1934年7月10日背着铺盖，提着衣包，走出杭州军人监狱的大铁门，等候的亲友一起回家的情形。第二章《不浪舟中》写1933年8月至1934年7月被关在牢监里的情形。第三章《蜀道上》写1932年8月至1933年7月在四川遭遇"二刘大战""成都巷战"，之后因接到"妨害家庭案"发回重审的消息而冒险返回杭州应讯的情况。第四章《无妻之累》写1932年2月至1932年7月因发生于愁债室的"刘陶惨案"引来的官司。第五章《铁饭碗》写1927年至1932年入狱前在杭州教书的情形。第六章《从〈故乡〉到〈一坛酒〉》和第七章《〈酒〉后文章》写前期文学创作的情况。第八章《稽山镜水间》补叙传主从出生直到在北京读书求职等经历。第九章《愁债室内》补叙"无妻之累"与"愁债室"的相关情况。第十章《最近的我》叙述1934年7月从军人监狱回到愁债室后的生活状况。从时序上看，第八章是传主故事的开端，然后依次刚好是第七、六、五、四、三、二、一章，最后才是第十章。作者这样叙述是为了使许多读者早已耳熟能详的故事产生特殊的艺术张力。1932年2月11日杭州元庆纪念室发生"刘陶惨案"之后，许钦文成了重要新闻人物，关于他的一切已经成为新闻记者争相打探、报道的热门话题。在一般媒体和读者的视野中,关于"刘陶惨案"中的许钦文的印象甚至超过了"乡土作家"许钦文。在经历了新闻界的竞相报道之后,作者也清楚一般读者最关心的是现在的许钦文怎样了,而不是过去的许钦文如何如何,因为作为"刘陶惨案"的新闻背景,那些过去的故事读者们恐怕早就烂熟于心了。这样的情状迫使作者采用独特的叙事策略让接受者恢复对自己即将讲述的生活故事的兴趣。

自传是"一个真实的人以其自身的生活为素材用散文体写成的回顾性叙事"[①],倒叙一直是自传最主要的叙事特征。但是《钦文自传》的这种结构方式显然不属于一般意义上的倒叙,而是一环紧扣一环的逆向叙事或回溯性叙事。这种通体采用回溯性结构方法的自传叙事首先"创造性地破坏习惯性和标准化的事物,从而把一种新鲜的、童稚的、富有生气的前景"呈现出来,不仅瓦解了接受者"常规的反应",而且"构建出一种焕然一新的现实"[②],使接受者从迟钝麻木中惊醒过来,以新的状态去感受对象的生动性和丰富性。这种逆时间顺序的回溯性叙事,也使对象陌生化,"是复杂化形式的手段,它增加了感受的难度和时延"[③],因为独特的反编年体结构冲击着接受者传统的阅读惰性,迫使他们不断进行前后的关照,进而去完成故事关联点的对接和矫正。

---

① [法]菲力浦·勒热纳:《自传契约》,杨国政译,生活·读书·新知三联书店,2001年,第201页。
② [英]霍克斯:《结构主义和符号学》,瞿铁鹏译,上海译文出版社,1987年,第61—62页。
③ [俄]什克洛夫斯基等:《俄国形式主义文论选》,方珊等译,生活·读书·新知三联书店,1989年,第6页。

二、场景描写与自传的戏剧性

现代自传从故事中提炼情节,不断推出戏剧性的悬念,固然可以收到引人入胜的阅读效果,但作为一种叙事性的文体,其艺术上的生动形象还需要大量的细节描绘和场景渲染。没有细节的情节只是故事的纲要,没有细节的故事只是对人生轨迹的简要勾勒。许钦文说过:"……自传,最要紧的是表现出整个的我来,这要从我的个性,和我所经历的事实来表达。"① 自传在叙述生平、表现人格时要言之有物,就必须以具体的生活场景和细节为依托,否则读者接触到的只是抽象的影子。作者通过对具体场景的艺术重构,"使阅者如闻其声,如见其人,不觉其枯燥无味"。②

"叙述在自传写作中占有一个中心的、决定性的地位。"③ 叙事性作品通常有两种写法:场景描绘和概括叙述。场景描绘是戏剧性的表现手法,概括叙述则是叙事陈述的方法。"作为运动的画面,场景能够对生活中发生的事件进行更为接近的摹仿,这是概述手法所不及的。这不是陈述者对事件的转述,而是通过人物的行动把生活中发生的事情展现在读者面前。故事的生动和令人信服的真实感部分地决定于场景的描绘。通过场景的描绘,读者更会感到仿佛身临其境。读者亲眼所见,故事情节就更加逼真,更加令人信服。场景展现了具体的行动,读者就更易对故事情节发生共鸣。我们生活在具体的情景之中,生活本身就是一种戏剧性的表现手

---

① 许钦文:《钦文自传·自序》,人民文学出版社,1986年,第1页。
② 陶菊隐:《新闻记者三十年》,中华书局,2005年,第37页。
③ [美]保罗·约翰·埃金:《自传的起源:叙述身份与拓展自我的出现》,姚君伟译,外国文学,2000年第3期。

法。"① 场景是叙事性作品中最富有戏剧性的成分,任何手段都不可能像场景描绘那样赋予故事生动活泼的运动特征。

《从文自传》中具体生活场景的描绘使童年趣事显得神气飞动:

> 城头上有白色炊烟,街巷里有摇铃铛卖煤油的声音,约当下午三点左右时,赶忙走到一个刻花板的老木匠那里去,很兴奋的同那木匠说:"师傅师傅,今天可捉了大王来了!"
>
> 那木匠便故意装成无动于衷的神气,仍然坐在高凳上玩他的车盘,正眼也不看我的说:"不成,要打打得赌点输赢!"
>
> 我说:"输了替你磨刀成不成?"
>
> "嗨,够了,我不要你磨刀,你哪会磨刀!上次磨凿子还磨坏了我的家伙!"
>
> 这不是冤枉我,我上次的确磨坏了他一把凿子。不好意思再说磨刀了,我说:"师傅,那这样办法,你借给我一个瓦盆子,让我自己来试试这两只谁能干些好不好?"我说这话时真怪和气,为的是他以逸待劳,若不允许我还是无办法。
>
> 那木匠想了想,好像莫可奈何才让步的样子,"借盆子得把战败的一只给我,算作租钱。"
>
> 我满口答应:"那成,那成。"
>
> 于是他方离开车盘,很慷慨地借给我一个泥罐子,顷刻之间我就只剩下一只蟋蟀了。这木匠看看我捉来的虫还不坏,必向我提议:"我们来比比,你赢了我借你这泥罐一天;你输了,你把这蟋蟀输给

---

① [美] 利昂·塞米利安:《现代小说美学》,宋协立译,陕西人民出版社,1987年,第11页。

我,办法公平不公平?"我正需要那么一个办法,连说"公平,公平",于是这木匠进去了一会儿,拿出一只蟋蟀来同我的斗,不消说,三五回合我的自然又败了。他的蟋蟀却照例常常是我前一天输给他的。那木匠看我有点颓丧,明白我认识那匹小东西,担心我生气时一摔,一面赶忙收拾盆罐,一面带着鼓励我神气笑笑地说:"老弟,老弟,明天再来,明天再来!你应当捉好的来,走远一点。明天来,明天来!"

我什么话也不说,微笑着,出了木匠的大门,空手回了家。①

"城头上有白色炊烟,街巷里有摇铃铛卖煤油的声音"是对人物所处背景的环境描写,对日常生活中熟知的事物的具体描绘,展现了富有形象感的生活画面,创造了特定场景。在展现了充满动感的整体画面之后,镜头由远拉近,呈现人物的具体活动。"很兴奋的","故意装成无动于衷的神气","好像莫可名状才让步的样子","带着鼓励我的神气笑笑的说",这些对人物神情的仔细描摹,再加上少年沈从文与老木匠之间土味十足却又生动活泼的对话,构成了一幅生动的画面,生动而逼真地表现了沈从文的贪玩好斗和老木匠的童心未泯。人物形神毕肖地凸显于读者面前,事件发生的具体情境和过程也自然地呈现,像舞台上表演的戏剧,使读者油然生出一种真实亲切的感觉。这样形象生动、妙趣横生的场面描写在现代自传中比比皆是。如《女兵自传》中描写传主第一次逃婚被母亲阻截在码头的情景:

---

① 沈从文:《我读一本小书同时又读一本大书》,《沈从文文集》第9卷,花城出版社,1984年,第134页。

当我们正匆忙地和一个船老板讲价钱时，忽然发现了我的母亲就站在我们的后面，两个轿夫正在用衣袖擦着额上的汗，气喘喘地望着我们微笑。

——没有希望了，我的内心这样喊叫起来。

母亲真有超人的手腕，当她在许多人正在吃着午饭的饭铺里，见到我们这一对叛逆的女孩时，一点也不露出怒容，反而笑嘻嘻地向船老板及旁观的人解释：

"她们两个真是未来的女博士，为了急于要出外读书，简直是一天都不能等；天没有下雨，船怎么好开呢？船老板，你说是不是？"

"船是可以开的，不过水小一点。"

船老板笑嘻嘻地回答，他是不晓得我们中间的内幕的，当然希望做这笔生意。

"水小，船当然走得慢，"母亲继续说："与其在路上耽搁日子，不如在家里多休息几天。"

"年轻人是性急的，你老人家是来赶她们回去的吗？"

另外一个老年人这样问母亲。

"是的，我想留她们多住几天才走；船老板，对不起，天老爷下了雨，再来做你的生意吧！"

船老板的脸上浮着一层失望的苦笑，看热闹的人，都望着我们两个呆子发笑，我们始终没有开过口。[1]

一座人来人往的乡镇码头边，两个惊魂未定的在逃女孩，两个汗流浃

---

[1] 谢冰莹：《女兵自传》，四川文艺出版社，1985年，第140页。

背的轿夫,怒火中烧却面带笑容的母亲,渴望做成一笔生意的船老板,一群不知底细的看客,构成了一幅生动的乡镇生活画面。人物、动作、对话,一应俱全,像电影镜头一样逼真。精明强干,用心良苦的母亲形象刻画得尤为生动。

"场景往往不仅通过行动,而且通过对话创造出来。哪里有对话,哪里就会产生生动的场景。"[1] 在文本中,话语场景的设置是作者架构话语秩序的精心安排。"语言,作为一种结构来看,它的内面是思维的模式。"[2] 话语秩序的建构是叙事要面对的关键环节。读者只有在文学语言所展示出的话语场景中行走,才能体味到话语中杂糅的诗意趣味,才能聆听到话语中隐匿的作者的召唤。

对话是中国古典小说中人物语言的重要表现形式,它的直接性、生动性,对展开故事,表现人物等都具有重要的作用。但中国古典自传多采用叙述的方式追述自我生平,绝少有精彩的对话场景。"插入在叙述本文中的对话在种类上是戏剧性的。叙述本文所包含的对话越多,那一文本就越富于戏剧性。"[3] 对话成为现代自传最吸引人的亮点之一,现代作家自传中都有或长或短的对话片段,这些对话既能为读者提供阅读乐趣又能给读者以启发。由向度复杂的对话构成的话语场景,成为现代作家自传创作的一个重要特色。

自传中出现的对话场景可以交代、推动故事情节,但又不同于纪事,它通过人物来讲述,类似于一种展现,让事件的过程和具体的情景像图画

---

[1] [美]利昂·塞米利安:《现代小说美学》,宋协立译,陕西人民出版社,1987年,第11页。
[2] [美]爱德华·萨丕尔:《语言论——言语研究导论》,陆卓元译,商务印书馆,1985年,第19页。
[3] [荷兰]米克·巴尔:《叙述学:叙事理论导论》,谭君强译,中国社会科学出版社,1995年,第174页。

一样被言语呈现出来,使文本更加生动形象。"对话是传记文学的精神,有了对话,读者便会感觉书中的人物——如在目前。"① 试看《巴金自传》中一段对话场景:

"大老爷坐堂!"

下午,我听见这一类的喊声,知道父亲要审案了,就找个机会跑到二堂上去,在公案旁边站着看。

父亲在上面问了许多话,我不知道他为什么要问这些。

被问的人跪在下面,一句一句地回答,有时候是一个人,有时候是好几个人。

父亲的脸色渐渐地变了,声音也变了。

"你胡说!给我打!"父亲猛然把桌子一拍。

两三个差人就把犯人按倒在地上,给他褪下裤子,露出屁股。一个人按住他,别的人在旁边等待着。

"给我先打一百小板子再说!他这个混账东西不肯说实话!"

"青天大老爷,小人冤枉啊!"

那个人趴在地上杀猪似的叫起来。

于是两个差役拿了小板子左右两边打起来。

"一五,一十,十五,二十……"

"青天大老爷在上,小人真是冤枉啊!"

"胡说!你招不招?"

那个犯人依旧哭着喊冤枉。

---

① 朱东润:《张居正大传·序》,《朱东润传记作品全集》第 1 卷,东方出版社中心,1999年,第 12 页。

屁股由白而红,又变成了紫色。

数到了一百,差人就停住了板子。

"禀大老爷,已经打到一百了。"

屁股上出了血,肉开始在烂了。

"你招不招?"

"青天大老爷在上,小人无话可招啊!"

"你这个东西真狡猾!不招,再打!"

于是差役又一五一十地下着板子,一直打到犯人招出实话为止。

被打的人就由差役牵了起来,给大老爷叩头,或者自己或者由差役代说:"给大老爷谢恩。"[1]

这段对话在交代情节的同时,也真切地描绘了人物的语言动作、神态心理,实录般的场景描写带给读者可视可感的画面。对话场景比叙述话语更形象,能包含更多的信息量,同时又可以不露出叙述者的痕迹,增强了叙事的真实性、可信性。幼年目睹这一场面所唤起的情感,在巴金以后的人生中多次浮现,使它一再被巴金写入作品中。巴金将这段刻骨铭心的见闻用对话场景表现,是为了让事件中的人物自己"登台表演",取得更加震撼人心的效果。

对话场景穿插在纯粹的长篇叙述中,使故事更加生动、逼真,从而弥补了单纯叙述造成的单调乏味。夹杂在叙述中的对话场景起到了装饰性的作用,有效地增强了自传的叙事生动性和艺术感染力。

沈从文小时候经常瞒着家人去河里游泳,并因此被负责拘管他的大哥

---

[1] 巴金:《最初的回忆》,《巴金全集》第 12 卷,人民文学出版社,1989 年,第 372 页。

发现而受到惩罚。受过两次教训之后,沈从文想出了对付大哥侦察的好办法。大哥到河边的时候,他就泅在水中。

有些人常常同我在一处,哥哥认得他们,看到了他们时,就唤他们:"熊澧南,印鉴远,你见我兄弟老二吗?"
那些同学便故意大声答着:
"我们不知道,你不看看衣服吗?"
"你们不正是成天在一堆胡闹吗?"
"是呀,可是现在谁知道他在哪一片天底下。"
"他不在河里吗?"
"你不看看衣服吗?不数数我们的人数吗?"[①]

在对话场景中作品中的人物自己出面说话,事件的过程自然呈现出来,这样就包含了最大的信息量和最少的信息传递者。沈从文用对话场景复现童年的顽皮故事,充满了童真和谐趣,读来令人捧腹。如果将这些对话改写成叙述话语,故事的生动性、戏剧性就会大打折扣,会削弱文本的审美效果。

三、对话再现的多重功能

对话是对人物说话的内容、语气、声调等进行文字描写,所谓"言为心声",人物对话可以反映人物的情感,表现人物的特点,推动情节发展,

---

① 沈从文:《我上许多课仍然放不下那一本大书》》,《沈从文文集》第9卷,花城出版社,1984年,第134页。

让文本更加生动有趣。自传中的人物形成了一对对的交际关系，对话既是他们的一种交际手段也是自传戏剧性的一个构成要素。对话场景可以用极精炼的文字，代替叙述性语言、描写性语言及抒情性语言。在现代自传中，按照对话的功能，可以分成几种不同的类型。

  人物对话是一个双向的交流过程，对话双方借助语言传递信息，再由对方理解反馈。语言学家 L. R. 帕默尔认为："语言是一连串的暗示，听话人得从这些暗示中构拟出说话人所要表示的意图。这些暗示或显或隐，各不相同。"① 这里的暗示就是指显性的言语下所包含的隐性的话语含义。自传中对话所包含的信息量不仅通过言语的表层结构来传达，更是由言语的深层结构决定的。"如果说西方重语法的语言是'分析型''推理型'的，重功能的汉语则是'感悟型'和'体验型'的。汉语在实际应用中十分注重'意合'，注重意义在关系中的呈现，注重气韵在空白处的流动，注重现象在主客体交接中的发生，注重境界在言语道断时的创化。"② 自传中的人物对话含有丰富的潜台词，既有可以明确感受到的言内之意，又有经过反复玩味才能抓到的弦外之音：

  在博士和我握手的时候，何公敢这样说："你们两位新诗人第一次见面。"
  博士接着说道："要我们郭先生才是真正的新，我的要算旧了，是不是啦？"
  他这样的一句，我没有摸准确是怎样的意思，但至少是感觉着受了一种要求，便是要我说出一句客气的话。这话却没有立地构想得

---

① ［英］L. R. 帕默尔：《语言学概论》，李荣等译，商务印书馆，1983年，第72页。
② 鲁枢元：《超越语言——文学言语学刍议》，中国社会科学出版社，1990年，第240页。

出,我只含糊地笑了一下。

……

博士说过:"我们的朋友陶孟和的夫人最近把海涅的诗选译了,将来要作为'世界丛书'的一册出版的,她把那首《Du bist ein〔e〕》译得真好。"

……

他又告诉我:"某君(这位先生的名字恕我忘记了)译了Drinkwater的《林肯》,不久便可以出版。那部戏剧写得异常之好,把古事写得和新事一样。"

他回头又问我:"你近来有甚么新作没有呢?"

那时候《学艺》杂志上正在发表着我的一篇未完成的戏剧《苏武与李陵》的序幕,我便问他看过没有,正打算说出我要做那篇戏剧的大旨和细节时,他已经插断了我说:"你在做旧东西,我是不好怎样批评的。"①

胡适无疑是中国第一位白话诗人,他的《尝试集》有开风气之先的作用,但它的主要价值是对自由体白话诗的提倡,诗歌的艺术表现力还不成熟。郭沫若后来者居上,他的《女神》成为中国新诗的奠基之作,不仅将五四新诗运动的诗体解放推向极致,而且充分重视和发挥了诗的抒情本质和个性化特征。他们两位确实都属于新诗人,但胡适却说郭沫若是新的他自己是旧的,他这样说是为了将郭沫若和自己区别开来。郭沫若当时虽已凭创作蜚声文坛,但胡适并不认为他就可以和自己平起平坐。胡适在当天

---

① 郭沫若:《创造十年》,《郭沫若全集》第12卷,人民文学出版社,1992年,第132—133页。

的日记中曾这样记述:"沫若在日本九州学医,但他颇有文学的兴趣。他的新诗颇有才气,但思想不大清楚,工力也不好。"①胡适认为某君的《林肯》"把古事写得和新事一样",而在不了解《苏武和李陵》的主旨和内容的情况下说它是旧的东西,自己无法评论。这些自相矛盾的话都表示了胡适和郭沫若是无法就文学进行交谈的。郭沫若也认为胡适"因出名过早,而膺誉过隆,使得他生出了一种过分的自负心……,说到文学创作上来,他始终是门外汉",而且"他的门户之见却是很森严的,他对创造社从来不曾有过好感"。②自传中的这些对话虽然简短却不单薄,有许多话都是言在此而意在彼,有着丰富的潜台词。

谢冰莹在第三次逃婚失败之后,决定先假装同萧明结婚再伺机逃走,曾和她一起逃婚的翔也被请来吃喜酒,两个人再次相遇:

"鸣叔,这一个月来,你也太苦了,照一照镜子吧,看你现在瘦成了什么样子!我劝你这次过去,还是算了吧!"

"你不想逃走了吗?好一个没有勇气的弱者!"

我望望房子里只有我们俩,所以大声地责备她。

"我不想奋斗了,就这样活活地让封建家庭毁灭了吧。"

"为什么你这样懦弱?"

"一个人的力量有限,我不能奋斗了!"

"好,那么你就服服帖帖地屈服了吧,能够服从父母之命、媒妁之言的,真不愧是一个旧礼教的忠实信徒!"

……

---

① 胡适:《胡适全集》第29卷,安徽教育出版社,2003年,第410页。
② 郭沫若:《论郁达夫》,《郭沫若全集》第20卷,人民文学出版社,1992年,第318页。

"你奋斗了这么久,有什么结果没有?"

"哼!结果?你看吧!"①

翔是谢冰莹的同学、战友,更是同受封建包办婚姻之苦的难友,她是关心谢冰莹的。但她没有谢冰莹那样不屈不挠的斗争精神,因此当她看到谢冰莹为逃婚而遭受痛苦折磨时,就劝说谢冰莹放弃。首先,她非常了解谢冰莹的个性,她知道谢的妥协只是表面的、暂时的,所以她说:"我劝你这次过去,还是算了吧!"翔在开始交谈时就有自己的意向,即是劝说谢冰莹放弃反抗,但谢冰莹却用更具有进攻性的、灼伤力的语言拷问对方的灵魂。谢冰莹接连发问"你不想逃走了吗?""为什么你这样懦弱?",其实她并不是内心有疑问需要翔回答,而是想通过这些尖锐的提问,刺激翔的内心,激发她的斗志。但翔并没有对她的定向诱导做出顺向的反馈,而是采取了抵制诱导的行为。她用讥讽的口气问谢冰莹:"你奋斗了这么久,有什么结果没有?"这明显带有嘲讽的问句否定了谢冰莹的意向。谢冰莹最后说:"哼!结果?你看吧!"这句话暗示了她要继续逃婚,并坚信自己最终能够取得胜利。她的这个意图在当时是不能向翔言明的,翔在当时的情况下也不可能领会到其中的深意。意向是人物内心情感的集中体现,也是话语交锋的内在依据,有意向的对话能够引导动作、激发动作,推动情节的发展。

作品中的人物在某一时间或某种状态下互相交流时,人物间的话语通常是你来我往,并在相同的层次和向度上展开。这种对话的铺陈特色很突出,特别是人与人之间进行情感交流并产生思想碰撞的对话,不仅推动故

---

① 谢冰莹:《女兵自传》,四川文艺出版社,1985年,第153—154页。

事情节的展开，而且有助于表现人物的个性和心理状态。那些对人物内心进行深入挖掘，揭示了人物潜在的欲望和意向的对话才具有动作性。试看谢冰莹《第四次逃奔》中的一段话：

"今天太委屈你了，不要难过吧，遇着这样顽固的家庭，也真没有办法。"

他的声音是凄惨而颤抖的，这时我忽然有点可怜他的感觉。

"本来社会就是一个大舞台，人生就是一幕悠长的戏剧，每个人也都像舞台上的演员，有时演喜剧，有时演悲剧；不管这主演者认为这剧是值得演或不值得演，只要剧中的情节，不论是现在，或者将来，能够使观众受到刺激，得到教训的都可搬上舞台来演。"

我像说教似的回答他。

"那么，我们今天演的戏是悲剧呢，还是喜剧？"

"在你看来自然是悲剧；我看却是喜剧呢。"

"这话怎么讲？难道你始终要逃走吗？"

"对不起，我们还是平心静气地谈谈怎样结束这幕傀儡戏吧。"

足足有十分钟，两人都沉默着，连一声轻微的叹息都没有。到底是我的头脑清醒，我开始把没有爱情而结成夫妇的苦痛，从头至尾又详细地说了一遍；起初他像很同情我似的点头，等到要他表示意见时，他却坚决地说："你对我没有爱情；可是我是从小就爱着你的，我不能离开你，随你用什么冷淡残酷的手段对待我，我始终是热爱着你的。"

"爱情不能带有丝毫的强迫性，她是绝对自由的。不能强迫一对没有爱情的男女结合，也不能强迫一对有爱情的男女离开。你爱我，那是你的自由；我不爱你，也是我的自由，我不能禁止你爱我，正如无法勉强我爱你一般。为我们的前途打算，还是很理智地解除婚约，你去娶一个你理想中的妻子，她能永远地安慰你，帮助你成家立业；我去和我理想中的爱人结婚，过着甜美幸福的生活。这样，对个人对国家都有好处，不要固执着你的见解，而误了两人的前途。"[1]

两人在新婚之夜的这段对话是一场心灵的交锋，双方都想用自己的话说服对方，占据优势。萧明主动说："今天太委屈你了，不要难过吧，遇到这样顽固的家庭，也真没有办法。"这句话本身就具有很强的进攻性。首先他对谢冰莹表示了同情和安慰以博取她的好感，接着又提到顽固的家庭，其实是在警示谢冰莹，无形中给她施加压力让她放弃反抗的意图。这句话起到了一定的效果，使谢冰莹有点可怜他了，对他进行了长篇的说教，力图使他同意结束这场"傀儡戏"。刚开始两个人都是转着弯，绕着圈，曲曲折折地表达中心议题，期望对方能接受自己的劝说，但最后这种愿望落空，冲突激化。当萧明表示绝对不会让她离开时，谢冰莹也以挑战者的姿态进行反击。他们之间的对话交相应答，针锋相对，表现了人物各自的目的和意向，传达了人物在当前矛盾冲突中的所思所感。《女兵自传》中的对话几乎没有一句两句就断的，作者不仅关注话语的内容，而且对说话人的动作、表情甚至说话时的环境和气氛都有详细的描述，对话的设置就是为了更直观地表现人物当时的处境和感受。作者对人物对话的这种处理，不仅使故事情节显得集中和紧凑，而且拉近了读者与作品之间的距离，使读者有种身临其境的感觉对作者所描述的情绪感同身受。

---

[1] 谢冰莹：《女兵自传》，四川文艺出版社，1985年，第160—162页。

《被母亲关起来了》中有这样一段对话：

谁知第二天父亲看了信之后，不但不为信中的言语所感动，反而严厉地责备起来：

"看了你的信，知道你要解除婚约的理由，最大的有两个：（一）没有爱情；（二）思想不同。现在我来答复你：第一，爱情只有夫妇间才有的，爱情的发生，是在两人结婚之后，绝对没有在结婚之前而能发生爱情的；现在你还没有和他结婚，当然没有爱情；第二，'思想'两个字，只能用之于革命同志，而不能用之于夫妇之间。试问，你和他是结成夫妇，组织一个'夫唱妇随'的美满家庭，传宗接代，能够主持中馈，就是个模范的贤妻良母；你又不是和他去革命，要思想相同干什么？"

"爸爸，要结婚后才能发生爱情，那只是你的结婚哲学，那只是封建社会独有的怪现象；如今时代不同了，男女二人，一定要经过感情的进化，才能达到结婚的目的。最初由认识而成朋友，由朋友的情感，进到恋爱的阶段，爱情达到最高点时，两人就结合而成永久的伴侣，这就是所谓夫妇；至于思想一致，更属重要了！朋友两人的思想不同，尚且不能结交，何况夫妇乃是一生的快乐与幸福的创造者；尚若思想不同，各走各的路，爱情立刻会破裂的；尤其现代的婚姻，绝不是像封建时代一般，它的目的仅仅在组织一个家庭，现代的婚姻，是与改造社会有直接关系的；两个人结合了，并不是只求自我的享乐，主要的在两人同为国家服务，为社会工作；因此他们不但是夫妇，同时也应该是挚爱的朋友，忠实的伴侣。萧明的思想是与我绝对不同的，根本就失掉了和我结婚的第一个条件。"

"哼!思想?女人要那么多的思想干什么?不过你是受过几年师范教育来的,将来结婚后就允许你在乡间当一个小学教师好了,我相信他决不会阻止你的。"

"快不要和她辩论了。"母亲连忙接着父亲的话大嚷起来:"这东西简直不是人,父母大于天,岂敢和我们作对!送你读书,原望你懂得孝、悌、忠、信、礼、义、廉、耻;谁知你变成了畜生,连父母都不要了!婚约是父母在你吃奶的时候替你订下的,你反对婚约,就等于反对父母!你如果做出这种无人格,没廉耻的解约事出来,败父母的名誉,羞辱祖宗,我就要……'洞庭湖里水飘飘,好夫好妻命里招',无论是什么样的人,许配了他,就要嫁给他的!何况萧家有财产,有名望;萧明也是个好人,并没有瞎了眼睛,跛了脚。要知道'千里姻缘一线牵',夫妇是前生就安排定了的,怎么能反对呢?"[①]

日常生活中的对话,通常是你一言,我一语,很少有这样宣讲式的长篇大论,作者设置这样的对话是为了让人物更完整地表现自己的思想性格,以及人物之间尖锐的矛盾冲突。作者对自己的人生故事进行过一段时间的回味和思索之后,才开始写作自传,此时他对往事的理解更深刻,其中人物的对话,也经过作者的梳理和过滤而显得条理清晰。在这段对话中谢冰莹和父母分别表达了自己的思想观念,话语带有浓厚的抒情性,但这并不是单纯的独语,他们对婚姻观念的陈述是相互交织、相互扭结着向前发展的。从人物灵魂深处发出的感情充沛的话语,暴露了人物各自的精神面貌和思想道德,话语的抒情性与人物思想情感冲突而形成的动作性结合

---

① 谢冰莹:《女兵自传》,四川文艺出版社,1985年,第107页。

在一起。

郭沫若在自传中也经常以人物对话为中心展开故事，并将对话写得生动形象，表情达意无所不到。他将自己得伤寒症回家后，遇到嫂子、父亲、母亲时相似的简短对话一一呈现：

> 回家走进中堂，在阶缘上遇着三嫂。
>
> 她笑着说："八弟，你回来了。"
>
> 我也笑着回应她说："我回来了。"后来她对我说，我那时的笑容是很凄寂的。
>
> 我走路已经很勉强了，父亲从后堂走出，劈头遇着我。父亲很带着一种惊异的神色。
>
> ——"八儿，你怎样的？"
>
> ——"我人不大好。"
>
> 父亲转过身跟着我走进去。我的两个妹妹和三个侄女来扶着我，她们是和母亲坐在后堂的门口的。
>
> 母亲也站起来迎着我。
>
> ——"八儿，你回来了，你人不好吗？"
>
> ——"我回来了，妈，我人不大好。"[1]

作者运用这种类似重复的手法，是有着耐人寻味的深意的。依次排列的对话，夹杂简单的动作描写和神态描写，显示了对话人之间感情的亲疏。遇到嫂子时，两人之间只是礼节性的问候语。父亲却一眼就感觉到他

---

[1] 郭沫若：《我的童年》，《郭沫若全集》第11卷，人民文学出版社，1992年，第129页。

的异样，问"你怎样的?"。而慈爱的母亲更是敏锐地觉察到他身体不适，直接就问"你人不好吗?"这段对话不仅增加了语言的感情色彩，而且把人物的身份和形象传神地呈现出来，让读者如见其人，如闻其声。

郭沫若在嘉定府中学读书时，有一次回家的途中独自下轿，天黑后寄宿在一个小镇上。轿夫径直回家后，家人都以为他掉到河里，十分着急，派人沿途寻找。郭沫若与寻找的人相遇后，就急急忙忙地往家赶：

前途隔不上三五步路远的光景又是一群灯笼火把走来。看见我们的灯笼火把在走回头路，远远地听见那边的喊声：

——"八老师找着了吗?"

——"找着了！找着了!"

我们这边的一群人回答。从山边的空气中也回答出一片声音：

——"找着了！找着了!"

找着我的打头阵的人们很高兴，我起初还可以听见他们自鸣得意的一番谈话，但渐渐落在我的后边去了。沿途隔不好远便有灯笼火把，都是前前后后派来接我的人。我就像飞的一样走过，他们都掉头跟着我走。一队一队地也渐渐地落在我的后边去了。

我走了十里路，走到了陈大溪。前面又有人在叫：

——"八老师找着了吗?"

是五哥的声音，五哥是去年年底从日本回来的。

——"找着了！找着了!"

——"五哥，我回来了。"

——"啊，你赶快回去！赶快回去！赶快回去看姆。"

我又赶过了他们，我走到了街口了。在百岁坊下又有人在叫：

——"八老师找着了吗?"

是我父亲的声音。

——"找着了,找着了!"

——"爹,我回来了。"

——"哦,你赶快回去!赶快回去看你母亲!"

我又把父亲赶过了。走到家门口,同样遇着许多人,差不多没有时间和他们应答。我一直走进后堂,走进我母亲房里。许多人围在母亲床前,一看见我,——"啊,八弟回来了!——八哥回来了!——八叔回来了!——八老表回来了!……"

差不多异口同声地一齐叫唤了起来。

母亲是睡在床上的。我把床前的人分开,跪到床前握着母亲的手。母亲没等我说话,先开口道:

——"啊,八儿!你回来了!你把娘望得好苦呵。"①

郭沫若用一系列简练而完整的对话,将众人找到自己后那种虚惊一场的庆幸和激动很好地呈现出来。"八老师找到了吗?""找着了!找着了!"不断重复的急促而简短的问答形式,烘托了气氛。 "啊,八弟回来了!——八哥回来了!——八叔回来了!——八老表回来了!",郭沫若通过几句话中不同的称呼,将与"我"不同关系的这些人拥挤在床前安慰母亲,以及见到"我"后的心情表现出来。语言精练,其中的破折号和惊叹号也起到了修饰的作用,表示众人几乎异口同声,惊喜之情溢于言表。

---

① 郭沫若:《我的童年》,《郭沫若全集》第 11 卷,人民文学出版社,1992 年,第 141—142 页。

第七章　作家自传的文本互涉

任何作家的创作都与自身的经历有关。"作家心灵的每一个秘密，他生活中的每一个经历，他的心智的每一个特点，大都写在他的作品中。"① "五四"时期，个人的发现使人作为实践主体和精神主体的地位在文学领域中得以恢复，使作家意识到"一切作品都需要个性，都必须浸透作者的人格和感情"。② 作家在创作中充分发挥了主体的力量，使作品既反映了时代的景况，也折射出自己独特的生命体验。而自传的文本背后总是凝结着作者真实的生命体验和情感模式，自传更主要是一扇探讨作者精神世界的"窗口"。因此，中国现代作家的自传与其文学作品之间具有惊人的会通之处，表现出明显的互文性。作家自传和其文学作品的互文性，是其他自传所不具备的特点。互文性指文本处于一个由其他文本、书籍和文化所构成的系统的相互参照、彼此关联中。从互文性的角度来看，传统的对作家自传的单一封闭的解释是不完整的，只有处在与作家的其他文学作品的互文性参考体系中，才能凸显作者的创作意图，才能激活作家自传文本的独特意义。由于作家的文学观念和艺术风格各不相同，互文性在现代作家自传

---

① 转引自［英］林德尔·戈登：《弗吉尼亚·伍尔夫》，伍厚恺译，四川人民出版社，2000年，第8页。
② 沈从文：《从文小说习作选集·代序》，《沈从文文集》第11卷，花城出版社，1984年，第42页。

中表现出不同的形态。中国现代作家的自传写作和其创作文本之间的互涉关系有三种类型：自传为作者的其他文学作品做注脚；自传与作者的其他文学作品互相补充；自传借助作者其他文本进行人生的印证。通过深入考察作家自传与其他文本的互文关系，可以把握作家自传写作的不同特点。

一、用生命的体验诠释文学

"文本互涉"，主要是指"不同文本之间结构、故事等相互模仿（包括具有反讽意味的滑稽模仿或正面的艺术模仿）、主题的相互关联或暗合等情况。当然也包括一个文本对另一文本的直接引用"。① 这种现象既可以体现在同一文本的内部关系之间，也可以体现在同一作家的不同文本之间。作家的表现对象总是处在三维共时状态下的立体化对象，而语言表述的一维性使作者难以在有限的篇幅中塑造出完整的心构之象并表达他全部的思想观念，因此，作者可能会在潜意识里不断修补他心目中完美的艺术形象，从而产生文本之间的对话。现代作家自传虽然绝不等同于创作回忆录，但写作的作家身份必然使传主的经历和体验与其作品形成对应。自传可以用来为其他文学作品做注脚。

巴金一直强调创作与生活的关系，主张"在生活中做的和在作品中写的要一致，要表现自己的人格，不要隐瞒自己的内心"。② 巴金的写作来源于他的生活，来源于他对生活的感受。因此，通过作者在自传中对自己的人生经历和情感体验的叙述，读者能够对巴金的文学作品有更深刻的理解。自传中《做大哥的人》和小说的第六章十分接近。

---

① 王耀辉：《文学文本解读》，华中师范大学出版社，1999年，第167页。
② 巴金：《谈文学创作》，《巴金全集》第19卷，人民文学出版社，1989年，第604页。

> 我的大哥生来相貌清秀，自小就很聪慧，在家里得到父母的宠爱，在书房里又得到教书先生的称赞。看见他的人都说他日后会有很大的成就。母亲也很满意这样一个"宁馨儿"。
>
> 他的相貌清秀，自小就很聪慧，在家里得着双亲的钟爱，在私塾得到先生的赞美。看见他的人都说他日后会有很大的成就，便是他的父母也在暗中庆幸有了这样的一个"宁馨儿"。[1]

由以上两段分别摘自巴金自传和小说《家》中的文字可以看出，巴金在自传中对大哥的描述和小说中对觉新的描述不仅内容相同，而且措辞几乎都完全一致。正如巴金所说："书中那些人物却都是我所爱过的和我所恨过的。许多场面都是我亲眼见过或者亲身经历过的。"[2]

自传中关于传主通过新刊物接受新思想的叙述也和《家》中觉慧的思想成长经历十分相似。

> 当初五四运动发生的时候，报纸上的如火如荼的记载，就在我们的表面上平静的家庭生活里敲起了警钟。大哥的被忘却了的青春也被唤醒了：我们开始贪婪地读着本地报纸上的关于学生运动的北京通讯，以及后来上海的六三运动的记载。本地报纸上后来还转载了《新青年》和《每周评论》的文章，这些文章很使我们的头脑震动，但我们却觉得它们常说着我们想说而又不会说的话。
>
> 于是大哥找到了本城唯一出售新书的那家店铺，他在那里买了一

---

[1] 巴金：《家》，《巴金全集》第1卷，人民文学出版社，1986年，第36页。
[2] 巴金：《家·新版后记》，《巴金全集》第1卷，人民文学出版社，1986年，第453页。

本《新青年》和两三份《每周评论》。我们争着读它们。那里面的每个字都像火星一般地点燃了我们的热情。那些新奇的议论和热烈的文句带着一种不可抗拒的力量压倒了我们三个，后来更说服了香表哥，甚至还说服了六姊，她另外订阅了一份《新青年》。

　　《新青年》《新潮》《每周评论》《星期评论》《少年中国》《少年世界》《北大学生周刊》《进化杂志》《实社自由录》……都接连地到了我们的手里。在成都也响应般地出版了《星期日》《学生潮》《威克烈》……《威克烈》就是"外专"学生办的，那时香表哥还在"外专"读书。我们设法买全了《新青年》的前五卷。后来大哥甚至预先存了一两百块钱在"华阳书报流通处"，每天都要到那里去取一些新的书报回来。在那时候新的书报给人争先恐后地购买着（大哥做事的地方离那书铺极近）。

　　每天晚上我们总要抽点时间出来轮流地读这些书报，连通讯栏也不轻易放过。有时我们三兄弟，再加上香表哥和六姊，我们聚在一起讨论这些新书报中所论及的各种问题。……（《信仰与活动》）

　　过了两年"五四运动"发生了。报纸上的如火如荼的记载唤醒了他的被忘却了的青春。他和他的两个兄弟一样贪婪地读着本地报纸上转载的北京消息，以及后来上海、南京两地六月初大罢市的新闻。本地报纸上又转载了《新青年》和《每周评论》里的文章。于是他在本城唯一出售新书报的"华洋书报流通处"里买了一本最近出版的《新青年》，又买了两三份《每周评论》。这些刊物里面的一个一个的字像火星一样地点燃了他们弟兄的热情。那些新奇的议论和热烈的文句带着一种不可抗拒的力量压倒了他们三个人，使他们并不经过长期的思索就信服了。于是《新青年》《新潮》《每周评论》《星期评论》《少年中国》等等都接连地到了他们的手里。以前出版的和新出版的《新青年》《新潮》两种杂志,只要能够买到的,他们都买了,甚至《新青年》的前身《青年杂志》也被那个老店员从旧书摊里捡了出来送到他们的手里。

每天晚上,他和两个兄弟轮流地读这些书报,连通讯栏也不肯轻易放过。他们有时候还讨论这些书报中所论到的各种问题。……①

通过以上两段文字的对比可以看出《家》是巴金从记忆的坟墓中挖出来的,自传只是换用第一人称更详细地叙述了这段经历。巴金亲身经历的"五四"新一代的觉醒反抗历程,为他描绘和刻画这一代青年的奋斗过程和精神特质提供了深厚的生活基础。巴金在五四新文化运动影响下的思想觉醒和社会活动经历,使《家》能在展现"五四"时代社会生活方面取得卓越成就。《家》中所描写的是作家19年封建大家庭生活的缩影,包含了巴金自己的生命体验和19年沉积下的爱憎。

"在公馆里我有两个环境,我一部分时间跟所谓'上人'在一起生活,另一部分时间又跟所谓'下人'在一起生活。"生长在封建大家庭的巴金不仅目睹了封建家族制度中统治阶级的腐朽堕落,还目睹了仆人丫头等下层劳动者所遭受的非人的压迫。"我生活在仆人、轿夫的中间。我看见他们怎样怀着原始的正义的信仰过那种受苦的生活,我知道他们的欢乐和痛苦,我看见他们怎样跟贫苦挣扎而屈服、而死亡。"② 巴金的自传中出现许多下层劳动者,小丫头香儿、女仆杨嫂等都不仅局限于外部形象的描述,还深入刻画了她们的思想、性格和品质等。巴金努力挖掘下层劳动者身上

---

① 巴金:《家》,《巴金全集》第1卷,人民文学出版社,1986年,第44页。
② 巴金:《家庭的环境》,《巴金全集》第12卷,人民文学出版社,1989年,第393页。

具有的善良淳朴的人性,值得赞美的道德情操等一切有价值的东西。巴金曾对自传创作缘由做出说明:"我将以这样的体裁开始写作。从这里读者可以知道我不是在叙述自己的得意或失意的事;也不是在夸耀自己怎样用功,怎样抄书,怎样出了几本书,怎样骗了一些钱;更不是在叙述自己怎样行,或者怎样不行。那些自有名流文豪之类来告诉你们。我所写的乃是在我的过去二十几年生涯中我所见过的一些被踏践被侮辱的真实故事。他们是姨娘、轿夫、戏子、仆人、乞丐等等不齿于'高等华人'的人。他们住在阳光不常照耀的地方,所以生于无名之中,也死于无名中。我现在想拿这管无力的笔带一点阳光照耀在他们的坟墓上,他们是我的自传中的主角。"[①]

巴金在自传第一章《最初的回忆》中深情回忆了幼年时照顾过自己起居的一位女仆杨嫂,自传中关于杨嫂的叙述与作者写于1932年的小说《杨嫂》不仅情节相似,甚至人物对话的内容、语气、语调也有很多相同之处。

下面这段文字摘自《杨嫂》:

> 每天晚上,二更的锣声响了,我和三哥便把母亲抄给我们读的一本《白香词谱》阖了起来。母亲说:"喊杨嫂领你们去睡。"于是我们向母亲道了晚安,带着疲倦的眼睛,走出母亲的房门。
>
> "杨嫂,我们要睡了。"常常是三哥先唤她。"来了,"接着起了这个温和的应声,常常是同样的这两个字。很快地杨嫂的高大的身躯就出现在我们的面前。她的眼睛带着笑地望着我们。她拿她的粗糙的双

[①] 巴金:《杨嫂》,《巴金全集》第9卷,人民文学出版社,1989年,第438页。

手牵着我们，一只手牵一个。她一面走一面对我们说话，一直把我们牵进房里。

我们的房间也就是她的房间。她和我们睡在一个房间里，因为我们年纪小，事事要人照料。房里有两张床：一张是我和三哥两人睡的，一张是她一个人睡的。两张床铺都很清洁。她非常喜欢清洁，她把房间和床铺都收拾得很整洁。她不许我们在地板上乱吐痰，她不许我们白天在床上翻筋斗。①

《最初的回忆》中也有这样的情节：

> 每天晚上，二更锣一响，我们就阖上那本小册子。
> "喊杨嫂领你们去睡罢。"母亲温和地说。
> 我们向母亲道了晚安，带着疲倦的眼睛，走出去。
> "杨嫂，我们要睡了。"
> "来了！来了！"杨嫂的高身材出现在我们的眼前。
> 她常常牵着我走。她的手比母亲的粗得多。
> 我们走过了堂屋，穿过大哥的房间。
> 有时候我们也从母亲的后房后面走。
> 我们进了房间。房里有两张床，一张是我同三哥睡的，另一张是杨嫂一个人睡的。
> 杨嫂爱清洁。所以她把房间和床铺都收拾得很干净。
> 她不许我们在地板上吐痰，也不许我们在床上翻斤斗。她还不许

---

① 巴金：《杨嫂》，《巴金全集》第9卷，人民文学出版社，1986年，第439页。

我们做别的一些事情。但是我们不恨她,我们喜欢她。①

通过对照可以看出,《杨嫂》中其人其事都是作者从自己的记忆中抄出来的,只是由于小说和自传各自不同的文体特征,作者采用了不同的表述方式。巴金的小说中出现过不少地位卑微、心地善良的小人物形象,如《家》中的鸣凤、《杨嫂》中的女仆以及《苏堤》中的船夫等。作者既赞扬了他们淳朴善良的美德,又通过这种书写寄托了自己对下层人民的深切同情。对下层劳动者的关爱始终贯穿在巴金的创作中,他的这种情感取向与其早年的经历有关。"我找到了我的终身事业,而这事业又是与我在仆人轿夫身上发现的原始的正义的信仰相合的。"②

作者在《最初的回忆》中,描写了封建公堂上犯人屈打成招后,还要叩头谢恩的场面。甚至到晚年写《随想录》时,巴金还经常提到这类事情。作者对自己幼年目睹的封建公堂上滥使刑法屈打成招的场面描写,形象而深刻地揭示了封建专制制度的黑暗与残暴以及封建意识对人性的扼杀与摧残,从而把批判的锋芒指向了沉淀了几千年的封建思想。巴金把文学与生活、生命体验与笔下世界紧密地联系在一起,把生命融化在创作之中,因此,他的自传就是对其文学创作的诠释。

作家自传中叙述的许多小故事为他们在小说中描写的人和事提供了可以对照的原型,为蕴藏在小说文本中的创作主旨做了一种特殊形式的注解。《从文自传》是沈从文对自己最初20年人生的总结,他毕生写作所持有的眼光、无法割舍的情结、所肩负的责任都在自传中有所体现。《从文

---

① 巴金:《最初的回忆》,《巴金全集》第12卷,人民文学出版社,1989年,第357页。
② 巴金:《信仰与活动》,《巴金全集》第12卷,人民文学出版社,1989年,第407页。

自传》作为一部风格独特的传记作品，对理解作者所创作的其他文学作品具有重要的启示意义。沈从文在近半个世纪以后，对《从文自传》的意义做出这样的评价："真正打量采用个历史唯物主义严肃认真态度，不带任何成见来研究现代文学史的工作者，对他们或许还有点滴用处。因为借此作为线索，才可望深一层明白我1936年"良友"印的《习作选·代序》《边城·题记》、1947年印的《长河·题记》及1957年《沈从文小说选集·题记》中对于写作的意图和理想，以及尊重实践、言简意深的含义"。[1] 作者在自传中记述了自己幼年、童年、青少年等各个时期的见闻，其中许多都涉及了小说题材的来源、小说人物的原型等，这些都为理解其作品的主题走向、人生意蕴、创作模式等提供了可靠的依据。

《从文自传》生动地讲述了作者的成长经历，并用大量笔墨对湘西的自然风光和独特的乡风民俗进行了全景式的扫描。自然对人格塑造有重要的作用，然而不是每个人都有机会与自然亲近、融合，在大自然中重塑自己的灵魂。山水奇险的湘西是苗、土家、瑶等少数民族聚居的地方，当地人过着荒蛮却逍遥的生活。出生于此的沈从文从入私塾起直到在军队中遇到姓文的秘书，一直都是自然的精灵。他的童年教育是在课堂外、自然中完成的。沈从文从入私塾起就想尽一切办法逃避那枯燥的书本，去同一切自然接近。他相信自然这"一本大书"对自己的塑造作用，"我的心总得为一种新鲜声音，新鲜颜色，新鲜气味而跳。我得认识本人生活以外的生活。我的智慧应当从直接生活上吸收消化……"，"尽我到日光下去认识这大千世界微妙的光，稀奇的色，以及万汇百物的动静……"。传主探索自然，赞颂着世间万物，流露出与它们交流生命力的快乐：

---

[1] 沈从文：《从文自传·附记》，《沈从文文集》第11卷，花城出版社，1984年，第78页。

> 各处去看，各处去听，还各处去嗅闻，死蛇的气味，腐草的气味，屠户身上的气味，烧碗处土窑被雨以后放出的气味，要我说来虽当时无法用言语去形容，要我辨别却十分容易。蝙蝠的声音，一只黄牛当屠户把刀刺进它喉中时叹息的声音，藏在田腾土穴中大黄喉蛇的鸣声，黑暗中鱼在水面拔刺的微声，全因到耳边时分量不同，我也记得那么清清楚楚。①

他什么事都爱用眼睛看、用耳朵听，看人绞绳子、织竹篓、做香烛、下棋、打拳甚至相骂，故乡的景物声色都成为他视听的盛宴。沈从文就这样浸泡在民间，在民间文化中吸取养料，并从观察和体验中获得灵感和言说的方式：

> 我从那方面学会了不少下流野话，和赌博术语，在亲戚中身份似乎也就低了些。只是当十五年后，我能够用我各方面的经验写点故事时，这些粗话野话，却给了我许多帮助，增加了故事中人物的色彩和生命。②

沈从文自小就接受着自然的教育，他不仅注意到自然养育人的物质功用，更注重大自然的精神作用，因此对自然的钟情成为沈从文湘西小说最重要的美学内涵。沈从文在文学作品中描写地方优美的风景，强调人和自然之间高度和谐共处的景观。他对自然的重视还可以通过人物描写看出

---

① 沈从文：《我读一本小书同时又读一本大书》，《沈从文文集》第9卷，花城出版社，1984年，第118页。
② 沈从文：《我上许多课仍然放不下那一本大书》，《沈从文文集》第9卷，花城出版社，1984年，第139页。

来，例如《边城》中对翠翠外貌的描写，"翠翠在风日里长养着，把皮肤变得黑黑的，触目为青山绿水，一对眸子清明如水晶。自然既长养她又教育她，为人天真活泼，处处俨然如一只小兽物。人又那么乖，如山头黄麂一样，从不想到残忍事情，从不发愁，从不动气"。① 这种非常特殊的对人物外貌的描写是与自然联系在一起的，翠翠被看作美好的自然的人格化的体现。沈从文在文学创作中不仅把自然作为人类活动可以延伸到的东西来描述，而且把自然和人都作为作品的有机部分来进行表现。他的作品中不仅有青山碧水、桃红柳绿，爬墙的青藤、绕屋的葵竹，更有长河里悠然的小船、倚山而立的吊脚楼，山谷中传响的娶亲的唢呐和长鸣的笛号。这样和谐安静的桃源仙境里活动着的是诚实勇敢、热情豪爽、乐善好施、重义轻利的人民，就连吊脚楼的妓女也浸染了边民的淳厚。《边城》中茶峒小镇清丽优美的自然风景，翠翠与二佬执着纯朴的爱情，翠翠祖孙、船总父子长慈幼孝的亲情，邻里之间亲切和睦的友情等，充分体现出"优美、健康、自然而又不悖乎人性"② 的人间真情。这种理想的生命形态的塑造都是来源于作者自己的人生经验。作者曾作为机要文件收发员，随着一行人马从湖南边境的茶峒到贵州边境的松桃，又到四川边境的秀山。"这次路上增加了我新鲜经验不少，过了些用竹木编成的渡筏，那些渡筏，在静静溪水中游动，两岸全是夹竹林高山，给人无比幽静的感觉。十年后还在我的记忆里，极其鲜明占据了一个位置（《边城》即由此写成）。"③ 当沈从文通过自然来认识生命时，他看到了生命最鲜活、最本真的状态，感受到了生命的庄严。"美固无所不在，凡属造型，如用泛神情感去接近，即无

---

① 沈从文：《边城》，《沈从文文集》第 6 卷，花城出版社，1984 年，第 75 页。
② 沈从文：《从文小说习作选集代序》，《沈从文文集》第 11 卷，花城出版社，1984 年，第 45 页。
③ 沈从文：《一个大王》，《沈从文文集》第 9 卷，花城出版社，1984 年，第 202 页。

不可见出其精巧处和完整处。生命之最高意义，即此种'神在生命中'的认识。"①

故乡充满活力的生命形态给沈从文留下了深刻的印象，沈从文在追忆往事，诉说故乡的风土人情时，关注的更多的还是这片土地上的人：

> 那里土匪的名称是不习惯于一般人的耳朵的。兵皆纯善如平民，与人无侮无扰。农民皆勇敢而安分，且莫不敬神守法。商人各负担了花纱与货物，洒脱地向深山村庄走去，同平民作有无交易，谋取什一之利。地方统治者分数种，最上为天神，其次为官，又其次才为村长同执行巫术的神的侍奉者，人人洁身信神，守法爱官。②

在对故乡风俗人情的总体描述中，流露出作者对湘西人民善良、正直、质朴、淳厚的人性美的一片深情。《一个老战兵》中富于人性又十分可爱的腾师傅，他技艺精湛，虽然目不识丁，却充满侠气，乐于助人，自愿传授当兵的各种技艺而不收取公家和私人的任何报酬。《船上》中那位让人深为叹服的曾姓朋友，体魄强健，勇敢豪爽，说话生动形象，为人粗鲁却胆识过人。他生活荒唐放荡，用许多粗野话讲述女人，但是却能用几句得体风趣的语言描绘出各个女子的个性：

> 我到后来写过许多小说，描写到某种不为人所齿及的年轻女子的轮廓，不致于失去她当然的点线，说得对，说得准确，就多数得力于这个朋友的叙述。……这朋友最爱说的就是粗野话，在我作品中，关

---

① 沈从文：《美与爱》，《沈从文文集》第11卷，花城出版社，1984年，第377页。
② 沈从文：《我所生长的地方》，《沈从文文集》第9卷，花城出版社，1984年，第102页。

于丰富的俗语与双关比譬言语的应用,从他口中学来的也不少。(这人就是《湘行散记》中那个戴水獭皮帽子大老板)。①

沈从文曾宣称:"这世界上或有想在沙基或水面上建造崇楼杰阁的人,那可不是我。我只想造希腊小庙。……这神庙供奉的是'人性'。"② 他在《湘西》的题记中也曾写道:"我对于湘西的认识,自然偏重于人事方面"。③ 可见,他是醉心于人性之美的。沈从文就是透过这些雄强、诚朴的湘西人,看到了人性的精微处,这对他探索真正善良而略带粗犷与原始的人性美是一个很好的启示。

沈从文着意挖掘湘西生命的原始形态中蕴含的生命气魄和生命神性,尽管他们的强悍、豪爽中有着愚昧、野蛮的成分,但作者并没有因此厌弃他们,而是努力去净化他们。在《清乡所见》中,他写了一位卖豆腐的年轻男子的故事,这些男子将一位刚病死的年轻女孩从坟墓里挖出,背到山洞里睡了三天又送回墓中,后来被人发觉,因此被就地正法。这名男子死前头脑清醒,毫无惧色,旁人叫他"疯子""癫子",他却只是微笑着沉浸在自己的思想里,轻声赞叹"美得很"。"我记得这个微笑,十余年来在我印象中还是异常明朗。"沈从文不仅在自传中对此事有详细的叙述,后来还以这个故事为原型创作了小说《三个男人与一个女人》。作者毫无猎奇之意,而是冲破了传统观念的束缚,把卖豆腐的年轻男子看作一个极度渴望拥有美的爱美之人来欣赏。《一个大王》里讲述了一个大王和一个女匪的故事。这个土匪出身的山大王,为报答司令的救命之恩在部队里做了一

---

① 沈从文:《船上》,《沈从文文集》第9卷,花城出版社,1984年,第190页。
② 沈从文:《〈从文小说习作选集〉代序》,《沈从文文集》第11卷,花城出版社,1984年,第42页。
③ 沈从文:《〈湘西〉题记》,《沈从文文集》第9卷,花城出版社,1984年,第332页。

名牟目。他见一名被捕的女匪首长相标致就生了爱慕之心，相约帮她挖出地下的枪支一起落草，还在狱中与这名女犯亲近。后来司令官担心他再重操旧业，决定枪决了他。在劝说司令官顾念旧情饶自己性命的尝试失败后，他从容镇定地赴死。那位做过很多惊人事迹的美丽的女匪夭妹被杀时，"神色自若地坐在自己那条大红毛毯上，头掉下地时尸身还未倒下"。这样一个令人惊诧的生命消失时的场景，是作者带着泛神性质的宗教情感极力彰显生命的神性。这个美丽的女匪又曾出现在沈从文的小说《说故事人的故事》里。沈从文对人性美有着独特的理解，一直执着于挖掘特殊人生形式中包含的人性美。沈从文从自己早期的人生经历出发，在自己建构的艺术世界中表现不同的生命形态，力图通过审美视角把人生解释的更庄严、更透彻，追寻和探究人生价值和生命的终极意义。

自传中呈现的独特生命体验，让读者更容易理解沈从文为何会对湘西乡土世界及其所代表的生命形式满怀热情，并将与古拙的湘西风情相契合的人性形式作为自己的生命理想。沈从文回望故土，准确地抓住了自己的根，也摆正了自己从文的姿态。

郁达夫宣称"文学作品，都是作家的自叙传"，[1] 他有大量的小说都是自我写真的浪漫抒情小说。家庭内部关系及个人的私生活都如实道来。郁达夫的早期代表作《沉沦》是用日记式的文字叙述了主人公初到日本的生活片段，从作品中可以清晰地看到作者个人出身、经历、个性乃至相貌的投影。三岁就失去父亲，由长兄携他去日本留学，个人的性苦闷和性体验，与长兄的反目等，《沉沦》中主人公的部分经历甚至可以看成作家履历的复写。如果将自传中的《雪夜》和《沉沦》作一比较，就可以发现小

---

[1] 郁达夫：《五六年来创作生活的回顾——〈过去集〉代序》，《郁达夫文集》第7卷，花城出版社，1983年，第180页。

说中主人公的际遇与作者生活经历高度相似,甚至连情节的推进都是依照作者实际生活的轨迹。

作者早年的生活经历和个性气质对其作品的表达方式和艺术风格都有直接影响。郁达夫从童年起,就深切体会到孤儿寡母这种家庭格局的不幸与悲哀,生活上的穷困潦倒又造成心理上的创伤和刺激。郁达夫在自传中详细叙述了自己当时的境遇和感受,那些辛酸而感伤的记忆又在他日后的文学作品中不断地被书写和渲染。

>质夫……胸中忽然觉得悲哀起来,这种悲哀的感觉,就是质夫自身也不能解说。(《茫茫夜》,1922年2月)
>
>质夫……不知是什么缘故,他心里好像受了千万委屈的样子,摇一摇头,叹了一口气,忽然打了几个冷痉……(《怀乡病者》,1922年4月)
>
>我的过去的半生是一篇败残的历史,回想起来,只有眼泪与悲叹……(《空虚》,1922年7月)
>
>他的声誉和朋友,一年一年的少了下去,他的自小就有的忧郁症,反一年一年的深起来了。(《采石矶》,1922年11月)
>
>自我出生之后,真到如今二十余年的中间,我自家播的种,栽的花,哪里一枝是鲜艳的,哪里有一枝曾经结过果来?(《青烟》,1923年6月)
>
>自己的一生,实在是一出毫无意义的悲剧,而这悲剧的酿成,实在也只可以说是时代造出来的恶戏。自己终究是一个畸形儿,再加上以这恶劣环境的腐蚀,那就更加不可收拾了。(《蜃楼》,1926年6月)
>
>仰起头来从树枝里看了一忽茫茫无底的青空,不知怎么的一种莫名

其妙的淡淡的哀思，忽然涌上了他的心头。(《逃走》,1928年9月)

通过自传中对作者早年生活的悲苦处境及由此产生的忧郁与哀怨的叙述，读者可以理解为什么以上作品中主人公的哀愁与苦痛都与身世之悲和自小就有的忧郁相关。郁达夫将自我的生命体验和情绪感受予以艺术的夸张和渲染，小说中的主人公，不管是"我"，是"他"，还是"质夫"等，读者都能从他们身上看到作者的影子。

其他一些作家的自传中也可以看到作者的某些著作是如何诞生的。如许钦文在《〈故乡〉到〈一坛酒〉》中写道：

(《毛线袜》)这一篇的意境是这样捉住的：寒假，我从台州回到家里，因为旅资为难，已经一连四年多不曾回家了，母亲很是注意我。第二天的早上，我穿着拖鞋从楼上走到天井里；母亲很快地向我的一只脚上瞪了眼。当初我莫名其妙，她为什么要出神地看我的脚；仔细一查，原来袜上有着个很整齐的补丁，不是普通的佣人能够做到的。大概她以为我已在外面有了女人，这是她所希望的。可是这双袜，本是校中的同事的；因为洗衣匠的错送，所以穿在我的脚上了。虽然她不曾明白问起我，我也未曾向她解释清楚；但我记忆着，不久就"便化"成功了这一篇的题材。[①]

郭沫若也曾在《创造十年》中谈到了他创作小说《牧羊哀话》的详细情况：

---

① 许钦文：《钦文自传》，人民文学出版社，1986年，第59—60页。

那在结构上和火葬了的《骷髅》完全是同母的姊妹。我只利用了我在一九一四年的除夕由北京乘京奉铁路渡日本时,途中经过朝鲜的一段经验,便借朝鲜为舞台,把排日的感情移到了朝鲜人的心里。那全部的情节只是我幻想出来的,那几首牧羊歌和一首《怨日行》,都是我自己的大作。我在纵贯朝鲜的铁路上虽是跑过一天一夜,但那有名的金刚山并不曾去过。我的关于金刚山的知识,只是看过一些照片和日本文士大町桂月的《金刚山游记》。所以那小说里面所写的背景,完全是出于想象。①

二、自传写作与自叙传作品

表现自我是"五四"作家普遍认同的美学原则。"'体验'把'五四'作家带进了一个与他们的前辈作家相比非常不同的小说世界。在这个小说世界中,他们自己的生活经历与人生经验成为小说表现的内容。"② 每个作家都有自己的故事,这些是他们创作的源泉。作家对现实经验和人生体验进行审视,将自己经历的生活细节和深刻的人生体悟转化为文字。

现代作家写作自传时都是直接从自我的生命流程中提取那些能够塑造自我形象的人生故事。胡适写作自传时是"从这四十年中挑出十来个比较有趣味的题目,用每个题目来写一篇小说式的文字"。③ 谢冰莹进行自传创作时也是"首先拟定了几十个小题目,准备每一个题目,最少写一千个字

---

① 郭沫若:《创造十年》,《郭沫若全集》第12卷,人民文学出版社,1992年,第59页。
② 李桂起:《中国小说创作模式的现代转型——论"五四"小说"心理化"的精神艺术世界》,中国社会科学出版社,2007年,第160页。
③ 胡适:《四十自述·序》,《胡适全集》第18卷,安徽教育出版社,2003年,第7页。

以上，最多不超过三千字"。① 谢冰莹用了 1 个月左右完成了《一个女兵的自传》，沈从文创作《从文自传》也只用了 3 周时间，许钦文为了筹赴厦门的旅费，在 11 天内就完成了 130 页的《钦文自传》。正如谢冰莹所说："因为材料是现成的，所以写起来时非常容易。"② 《重上征途》是谢冰莹《抗战日记》中的第一篇，该文中的故事、细节甚至对话等又出现在《女兵自传》的《忠孝不能两全》一节中。现代作家的自传和文学创作在创作手法和时间上都有很多相似之处，所用素材都是作者认为值得纪念的所经所历所思所感。

"自传是另一种形式，它通过一系列难以察觉的等级同小说合为一体，大多数自传是被一种创造性的、因此也是虚构性的冲动所激励，作家只是在自己的生活中选择事件和经验构建了一个综合的模式，这个模式可能是比作家本人更大的东西，他却把它和自己同一起来，或简单地说，同他的性格和看法一致起来。"③ 现代作家自传和他们的小说就存在着这样一种相互渗透的关系。但作家在创作时文类意识逐渐明晰，已经意识到自传与纯文艺作品之间的文体差异。由于文体不同，作者的自传和自传体小说在表达内容上也存在着差别。有的作家将一段经历既写入自传也写入小说，有的作家将一段经历或情感只写进小说而不写进自传。小说没有真实性的要求，可以无所顾忌地叙事抒情，表达个人的情感和精神气质，不必顾忌世人的眼光和对号入座的评价，是释放作者欲望的最佳方式。与必须真实记录自己生平的自传相比，小说能容纳作家自我扩张的人生经历和情感体

---

① 谢冰莹：《关于〈女兵自传〉》，《女兵自传》，四川文艺出版社，1985 年，第 3 页。
② 谢冰莹：《关于〈女兵自传〉》，《女兵自传》，四川文艺出版社，1985 年，第 3 页。
③ Norrhrop Frye, *Anatomy of Criticism*, Princeton: Princeton University Press, 1957, p. 307. 转引自杨正润：《现代传记学》，南京大学出版社，2009 年，第 304 页。

验。自传体小说有作者个人生活的痕迹，不同程度地反映了作者的内心世界和情感要求，其中的有些篇章甚至是作者真实生活的复写。这些作家的小说尤其是自传体小说中人物和作家本人的互文关系异常突出，人物命运和作家经历的互相指涉成为阅读的隐形密码。因此，它们在内容和精神上与自传达到某种同构，这些自传和自传体小说可以并置来读，互为补充。

20世纪初中国女性小说中自叙传作品大量涌现，庐隐早期创作的自传体小说比较有代表性，她的这些小说都倾向于切近自身取材，挖掘自己的灵魂。"她是一个自传型的作家，她本人就像她在许多作品中描写的一个又一个的女主人公那样，经历过感情上的风风雨雨，却始终在个性解放的大旗底下，执拗地追求着理想的爱情与人生。"[①] 她虽然加入了"文学研究会"，但由于自身的浪漫气质，使她的创作个性更接近"创造社"浪漫感伤的艺术风格。《海滨故人》《归雁》《胜利之后》等作品都是以自叙传的方式复写自己的部分人生经历，并大量使用日记体、书信体和第一人称叙述。她说过："文学创作者是重感情、富主观、凭借于刹那间的直觉，而描写事物，创造境地；不模仿，不造作，情之所至，意之所极……"[②] 庐隐笔下的"文学形象"是她结合自己的人生经历创造的，书信、日记也参与了这个"文学形象"的创造。庐隐小说取材上的主观色彩以及感伤的风格和悲戚的基调，使人很容易联想到郁达夫、郭沫若等创造社作家写作的一些带有自传性质的小说。

庐隐的作品以主观情感为主线展开，不注重故事情节的铺展，将自己的内在情绪灌注于笔下的人物，使自我的心境得到自然的、充分的抒发。庐隐是一个情绪型的女作家，"她表面是一个乐天主义者，内心却是一个

---

① 肖风：《庐隐的生平与创作道路》，肖风编：《庐隐》，人民文学出版社，1984年，第272页。
② 庐隐：《著作家应有的修养》，钱红编：《庐隐选集》，福建人民出版社，1985年，第446页。

悲观的人。有时酒醉了,有时偶然谈到她悲苦的命运和伤心的往事,她便哭泣起来。然而一过去,她又哈哈大笑,她说她是假装快活"。① 她将内心世界的真实体验和不可抑制的情感激荡通过人物的主观感受表达出来,主人公"我"的汹涌跌宕的情感流泻贯穿作品的始终。"她给我们看的,只不过是她自己,她的爱人,她的朋友——她的作品带着很浓厚的自叙传的性质。"② 现实生活的桎梏和女性内心的激情之间的矛盾,使作家的情感世界异常复杂,对庐隐来说,任情感随意驰骋的自传体小说是一种情感表现而非逻辑再现。

作为社会的一员,生活中的庐隐不失巾帼英雄的慷慨激昂和名士风流的潇洒。与情感激越的小说相比,庐隐的自传风格平实,内容真实,是其人生经历的再现。她降生那天正遇上外祖母去世,因此被视为不祥之物,再加上脾气执拗,使她失去亲人的关爱,生活在可怕的孤独和异样的压抑中。不幸的童年生活使她的心灵遭受了难以愈合的创伤。成年之后,她又先后失去了母亲、丈夫、兄长以及挚友石评梅等,不幸连着不幸,使她的人生充满了伤痛。倔强的个性使带着心灵创伤的庐隐在人生的旅途中苦苦挣扎。《庐隐自传》记录了作者坎坷不平的人生经历,以及她的文学创作活动和思想发展过程。身世的凄凉、国势的衰落、世俗的不堪和传主内心对未来的执着追求交织在一起,贯穿于自传的始终。

庐隐有着复杂而曲折的感情生活,她曾毅然决然地与未婚夫解除婚约,冲破重重阻拦与有妇之夫郭梦良结为夫妻。两年之后郭梦良又因病离她而去,爱人的逝世使她感到幻灭,在记忆的歧路口感伤徘徊。经历了巨大的悲哀和各种痛苦挣扎之后,她又承受着社会上的种种责难,义无反顾

---

① 刘大杰:《黄庐隐》,肖凤编:《庐隐》,人民文学出版社,1984年,第265页。
② 茅盾:《庐隐论》,《茅盾全集》第20卷,人民文学出版社,1990年,第111页。

地做出了更加大胆的人生抉择，与小她将近十岁的青年李唯建走到一起。"她的精神和物质的生活，由动摇中又回到了平静。"① 这些在自传中只是作为人生事件被记述，而情感纠葛的细枝末节及其在作者心底掀起的波澜则被放进了她的自传体小说中。

庐隐的小说与其坎坷的人生经历有不少重合之处，许多作品或人物是她本人的精神化身。庐隐的好友刘大杰认为："《海滨故人》是庐隐前半生的自传，露莎就是庐隐自己。"②《海滨故人》再现了庐隐和郭梦良的一段恋情。作品中露莎的恋爱生活，就是庐隐本人反抗封建礼教，追求理想爱情，虽遭受外界流言蜚语的困扰，但最终与郭梦良结合的真实写照。作者以自己的主观体验深入人物的内心，写出人物的复杂感受和情感波澜，人物的心理波动正是她自己曾在恋爱中经历的甜蜜与煎熬。庐隐人生中这段重要的情感经历在自传中却被叙述的简单平实："在SR团体中，有两个青年和我特别亲密，其中的一个郭君，比较一切的人都深沉，旧文学很有根底，他作了很多论文登在杂志上，时常寄给我看。因此我俩的感情认识也与日俱增了。"③ 在经历了许多坎坷之后，有情人终成眷属，本该从此过上幸福的生活，可婚后在夫家的倍受奚落以及生活的困顿使作者瑰丽的少女梦随着时光的流逝而渐渐褪色。结婚之后作者不堪闺房的寂寞，又无处寻找精神的寄托。平庸的家庭生活使她陷入了苦闷彷徨的矛盾心境："在这种变化中，我的心情是复杂的。一方面我是满足了——就是在种种的困难中，我已和郭君结了婚。而另一方面我是失望了——就是我理想的结婚生活，和我实际的结婚生活，完全相反。"④ 这时节作者创作了《胜利之后》

---

① 刘大杰：《黄庐隐》，肖凤编：《庐隐》，人民文学出版社，1984年，第263页。
② 刘大杰：《黄庐隐》，肖凤编：《庐隐》，人民文学出版社，1984年，第263页。
③ 庐隐：《大序时代》，《庐隐选集》（上），福建人民出版社，1985年，第581页。
④ 庐隐：《著作生活》，《庐隐选集》（上），福建人民出版社，1985年，第587页。

《前尘》《何处是归程》等小说，作品中的主人公都是有幸暂时冲破封建罗网，争得婚姻自主权，可是婚后仍然徘徊在歧路的女性。

譬如坑洼里的水，它永永不动，那也算是有了归宿，但是太无聊浅薄了。①

当我们和家庭奋斗，一定要为爱情牺牲一切的时候，是何等气概？而今总算都得了胜利，而胜利以后原来依旧是苦的多乐的少，而且可希冀的事情更少了，可惜以自慰的念头一打消，人生还有什么趣味？②；

伊原是天边野鹤；闲时只爱读《离骚》，吟诗词，到现在，拈笔在手，写不成三行两语，徒想起锅里的鸡子，熟了没有？便忙忙放下笔，收拾起斯文的模样，到灶下作厨娘；③

伊觉得想望结婚的乐趣，实在要比结婚实现的高得多。④

庐隐的《胜利之后》就是以书信为小说的基本表达形式和结构格局，故事情节的展开，环境心理的描绘和人物形象的塑造都以一封信的形式来实现。在这种书信体小说中人物可以在书信中倾吐他的思想与感情，小说可以离开行动中的可视的世界去关注不可视的内心生活。《胜利之后》主

---

① 庐隐：《何处是归程》，钱红编：《庐隐选集》（上），福建人民出版社，1985年，第309页。
② 庐隐：《胜利之后》，钱红编：《庐隐选集》（上），福建人民出版社，1985年，第293页。
③ 庐隐：《前尘》，钱红编：《庐隐选集》（上），福建人民出版社，1985年，第226页。
④ 庐隐：《前尘》，钱红编：《庐隐选集》（上），福建人民出版社，1985年，第237页。

人公沁芝以写信的方式倾诉内心的情感，反思女性在婚姻生活中的境况。作者选择书信体这种独特的小说形式，表达思想，宣泄不满、迷茫等主观情感。短篇小说《前尘》围绕取得婚姻自由的"伊"的心理活动展开叙事，"伊"的心理情绪是不断变化的，由"低眉浅笑"到"痛泪偷弹""彷徨惆怅"。小说没有情节，靠思绪的飘忽来结构全篇，细致勾勒了主人公的情感波动，充分展现了她内心的矛盾和纠结。作为主情的女作家，庐隐在自传中并没有竭力渲染痛失爱人的人生剧痛，只是絮絮诉说，娓娓道来。"又经过半年我便遭到了人生的大不幸，郭君竟然一病而逝。在这时节我心里当然充满绝望哀感"，"我被困在这种伤感中，整整儿年。我只向灭亡的路上奔，我不想别的出路"。[1] 庐隐的《愁情一缕付征鸿》采用了书信体裁，通过女主人公云音写给女友的信，表达了她丧夫之后的悲痛和苦闷。文中写道："这绵绵不尽的哀愁，在我们有生之日，无论如何，是不能扫尽抛开的啊！"[2] 在旅居北京的那段日子，庐隐内心承受着痛苦、愤懑和困惑，这些情绪在日记体小说《归雁》中奔涌而出。日记体小说情节简单，能够直接切入"我"的内心世界，把一个活的灵魂呈现给读者。《归雁》讲述了主人公丧夫后半年时间的日常生活，重在呈现她的情感嬗变。主人公仔细审视自我的情感，对已逝之爱内心有着无限的悲痛，"含着泪抚摸着刻骨的伤痕"，"我的青春之梦，就随你的毁灭而破碎了，我的心你也带走了！"她在心痛欲绝无力承受的时候，就借吸烟和喝酒来麻醉自己的神经，掩盖自己的脆弱。《归雁》中的女主人公就是用慢性自杀的方式糟蹋自己的身体，"烟酒不是最伤身的吗？……我要时时刻刻地亲近

---

[1] 庐隐：《思想的转变》，《庐隐选集》（上），福建人民出版社，1985年，第592页。
[2] 庐隐：《愁情一缕付征鸿》，凡尼、郁苇选编：《庐隐作品精编》，漓江出版社，2004年，第135页。

它,熬夜不是最伤身的吗?现在我每夜都要到歌舞场中,或者欢宴席上,消磨夜的时光,总之怎样能使我生命的火,快些熄灭,我便怎样去做"。现实生活中的女作家渴望被爱,又害怕社会上各种流言蜚语的诋毁。这段苦楚的心路历程,通过主人公独处时翻来覆去的思虑和恋爱时的喜悦、忧疑等交叉反复得以呈现。庐隐借《归雁》中女主人公之口表达了自己思想的转变:

> 从前我虽不喜欢这个社会,但是我还不敢摈弃这个社会,现在我可不管那些了,我想尽量发展我的个性,至于世俗对我的毁誉我不愿意理会,并且我也理会不了许多,所以近来我虽听见人们在谈论我,我也绝不能为这事动心,我已经没有力量为了讨别人的欢喜而挣扎了![1]

自传中记述了传主与李唯建的结合,给她的思想及创作带来的重大转变。

> 我的《归雁》虽是以这样无结果而结果了,而我在这时期,认识了唯建——他是一个勇敢的,彻底的新时代的人物。在他的脑子里没有封建思想的流毒,也没有可顾及的事情。他有着热烈的纯情,有着热烈的想象,他是一往直前的奔他生命的途程。在我的生命中,我是第一次看见这样锐利的人物。而我呢,满灵魂的阴翳,都为他的灵光,一扫而空,在这个时期,我们出版了《云鸥情书集》——这是一本真实的情书,其中没有一篇,没有一句,甚至没有一个字,是造作

---

[1] 庐隐:《归雁》,钱虹编:《庐隐集外集》,书目文献出版社,1989年,第108、147、172页。

出来的。当我们写这些信时,也正是我们真正剖白自己的时候。在那里可以看出,我已不固执着悲哀了,我要重新建造我的生命;我要换过方向生活。有了这种决心,所以什么礼教,什么社会的讥弹,都从我手里打得粉碎了。我们洒然的离开北平,宣告了以真情为基础的结合,翱翔于蓬莱仙境。从此以后,我的笔调也跟着变化。①

作者并没有在自传中叙述她和李唯建那段年龄不相称的恋情曾带给她的纠结和困扰。庐隐的小说《云萝姑娘》描写了云萝与凌俊的姐弟恋。云萝是一个命运坎坷的女子,她因畏惧世人的非议和讥讽,反复劝阻凌俊对她的追求。但是,爱情带来的舒适和温暖最终战胜了虚伪道德对她精神的侵袭,她最终向凌俊承认了自己的爱。庐隐以自己为原型创作了"云萝姑娘",小说主人公剧烈的思想冲突和左右为难的处境实际上是作者当时境遇的反映,小说中两个人物的心理活动可以看作是作者和李唯建当时心境的写照。

庐隐的自传体小说和自传都是以自我人生经验为表现对象,但小说中爆发式的情感在其自传中经过了一番洗练,变得比较蕴蓄。庐隐从不逃避或漠视自我的心灵,在小说中她深入挖掘自我的内心世界,实现自我情感的宣泄和主观情绪的表达。作者考虑到自传中的"我"是社会的"我",是特定历史条件下的产物,既要回应公众的关注,也要对社会负责,承担思想启蒙的责任,因此在自传中既叙述了自己独特的人生经历和生命体验,又讲述了自己的思想嬗变和文学活动等与时代社会密切相关的内容。庐隐不仅敢于正视自我的个体性,而且勇于承担自我的社会性。透过自传

---

① 庐隐:《思想的转变》,《庐隐选集》(上),福建人民出版社,1985年,第594页。

和自传体小说两种文体的并置互补，一个完整而鲜活的女性形象展现在读者面前。

郭沫若在《少年时代·序》（《沫若自传·第一卷》）中宣称："自己也没有什么天才。大体上是一个中等的资质，并不怎么聪明，也并不怎么愚蠢，只是时代是一个天才的时代，让我们这些平常人四处碰壁。我自己颇感觉着也就像大渡河里面的水一样，一直是在崇山峻岭中迂回曲折地流着"。[①]可见作者为了使自我价值得到充分的实现，一直努力靠自己的创造力冲决一切外在的藩篱。

郭沫若的小说创作从"五四"初期的《牧羊哀话》到20世纪40年代后期的《地下的笑声》，历时二十多年，在这个过程中曾自称不喜欢小说的郭沫若陆陆续续写过四十几万字的小说。与郭沫若在诗歌和戏剧方面的辉煌成就相比，他的小说创作相形逊色。但郭沫若涉足小说并不代表他要在小说方面展示自己的天才，而是他的情感气质要在小说这个载体中得到宣泄。郭沫若小说的独特价值不在于它在语言艺术上的长短优劣，而在于它从一个新的角度展现了作者的情感世界。总观全体，郭沫若的小说经历了几个阶段的变化，呈现出多种风貌，其中早期的小说最有代表性。早期小说中有大量的侧重自我表现，主观色彩浓厚的"自我写真小说"，如《鼠灾》《未央》《月蚀》《圣者》《漂流三部曲》《行路难》《三诗人之死》《红瓜》《亭子间中》《湖心亭》《矛盾的统一》《后悔》等。从这类小说中，读者可以清晰地看到作者自身的生命体验和情感活动在主人公身上的投影。在以"爱牟"为主人公的系列小说中，主人公的经历和郭沫若的人生轨迹高度相似。例如：为反抗父母包办的婚姻，抛下新婚的丑妻，东渡

---

① 郭沫若：《少年时代》，《郭沫若全集》第11卷，人民文学出版社，1992年，第3页。

日本；起初学医，与日本姑娘相爱、结婚、生子；弃医从文、办文学社、卖文为生，在上海与日本之间漂泊、居无定所等。

五四新文化运动虽然推动了社会的进步和历史的发展，但这场灌注了知识分子深切希望和满腔热情的"启蒙"运动，并没能取得预期的效果。新文化运动的夭折，给它的发起者和参与者带来了非同寻常的影响，使他们遭受了巨大的理想挫折、情感困惑和价值失落，承受了巨大的心理波动和精神创伤。郭沫若自传体小说中的"我"，不同于《女神》中狂热的"我"，不同于《自传》中奋发的"我"，但却是遭遇人生挫折与精神失落的"我"的形象写照。

"五四"新思潮赋予新青年破旧立新、启蒙民众的使命，但正当他们踌躇满志时，残酷的社会现实却将他们的理想击碎，不仅无法施展自己的抱负，连生存也成了问题。绚烂的理想和惨淡的现实形成不可调和的矛盾，这成为"五四"时期知识分子普遍的生命体验。郭沫若也是被时代所困的失落者之一，他自1914年到日本之后，生活一直动荡不安，回国后又倍感失落。异域生活是流离失所，国内生活是一潭死水，文艺界是浑浑噩噩，面对这一切，郭沫若感到前所未有的愤懑和迷茫。此时的精神状态使郭沫若选择了创作自传体小说，以此缓解焦虑心理，应对自身的精神危机。郭沫若在小说中以自己亲历的生活琐事为题材，通过叙述自己曾经的生存状态，将自己在追求理想的路途上所感受到的困惑和迷惘付于笔端。

郭沫若在《创造十年》中这样写道：

在那时我自己的确是走到了人生的歧路。我把妻子送走之后，写了那《歧路三部曲》（作者原注：即《漂流三部曲》），尽兴地把以往披在身上的矜持的甲胄通统剥脱了。人到下了决心，唯物地说时，人到了不要面孔，那的确是一种可怕的力量。读了我那《三部曲》的人听说有好些人为我流了眼泪。[1]

《漂流三部曲》作为自传体小说是根据作者的亲身经历创作而成，但它不着眼于外部事件的叙述，而是重在抒写人物的心境。《漂流三部曲》包括《歧路》《炼狱》和《十字架》三个连续性的小短篇，反映了作家当时的人生境遇。《歧路》中的爱牟就是作者自己的化身，他在日本求学时研究医学亦喜好文学，娶了一个日本牧师的女儿，并养育了三个儿子，毕业回国之后，他却弃医从文，和朋友创办文学杂志，希望借此消除自己的烦愁，并在无形中转换社会风气。他的志愿在上海遭到挫败，甚至连妻儿都无力养活，不得已让妻子带着三个幼子回到日本，而自己却在自怨自艾中忍受离别的痛苦。小说中爱牟哀叹道："……我真愧死！我真愧死！我还无廉无耻地自表清高，啊，如今连我自己的爱妻，连我自己的爱儿也不能供养，要让他们自己去寻生活去了。啊啊，我还有甚么颜面自欺欺人，忝居在这人世上呢？丑呦！丑呦！庸人的奇丑，庸人的悲哀呦！……"[2] 在面对自己无力解决的困难时，人总会产生一种无能感，郭沫若将自己的挫败感在小说中尽情地宣泄出来。他在《歧路》中一再展示日本的富庶和中国留学生物质的匮乏，使之形成鲜明的对比，反映了作者内心的痛苦和屈辱。妻儿走后，爱牟仍未能安心创作，孤独、烦闷难以排遣，一个人在斗室中过着"炼狱"的生活。"啊啊，不错，我们真正是牛马！我们的生活是值不得一些儿同情，我们的生活是值不得一些儿怜悯！我们是被幸福遗弃了的人，无涯的痛苦便是我们所赋予的世界！……我们是甚么都被人

---

[1] 郭沫若：《创造十年》，《郭沫若全集》第12卷，人民文学出版社，1992年，第184—185页。
[2] 郭沫若：《歧路》，《郭沫若全集》第9卷，人民文学出版社，1985年，第249页。

剥夺了，甚么都失掉了，我们还有甚么生存的必要呢！"① 这是爱牟送走妻儿之后在绝望中的呼号，任何一个彷徨的青年在人生无意义的幻灭感涌上心头时都会有类似的感受。但是处境的艰难和歧路彷徨的悲苦并不能压倒有着绝世豪情的郭沫若。《十字架》中爱牟坚决地辞退了四川C城红十字会的聘请，并把一千两的汇票和信封投在地上，狠狠地踏了几脚。作者虽然体会过人生无从把握时的苦闷和迷茫，但既然踏上了征程就绝不可能停歇。"医学有甚么！我把有钱的人医好了，只使他们更多榨取几天贫民。我把贫民的病医好了，只使他们更多受几天富儿们的榨取。医学有甚么！有甚么！教我这样欺天灭理地去弄钱，我宁肯饿死！"② 主人公的话也是作者自己的心声。《十字架》中主人公还回忆起自己辞别母亲时的情景："他为他母亲这句话在船上悲痛了好一场，他当时还做过一首诗，而今都还记得：阿母心悲切，送儿直上舟。泪枯惟刮眼，滩转未回头。流水深深恨，云山叠叠愁。难忘江畔语，休作异邦游。"③

这与他的自传《黑猫》（《沫若自传·第一卷》）中叙述的情景形似，甚至在临别时所作的这首诗也是完全相同的。"不过母亲的悲伤我是始终受着感动的。那时我在船上做过几首诗，有一首我到现在都还记得：阿母心悲切，送儿直上舟。泪枯惟刮眼，滩转未回头。流水深深恨，云山叠叠愁。难忘江畔语，休作异邦游！"④

郭沫若自传体小说中出现的事件和心境，很多都能在其自传叙述中找到痕迹。可是只有通过阅读其自传体小说，我们才能更具体地了解作者这

---

① 郭沫若：《十字架》，《郭沫若全集》第9卷，人民文学出版社，1985年，第270页。
② 郭沫若：《歧路》，《郭沫若全集》第9卷，人民文学出版社，1985年，第243页。
③ 郭沫若：《十字架》，《郭沫若全集》第9卷，人民文学出版社，1985年，第279页。
④ 郭沫若：《黑猫》，《郭沫若全集》第11卷，人民文学出版社，1992年，第307页。

一时期的个人遭遇和精神痛苦,感受到作者曾有过的关于生命意义和人生信念的迷惘。

自传和自传体小说有时在内容上也是相互补充的。如张资平在自传中解释:"我于四月初夏出省城投考清华学校。同样有一个从堂兄弟名秉仁的,考清华的经过也在'脱了轨道的星球'里面略述过了。这里不再赘说。"① 作者乘坐法国邮船离上海去日本,"那天晚上,风浪非常险恶。同伴中,十之八九都晕船了。因为船客个个都呕吐得厉害,舱里就臭得像一口大粪缸了。大众都到甲板上来睡觉。在'冲积期化石'里面有一段是描写这时候的情况,我也不再重复写了"。② 谢冰莹也在自传中说明:

> 虽然只有三个星期的狱中生活,在我却比三年的时间还长。我受尽了侮辱,受尽了痛苦,他们用饭碗大的圆柱子打我的脑袋,恨不得连脑浆也打出来;还用三根四方形的竹棍子,夹在我右手四个手指中间用力一压,几乎把骨节都压断了,痛得我昏迷过好几次,他们也不肯放松。这一切,我那本《在日本狱中》里面写得很详细,这里我不愿重述了。③

三、用互文佐证人生的足迹

现代作家自传中大量引用作者的日记、书信、小说、诗歌等文本的片段,使主文本与互文本形成了互文性的关系,呈现出迥异于传统自传的叙

---

① 张资平:《资平自传》,上海第一出版社,1934年,第34页。
② 张资平:《资平自传》,上海第一出版社,1934年,第105页。
③ 谢冰莹:《女兵自传》,四川文艺出版社,1985年,第320页。

述特征。法国当代文艺理论家克里斯蒂娃指出,所谓互文性就是一个文本(主文本)把其他文本(互文本)纳入自身的现象,是一个文本与其他文本发生关系的特性。这种关系可以在文本的写作过程中通过明引、暗引、拼贴、模仿、重写、戏拟、改编等手法来建立,因此,任何文本都是由引语的镶嵌品构成,是对其他文本的吸收和改编。作家将日记、书信、自己的诗歌、小说等文本的片段纳入自传文本中,实际上是把文本间的互文关系当成自我赋形的特殊手法。

胡适的《四十自述》被誉为"堪与西欧自传相媲美的中国自传最早期的作品"。[①] 对于自传的体例,胡适宣称:"我本想从这四十年中挑出十来个比较有趣味的题目,用每个题目来写一篇小说式的文字,略如第一篇写我的父母的结婚。""但我究竟是一个受史学训练深于文学训练的人,写完了第一篇,写到了自己的幼年生活,就不知不觉地抛弃了小说的体裁,回到了谨严的历史叙述的老路上去了。"[②] 胡适用别样的小说手法写了开头《序幕——我的母亲的订婚》,其余各章节又走上"历史叙述的老路子"。第二章《九年的家乡教育》将自己所诵读的书按次序逐一列出,交代自己幼学的知识背景;第三章《从拜神到无神》引用了朱子《小学》、司马光《资治通鉴》、范缜《神灭论》中的相关论述,解释自己如何受到影响走上无鬼神的路;第五章《在上海(一)》中大篇幅地摘引了梁启超的《新民说》,并结合自己的观点进行阐发。《四十自述》有实验性质的开头以戏剧性的情节引人入胜,在其他章节中作者除了运用大量的史实陈述进行包含自我主观认知的评判表达之外,还引用了自己的日记、书信以及创作初期的小说、诗歌等文字,创造出文本间的互文关系,既丰富了自传的表现

---

① [日] 川合康三:《中国的自传文学》,蔡毅译,中央编译出版社,1999年,第2页。
② 胡适:《四十自述·序》,《胡适全集》第18卷,安徽教育出版社,2003年,第7页。

手法，又有助于传主形象的立体呈现。胡适的自传《四十自述》实现了他"给史家作材料，给文学开生路"① 的自传理论。

诗歌总是表达强烈情感的，是真情所致，自然流露。直接在自传叙述中引用诗歌，传达传主瞬间的感情波动，是现代作家自传创作上的一大特色。胡适、郭沫若等的自传里，诗歌都频繁出现，这些诗歌古体今体都有，形式灵活多样。胡适在自传的第五章《我怎样到外国去》中，直接引用了自己题新校合影的五律二首和七律一首：

十月题新校合影时公学将解散

无奈秋风起，艰难又一年。
颠危俱有责，成败岂由天？
黯黯愁兹别，悠悠祝汝贤。
不堪回首处，沧海已桑田。

此地一为别，依依无限情。
凄凉看日落，萧瑟听风鸣。
应有天涯感，无忘城下盟！
相携入图画，万虑苦相萦。

十月再题新校教员合影

也知胡越同舟谊，无奈惊涛动地来。
江上飞鸟犹绕树，尊前残蜡已成灰。

---

① 胡适：《四十自述·序》，《胡适全集》第18卷，安徽教育出版社，2003年，第7页。

昙花幻想空余恨，鸿爪遗痕亦可哀。

莫笑劳劳作刍狗，且论臭味到岑苔。①

这几首诗歌是作者当时心境的写照。"这一年的经验，为一个理想而奋斗，为一个团体而牺牲，为共同命运而合作，这些都在我们一百六十多人的精神上留下磨不去的影子。"（《我怎样到外国去》）诗词能反映人物瞬间的情绪变化，韵律紧凑急切，音节变幻突兀，刹那间就能把读者的情感抓住。这些包含了强烈的主观感情的诗句被作者直接引入叙述中，增强了自传的感染力。

郭沫若自称："我是一个偏主观的人，……我的想象力实在比我的观察力强。……我又是一个冲动性的人，……我所走过了的半生行路，都是一任我自己的冲动在那里奔驰；……作起诗来，也任我一己的冲动在那里跳跃。"② 作为一名昂首天外的浪漫主义诗人，郭沫若不仅将他注重主观抒情、具有浓郁的浪漫主义色彩等诗人气质带进了自传创作中，而且还直接引用大量古诗和作者即兴创作的诗歌。

我初来日本的第二年，日本提出了二十一条逼着中国承认，我在那年五月七日的一天跟着几位同学也曾回过上海一次。那时我还作过这样的一首律诗：

哀的美顿书已西，冲冠有怒与天齐。

问谁牧马侵长塞，我欲屠蛟上大堤。

---

① 胡适：《我怎样到外国去》，《胡适全集》第18卷，安徽教育出版社，2003年，第186页。
② 郭沫若：《论国内的评坛及我对于创作上的态度》，《郭沫若全集》第15卷，人民文学出版社，1990年，第225—226页。

> 此日九天成醉梦,当头一棒破痴迷。
> 男儿投笔寻常事,归作沙场一片泥。①

作者通过诗歌表达了对帝国主义暴行的愤慨,抒发了自己强烈的爱国主义情感。读者在阅读的过程中能感受到作者的思想和情感。以下几首诗则充分体现了作者因娶了日本妻子又无钱归国而被指责为"汉奸"时的感伤和矛盾的心理。

> 松原十里负儿行,耳畔松声并海声。
> 我自昂头向天笑,天星笑我步难成。
> 除夕都门去国年,五年来事等轻烟。
> 壶中未有神仙药,赢得妻儿作挂牵。
>
> 寄身天地太朦胧,回首中原叹路穷。
> 入世无才出未可,暗中谁见我眶红?
>
> 到处随缘是我家,一篇秋水一杯茶。
> 朔风欲打玻璃破,吹得炉燃亦可嘉。②

诗歌的高度凝练,点到为止,正适于传达作者当时的感伤无奈的心境,使传主的自我形象简洁生动地呈现出来。这些诗句不是以作品装饰物的形式出现的,也不是作者故意炫耀,而是自传文本中情感表达的需要。

---

① 郭沫若:《创造十年》,《郭沫若全集》第12卷,人民文学出版社,1992年,第41页。
② 郭沫若:《创造十年》,《郭沫若全集》第12卷,人民文学出版社,1992年,第61—62页。

它们体现了传主的个性，与传主的心灵世界息息相通，并与主文本水乳交融。这些诗歌语言不仅与主文本的情绪节奏合拍，给人以文气贯通、浑然一体的感觉，而且丰富了自传的表现形式，加重了现实主义创作的自传的抒情色彩，增添了许多浪漫气息。

诗词便于展现瞬间的、短暂的情绪变化，而书信和日记却是一种可以展示人物情感嬗变轨迹的话语形式。日记的写作是非常自由的，它可以是作者的内心独白，是真实的心理剖析，也可以只是读书札记或日常琐事的客观记录。记日记在现代作家中是一个普遍现象，从自传中我们可以发现，作家有时是借助个人的书信、日记和部分写实性作品，核实那些从记忆中拾取的人生故事然后再进行准确的叙述，有时甚至直接将某部分日记放入自传中。作者在叙述的过程中可以展示与被叙述的故事时间平行的写作时间，也可以插入过去所写的日记片段再现往事。"该方法为卢梭所发现，被夏多布里昂夸张地、被司汤达巧妙地加以发挥，它还是米歇尔·莱里斯的自传尝试的核心，该方法符合自传的精神，突出了过去和现在之间的张力，这种张力在一切成功的自传中都可感觉到。"①

胡适认为日记是自己思想的草稿，他曾在《留学日记》自序中谈道："我从自己经验里得到了一个道理，曾用英文写出来：Expression is the most effective means of appropriating an impression. 译成中国话就是：要使你所得印象变成你自己，最有效的法子是记录或表现成文章"。② 推崇有一份证据说一份话的胡适在 1910 年至 1962 年的 50 多年里，几乎从不间断地记日记，在日记里记录了自己的思想流程、求知经历、文学革命实践和学术生

---

① ［英］菲力浦·勒热纳：《自传契约》，杨国政译，生活·读书·新知三联书店，2001 年，第 26 页。

② 胡适：《留学日记·自序》，《胡适全集》第 27 卷，安徽教育出版社，2003 年，第 102 页。

涯等。他在《四十自述》中引用了大量的日记作为论据,而有些日记却起到了真实再现当时心态的作用。如《逼上梁山——文学革命的开始》中,作者将自己1915年9月19日的日记作为互文本,"右叔永戏赠诗,知我乎?罪我乎?"简短的日记表现了作者在遭到朋友的挖苦反驳时,仍不改初衷、执着地坚持自己的信仰。

《钦文自传》中也摘引了作者自己的一些日记。在第二章《不浪舟中》中,主文本详细介绍传主在军人监狱中的境况,互文本则是他在监狱时用世界语写的日记:

> 清晨,半圆的月亮高悬在我的前面,映在蔚蓝的空中,好像笑着脸在表示欢迎。两旁高墙的瓦头下,挂灯结彩一般排列着长长的冰条,阳光照着,闪闪的耀着五色彩光。地面上满铺着厚厚的冰,墙脚下堆着一个个洁白的雪团,我在这个路上走往我的学校,就是牢狱里的土场。[1]

作者引用日记是为了还原当时的情景,使过去的行为和已经发生的事件更栩栩如生地呈现在读者面前。"自传首先是一种趋于总结的回顾性和全面的叙事,而日记是一种没有任何固定形式的、几乎同时进行的和片段式的写作方式。这是两种完全对立的个人题材写作形式,但是它们可以具有互补性。"[2] 主文本与互文本相互碰撞产生的叙事张力,能更好地表现传主在困境中自谋快乐的豁达心境。《女兵自传》中《初恋》一章是由作者

---

[1] 许钦文:《钦文自传》,人民文学出版社,1986年,第28页。
[2] [英] 菲力浦·勒热纳:《自传契约》,杨国政译,生活·读书·新知三联书店,2001年,第25页。

的两篇日记组成，初恋是人生情感湍流中最突出的浪峰，日记是主人公倾诉这种情感世界的碰撞和交融的最佳途径。作者直接引述当时的日记是比任何复述都更有力的表达方式。

日记的即刻性使事件和叙事时间的间隔缩短，把事件拉近，可以产生动人的效果。书信有时也能产生相似的效果，因此作者有时也把书信片段作为互文本引入自传。许钦文在刚出军人监狱时，写信给四妹说，"债务是另一件事，我依然是'小洋房里的主人'。这次的经过，损失委实不少；但我自信，还有着挽救这种损失的能力。除开损失，我在狱中学会了世界语，又学会了好些日文，也写得不少稿子，还形形色色的得到了许许多多的题材，可谓满载而归呢"。[1] 作者在信中这样写虽是为了安慰四妹，但同样可以传达作者乐观的心态。作者通过穿插书信的方式让当时的心境变得更加真实可信。互文本中描述的事件刚刚发生，言说者仍处于当时的情绪中，能赋予文本即刻生动性，从而增强事件的情绪感染力。郭沫若《创造十年》第五节的开头便是作者1921年正月十八写给田寿昌的一封信，当时他正处在想弃医从文又彷徨犹豫的苦闷期，信中主要谈到创造社成立前一些准备性的工作，"他去年有信来，说有几位朋友（都是我能信任的）想出一种纯文艺的杂志，要约你和我加入。""他这个意见，我很具同感，所以创刊的建议，我也非常赞成，不消说我们创刊杂志另外还有更大的目的和使命了。京都方面的朋友也可有三四人加入。"[2] 这封信只是简明地叙述了当时的情况，作者在正文部分对信中的文字进行了详细的阐述，使事件的来龙去脉清晰明白。总之，自传是回顾自我真实的人生经历的时间艺术，因此时间在自传叙述中有着极为重要的作用。作者把日记与书信的片

---

[1] 许钦文：《钦文自传》，人民文学出版社，1986年，第9页。
[2] 郭沫若：《创造十年》，《郭沫若全集》第12卷，人民文学出版社，1992年，第81—82页。

段作为互文本，使它们与主文本形成了过去与现在的相互渗透关系，产生了特殊的叙事张力。

作家自身的生活经验不仅仅局限于他的任何一部具体文本，而可能存在于其他文本甚至此前的所有文本中。用自传和乡土小说构筑湘西世界的沈从文，也在其自传《我所生长的地方》一章中，直接引用了《凤子》的片段，"我想把我一篇作品里所简单描绘过的那个小城，介绍到这里来。这虽然只是一个轮廓，但那地方一切情景，欲浮凸出来，仿佛可用手去摸触。"① 接下去的两千字是对凤凰县的历史地理人文情况的描述，自然清新的摹写很有亲切感。

许钦文的小说和散文都是以他感触最深的生活内容为蓝本创作的，读者可以从他的这些作品中感受到他所处的社会和时代的特征，并从中发现他的自我形象和人格精神。"无论回忆录对真实多么重要，它从来都是半真半假的：事件都永远比人们所说的复杂。也许在小说中人们倒是能更接近真实。"② 小说是否比自传更真实是一个需要进一步探讨的理论问题，但现代作家确实把自己以前的小说和散文的片段当成互文本引入自传。许钦文借用小说中的文字代替对所叙述事件的细节和自我心态的仔细描摹，或许他觉得，小说中的文字比当下的回顾叙述更能真切地反映出自己当时的心绪。如《不浪舟中》中，作者引用自己在1926年出版的中篇小说《赵先生的烦恼》中的一段文字，表达他蒙冤入狱时的感慨："人生的路远望虽如平广的大海，好像无往不可以通行，可是一经实行，就可以知道水面底下原是有着无数的暗礁的，并没有一条可以畅行的路"。③ 这些人生感悟

---

① 沈从文：《我所生长的地方》，《沈从文文集》第9卷，花城出版社，1984年，第100页。
② [英] 菲力浦·勒热纳：《自传契约》，杨国政译，生活·读书·新知三联书店，2001年，第241页。
③ 许钦文：《钦文自传》，人民文学出版社，1986年，第11页。

是作者在七八年前就有的，他引用这多年前的文字来印证自己曾有的宿命感，体现当下之我面对困境奋力挣扎的坚韧性格。作者也在自传中直接引用以前作品中的文字剖析自我的心理：

  人事虽繁，机会虽多，而我有的是干不来，有的是以为还是不干好，有的是不让我干；这在自己很明白，我底不会主张：只有这样才一定对，不是这样一定是错的了，这原是因为十多年来所受心的创伤未愈的缘故。我似在苟安，这好像是托辞；然而身心健全的人，怕是不愿有所推辞的罢。……身病易痊，未知我这创伤何时能愈；也许永远如此罢，但谁不想早日病愈呢？[①]

这段文字出自其短篇小说集《幻象的残象》的前言，作者引用这段文字，揭示了自己能在屡次变动中保住铁饭碗的深层的心理原因。他也曾借用《风筝》中的几段文字来呈现狱中的居住环境：

  四周都筑着高高的墙壁，围成功一个大圈子。从这圈子里面仰望，"可比是坐井观天"；只是所见的天空是方的，在这里面的人，总觉得是在"方天下"，就是见方的天空下面。虽然时常可以听到嗡嗡的飞机声，可是很不容易见到飞机本体的形态。有时偶然望得见一只，也只有一刹那看得到；经过了小小见方的天空，马上为高墙头所阻隔了。不但进行迅速的飞机这样，即使是翼翅膀短小的麻雀，在这上面经过的时候，也只可以看得见一点点时间，虽然吱吱唧唧的叫

---

① 许钦文：《钦文自传》，人民文学出版社，1986年，第55页。

声，倒是可以听到许久的。不消说，在这见方的天空下面，日间的太阳和晚上的月亮，都是只能够迟迟的看到，早早的就隐去了的。在夏天不容易吹到风，所以比别处来得热；冬天晒不到多少太阳光，当然是很冷的了。①

小说中生动活泼的文字表述使狱中的情形得到了形象的呈现。作者有时还通过类似的互文本透露自己对某一社会事件的看法：

> 如今想把我的固有的《西湖之月》完全写出委实难了，因为：有些地方已经有了变动；有些地方是预期变动的，却依然如故；……又如，以前眼看得卖新书的铺子一家一家的新开起来，本来只卖旧书的也渐渐地带卖了新书，总以为就可以多看几本新点的书，本已认作乐观的描写，现在也已很明白，书铺子虽有新开的，可是也在被封闭，已连纯文艺的短篇小说集也算作"共产书籍"被禁的了，可见在湖畔，书铺子多开是没有什么用处的。②

作者引用《西湖之月》的前附上的这段话，委婉地表达了他对"四一二"反革命政变后，国民党实行书籍审查制度钳制人民思想的不满。总之，小说可以是反映丰富复杂人性的虚拟，是能够揭示某个人本质的虚构。自传缺乏复杂性和模糊性，小说缺乏精确性，在自传中嵌入与作者自己相关的小说片段，由此所形成的互文关系，有助于拓展自传的表现空间，增强文本的叙事张力。

---

① 许钦文：《钦文自传》，人民文学出版社，1986年，第27—28页。
② 许钦文：《钦文自传》，人民文学出版社，1986年，第57页。

结语　现代自传的当代启示

中国现代作家是自传写作最重要的参与者和中坚力量，郭沫若、胡适、郁达夫、沈从文、巴金、谢冰莹等的自传作品的问世，助推了中国现代自传文学的第一个高潮，提高了自传文学在现代文学中的地位，同时也为现代传记文学研究和当下的传记文学写作提供了有益的启示。

一、在继承与借鉴中创新

具有现代意义的中国自传文学萌生于19世纪后期，经过数十年的发展，它初步完成了文学的转型，直到20世纪30年代，胡适、郭沫若等人的写作实践才使自传出现了繁荣的局面。

欧风美雨深刻地影响和改变着中国传记的理论和实践。大量的西方传记作品被翻译介绍到中国来，对中国现代作家产生了重大的影响，西方自传作品的翻译和传播也促进了中国作家自我意识的觉醒和自我表现的欲望。西方自传作品的译介不仅有思想启蒙的作用，而且为中国现代自传提供了范例。变革者在论述自传、探索新型自传的写作模式时，往往自觉地以西方的传记理论和实践为参照。西方传记的译介和新的传记理论的提倡改变着人们的传记写作观念，加速了中国传记的现代转型，而"五四"时期个人的发现、个性意识的觉醒则为现代自传的生成提供了思想文化背景。

虽然中国古代真正的自传文学作品数量极少,但是悠久的"史传"传统和曾出现的数量可观的序传、散传、杂传,共同构成了中国现代自传的民族土壤。传统传记写作中的"史传"精神,以及序传、散传、杂传等作品的创作经验都成为潜在的本土文化积淀,深深地影响着中国自传的现代转型。

因此,中国现代自传是在"西学东渐"的时代背景下,在审视传统的基础上诞生的。传统传记文学观念对中国现代自传的影响是潜在的、深远的,而外来传记文化对中国现代自传的影响则是直接的、显著的。中国现代自传是东西方传记文化交融的产物,从总体上看,如何在继承本民族优秀文化传统的同时,恰当地汲取、借鉴外来文化的精华是现代传记文学繁荣发展的关键。

二、现代自传的多重意义指向

中国现代自传与中国传统序传的最主要的区别在于其具有鲜明的主体性。主体性在自传文本中主要体现在两个层面:一是作家自我的指认,二是自传作品中主体的建构。自传中作者、叙述者和人物是同一的,在写作自传时,作家总是按照自我认同的形象来选择事实阐发主体,塑造自我,因此,自我认同在作者写作之前就开始发生效力。自我认同一方面体现了以自我为中心的个体认知,另一方面则受制于社会文化,作者在社会文化心理层面和自我的心理意识层面的自我指认直接影响了自传文本中的主体的建构。在与社会沟通的过程中,外在的一套关于自我、他人与世界的价值体系必将逐渐内化为作家自我的准则。处在中国社会历史的重大转折时期，强烈的社会责任感和反叛意识成为现代知识分子的集体无意识，这种他者暗示被赋予的社会意义，是现代作家自我指认的特征。但不同的生活环境、成长经历，以及由此而形成的个性气质也左右着现代作家对自我的认知。现代作家这种不同的自我暗示为自己指认了一个体现自我的独特性的核心形象，并在自传中采用了不同的叙事方式为这个自我形象的建构服务，像我是一个"乡下人"、一个"克鲁泡特金主义者"、一个"国人之导师"等自我指认，决定了自传中自我主体建构的角度和方式。自传作品表面上是在时代、社会以及个人生命体验等不同层面叙述过往的"自我"，实际上进行的是作家对当下指认的"自我"的主体建构。

作为一种盖棺定论的回顾性叙事，传统自传的话语是单一的。由于受时代思潮的影响，中国现代作家都将启发民众自我意识的觉醒作为神圣的义务，但在他们看来，自我个性的发展又是与整个社会密切相关的。现代作家的人生历程都留有新旧交替时代的鲜明印迹，因此他们相信通过反省可以实现自我救赎，通过自赎可以赎众。自传是对自我人生经历的回顾，将目光投向过去的自我有利于当下的反省，但现在的感觉与过去的感觉的非逻辑迭合是回忆的固有形态，在回顾性的叙述中必然存在着叙述自我视角和经验自我视角的两种不同的视角，存在着过去的自我和现在的自我、社会的自我和本体的自我等多重的声音。在现代中国，启蒙和救亡的双重责任在现代作家心中交互碰撞，他们既是国民的启蒙者，又是爱国的救亡者，双重角色有着双重的视角，中国现代作家的自传由此也成为启蒙和救亡两种声音交织在同一层面的文学文本。而在对民族命运的焦虑中，女性作家拥有着特殊的双重身份，她们首先是"少年中国之子"，是社会历史主体，然后才是女性，社会历史中弱势的性别群体。这种"双性同体"使中国现代女性自传在呈现主流话语声音的同时，又在文本深层隐含着性别话语的声音。总之，现代作家自传有别于传统自传话语的单一性而存在着多样的话语和不同的声音。

相对于传统自传的"静而不动"，现代自传的叙事是成长叙事，它讲述"自我"由少及长的人生经历和心路历程，展现人格的形成和成长过程。在现代自传中，传主的形象是动态的统一体，其生命体验和个性气质时时处于变动之中，因此不同时空中传主的变化具有特殊的情节意义。首先，现代自传重视童年的经历，往往通过充分的童年叙事解释个性的诞生和人格的发展，而传统观念认为一个人未进入社会就意味着他未参与历史的进程，因此传统传记对个体成年之前的生活很少进行郑重的记录。其次，现代自传强调人格的成长，强调思想、个性由幼稚走向成熟的过程。在现代作家自传的叙事结构中，成长引路人成为重要的情节要素，母亲、兄长和精神导师往往承担着无可替代的叙事功能。最后，出走是现代作家自传中具有象征意义的事件，为了求学、谋生或是实现个人价值，传主走进一个又一个陌生的环境，不断接受新的文化体系和价值观念。出走成为传主人生中具有重要转折意义的契机，一次次的出走经历，像一道道节节上升的螺旋，构建出了他们的成长历程。

因此，无论对于创作主体的自我认知，还是对于研究者的认识价值、接受者的阅读期待，现代作家自传的意义都是多重的。

三、心理、戏剧与互文性

传统自传重视传主与外部世界的关系，叙述的重点是传主作为社会的人的职能与功绩，社会化的生活经验和公共性的价值观念是传统自传主体的建构依据，因此传统自传缺乏对人的内心世界的刻画和性格变化的描写。而现代自传强调的是自我的人格成长，重视传主的内心冲突和揭示传主人格的复杂性是现代传记的基本特征，因此心理化叙事成为中国现代作家自传叙事的重要特征。在现代作家自传中，外在事件发展与内在心理活动交错穿插，融合成特殊的"心理情节"，传主的性格特征和内心冲突由此得到逼真的展现。大量采用的内心独白、风景的心灵化描摹等，不仅细致入微地表现了人物的内心世界，同时也揭示出传主人格成长的内在动因。弗洛伊德的精神分析在中国现代作家自传写作中的运用，也从更深的层面拓展了现代传记的表现领域。

传统自传是重要人生事件的流水纪事，现代自传则重在生动、具体地讲述传主的人生历程，因此中国现代作家追求回顾叙事的戏剧性。他们从平凡人生故事中提炼情节要素，在人生的转机中强调因果关系，甚至在叙述中重组原有生活序列，预留空白、设置悬念，使文本形成特殊的"召唤结构"。在生平的叙述中，现代作家通过场景的描绘再现最富于戏剧性的场景，从而使业已完成的故事再显运动性特征。而由向度复杂的对话构成的话语场景，也是中国现代作家自传重要的戏剧性元素。

任何作家的创作都与自身的生活经验有关，而自传文本又总是凝结着作者独特的生命体验和情感方式。现代作家的自传与他们的文学作品一般也都表现出明显的互文性。现代作家笔下这种特殊的文本之间的互涉关系主要有三种类型，即：自传为作者的其他文学作品做注脚、自传与作者的其他文学作品互为补充说明、自传借助作者其他文本进行人生的印证。第一种类型体现的是自传的评注功能，用自传为蕴藏在作家其他文学文本背后的创作主旨做特殊形式的注解；第二种类型的典型是同一作家自传与自传体小说的互文，它们之间在某些方面或是同构关系，或互为补充，因而召唤着人们并置研读；第三种类型指现代作家自传中大量引用自己的日记、书信及文学文本片段以印证自我的人生，这种主文本与互文本形成的特殊关系，实际上是作家自我赋形的特殊手法。

总之，中国现代作家的自传写作不仅使中国现代传记写作出现了第一个高潮，提高了自传文学在现代文学中的地位，而且以其鲜明的文学特征，在文体方面为自传和传记文学创作提供了有益的经验。

附　　录

一、《从文自传》叙述裂隙中的精神隐忧

《从文自传》在发表的当时曾产生轰动效应，后来也得到论者的好评。但长期以来，研究者总是从传记纪实传真的特性出发，探讨《自传》所展示的湘西独特的地域风情和意蕴深厚的人生天地，或从审美的角度考察《自传》独特的艺术风格。如俞元桂等认为《从文自传》"通过个人经历见闻展现了湘西社会背景和地理风貌，具有历史感和地方气息"，[1] 陈兰村等认为《从文自传》"摆脱了传记传统习见的模式和成法，以一个艺术家的感情回顾自己的过去，创造了一种容量大，能反映复杂的人生现实的新样式"，[2] 郭久麟则认为《从文自传》"具有浓郁的民族色彩和地域特色，显示了历史的、民俗的、文化的、美学的极高价值"。[3] 这些评价在总体上并无不妥之处，但无形中却忽略了其独特的传记价值。如果单纯从艺术性看，《边城》要比《从文自传》更有研究价值；如果单纯考察沈从文的湘

---

[1] 俞元桂：《中国现代散文史》，山东文艺出版社，1988年，第354页。
[2] 陈兰春、叶志良：《20世纪中国传记文学论》，天津人民出版社，1998年，第94页。
[3] 郭久麟：《中国二十世纪传记文学史》，山西人民出版社，2009年，第78页。

西世界，《湘西》及《湘西散记》则比《从文自传》提供更丰富的内涵。作为自传的文本背后总是凝结作家独特的生命体验和情感方式，因此自传更主要是一扇探讨作者精神世界的"窗口"。1931年8月，作者在青岛写下《从文自传》时已侨居城市10年之久，这10年作者有着怎样的内心体验，这些内心体验又怎样影响作者的思想判断和思维方式呢？作者曾说过："我作品能够在市场上流行，实际上近于买椟还珠，你们能欣赏我故事的清新，照例那作品背后蕴藏的热情却忽略了，你们能欣赏我文字的朴实，照例那作品背后隐伏的悲痛也忽略了。"[1]

沈从文早期的创作曾流露过乡下人初入都市的卑微感，城市的轻慢必然激起他对故乡的思念，引发他从家乡的记忆中寻找精神支柱的强烈愿望。只有从故乡的风土人情中提取出不同于城市的价值标准，他才能获得一种道德与人格的价值优势，获得一种心理的平衡。怀旧情绪是一种朦胧却又固执的心理状态，它是基于现实和理想之间的矛盾而产生的，但回忆故乡已不存在的事物，也会比现实存在而自己却不能接近的事物更能自慰。精神上的无家可归会引起刻骨铭心的孤独与感伤，回忆童年本身就是一种精神家园的寻找。

故乡是童年生活的乐土，沈从文对自己有着童话色彩的童年生活的回忆，是从描绘适宜生长的自然环境开始的。他生活过的拥有着斑斓多姿的社会生活图景的湘西小城，在清澈的溪水和延绵的群山的环绕之下呈现出美丽而独特的景观。

城内城外的社会景观和自然风光对童年的沈从文有着无穷的诱惑力，任何处罚和约束都不能阻挡他认识本人以外的生活的渴望。作者描绘了田

---

[1] 沈从文：《〈从文小说习作选集〉代序》，《沈从文文集》第11卷，花城出版社，1984年，第44页。

塍上的蟋蟀、后山坡的野兰花、竹篁里的野雉等美丽的乡村自然景物；叙述了捉蟋蟀、捕鱼、向佃户要来小斗鸡去街上作战的活动，以及用稻草编小篮子、用小竹子作唢呐、随着大人上山打野物、逃学游泳等曾亲历过的有趣的玩活。在雨天捉蟋蟀是他最喜欢的活动之一，"有时没有什么东西安置这小东西，就走到那里去，把第一只捉到手后又捉第二只，两只手各有一只后，就听第三只。本地蟋蟀分成春秋二季，春季的多在泥里草里，秋季的多在人家附近石罅里瓦砾中，如今既然这东西只在泥层里，故即或两只手心各有一匹小东西后，我总还可以想方法把第三只从泥土中赶出，看看若比较手中的大些，那开释了手中所有，捕捉新的。如此轮流换去，一整天捉回两只小虫"（《我读一本小书同时又读一本大书》）。"同时学用鸡笼去罩捕水田中的肥大鲤鱼鲫鱼，把鱼捉来即用黄泥包好塞到热灰里去煨熟分吃。……又从小农人处学习抽稻草心织小篓小篮，剥桐木皮作卷筒哨子，用小竹子作唢呐。有时捉得一个刺猬，有时打死一条大蛇"（《我上许多课仍然不放下那一本大书》）。从这些天真烂漫的童年生活的生动描绘中，读者可以看到一个顽皮的孩子在诉说着他调皮而顽劣的故事。传主运用这种公开的叙述方式追忆丰富多彩的童年生活，使童真天性自然流露，也触发了读者对那独具魅力的童年生活的热爱和神往。在对大自然的山野风光的描绘及他与自然和谐融洽的童年趣事的细节中，公开的叙述者有着强烈的主体意识，营造出轻快活泼、色调明朗的抒情氛围。

然而这种能够在文本中听到的清晰的叙述声音，是来自于具有较强的主体意识的公开的叙述者，而缺席的叙述者的叙述声音或叙述者的影子却很难为人们所察觉。自传是当下的"我"对过去的"我"的追忆，所以自传叙述者也是分化的。"只有像卢梭《忏悔录》这样自传性非常强，叙述者、主人公与隐指作者身份合一，而他们的价值观又完全一致的叙述作品,主体的分化才几乎消失。"① 湘西也是灾难沉重的中国的一角,它同样具有古老中国的种种劣根性。当自传叙述者的视线投向现实的社会人生时,就不可避免地触及湘西社会中令人感到痛苦和悲惨的一面。

风景秀丽的湘西世界也有杀人如麻的骇人场面。13 岁便开始的行伍生涯使沈从文目睹了许多乡下人被砍头的场面,他所在的部队到沅陵所属的东乡榆树湾清乡杀了将近 2000 人,在怀化小镇约一年零四个月,杀过大概 700 人。1911 年辛亥革命时,湘西杀得"人头如山,血流成河";革命失败了,杀戮却持续了将近一个月。"到杀人时那个军法长,常常也马马虎虎地宣布了一下罪状,在预先写好的斩条上,勒一笔朱红,一见人犯被兵士簇拥着出了大门,便匆匆忙忙提了长衫衣角,拿起烟袋从后门菜园跑去,赶先到离桥头不远一个较高点的土墩上,看人犯到桥头大路上跪下时砍那么一刀"(《怀化镇》)。被杀的大都是头脑简单的乡下人,"糊糊涂涂不知道是些什么事,因此还有直至到了河滩被人喉着跪下时,方明白行将有什么新事,方大声哭喊惊惶乱跪的,随即赶上前去那么一阵满刀砍翻的"。到杀得本地绅士也寒了心后,就采用了新的办法:"选择的手续便委托了本地人民所敬信的天王,把犯人牵去,在神前掷一竹签,一仰一覆的顺筊,开释,双仰的阳筊,开释,双覆的阴筊,杀头。生死取决于一掷,应死的自己向左走去,该活的自己向右走去"(《辛亥革命的一课》)。

在这些近乎白描的场景中,好像所有的情感都停止了。作者采用这种缺席的叙事方式,以局外人的冷静态度,似乎在轻描淡写地为读者刻画一个场景。但这不仅仅是一个场景,作者看似不经意地向读者展示出现实世界残酷的一面,客观上形成了一种冷静的、远距离的批判精神,他在描述

---

① 赵毅衡:《当说者被说的时候——比较叙述学导论》,人民大学出版社,1998 年,第 28 页。

自然景观时用优美的抒情所营造的温情的气氛，实际上已被这种客观描述的残酷场景所冲淡。沈从文主张"极力避免文字表面的热情",① 主张把哀乐爱憎看得清楚一些，但其自传中的视角的选择却暴露了他的偏执，公开叙述和缺席叙述的对立，暴露了他在精神上回归童年时的冲突和悖论。

沈从文曾宣称："这世界上或有想在沙基或水面上建造崇楼杰阁的人，那可不是我。我只想造希腊小庙。……这神庙供奉的是'人性'。"② 他在《湘西》的题记中也曾写道："我对于湘西的认识，自然偏重于人事方面活在这片土地上的老幼贵贱，生死哀乐种种状况，我因性之所近，注意较多，也较熟习。"③ 可见，他是醉心于人性之美的。

故乡充满活力的生命形态给沈从文留下了深刻的印象，特别是在他目睹了城市的肮脏、怯懦和虚伪之后，故乡的风俗更显得淳朴而美好。故乡的人野蛮也透着雄强，愚蠢也显出诚实。"那里土匪的名称是不习惯于一般人的耳朵的。兵皆纯善如平民，与人无侮无扰。农民皆勇敢而安分，且莫不敬神守法。商人各负担了花纱与货物，洒脱地向深山村庄走去，同平民作有无交易，谋取什一之利。地方统治者分数种，最上为天神，其次为官，又其次才为村长同执行巫术的神的侍奉者，人人洁身信神，守法爱官"（《我所生长的地方》）。作者在对故乡风俗人情的总体描述中表现了对湘西人民善良、正直、质朴、淳厚的人性美的一片深情。

从作者提供的一个个例证来看，湘西人民的个性又是千差万别的。《一个老战兵》中富于人性又十分可爱的腾师傅，他技艺精湛，虽然目不识丁，却充满侠气、乐于助人，自愿传授当兵的各种技艺而不收取公家和

---

① 沈从文：《给一个写诗的》，《沈从文文集》第 11 卷，花城出版社，1984 年，第 302 页。
② 沈从文：《〈从文小说习作选集〉代序》，《沈从文文集》第 11 卷，花城出版社，1984 年，第 42 页。
③ 沈从文：《〈湘西〉题记》，《沈从文文集》第 9 卷，花城出版社，1984 年，第 332 页。

私人的任何报酬。《船上》中那位让人深为叹服的曾姓朋友，他体魄强健、直率豪放，为人粗鲁但胆识过人，非同一般。他们身上都体现着沈从文一贯赞赏的人性。"生活有些方面极其伟大，有些方面又极其平凡，性情有些方面极其美丽，有些方面又极其琐碎。"[①]

然而沈从文又写到蓬勃旺盛的生命形态背后隐藏着的凶狠野蛮。"常常看到两个乡下人因仇决斗，用同一分量同一形色的刀互砍，直到一人躺下为止，我看过两次，他们方法似乎比我那地方决斗还公平"（《清乡所见》）。传主在叙述自己失败的恋情时，也描写了以恋爱为名进行诈骗的姐弟俩，他们身上表现着与大多数湘西人的质朴平实相对立的虚伪狡诈。在作者对湘西的生命形态的抽象描述中，人的内在精神和外部行为是同自然相契合的，体现着人性的善与美，但当抽象的观念在作者的追忆中重返具象时，生命个体就发生了异化，人性中麻木、浑噩和野蛮的一面被呈现出来。在作者的笔下，抽象和具象，理想和现实同样呈现出鲜明的悖反性。

《从文自传》以传主的活动为线写出了一系列鲜活的人物，在他们的传奇性事件与平凡人生现象的交织中，显现其淳厚质朴、勤勉慷慨、守信热忱。《保靖》中的官兵"生活皆时分拮据，吃粗粝的饭，过简陋的日子，然而极有朝气"，"生活一面那么糟，性情却仍然那么强"。但在这种主体叙事之后，却又经常采用外部的补叙，简短交代其结局，"但十余年来，却大半皆从军官学校出身作了小军官，历次小小内战上牺牲腐烂了"（《保靖》）。从容舒缓的叙述所营造的人性的优美，一下就被这出人意料的补叙残酷地颠覆，在作者看似不经意、又不无惆怅的补叙中，一种造化弄人

[①] 沈从文：《〈边城〉题记》，《沈从文文集》第6卷，花城出版社，1984年，第70页。

的迷惘感油然而生。

《一个大王》的主体部分写"大王"对生命的执着以及徒劳的挣扎，但故事并没因"大王"的死而结束。叙述者最后又用寥寥几笔补叙相关人物的结局："至于那温文尔雅才智不凡的张司令官，同另外一些差牟，则在三年后于湘西辰州地方，被人客客气气请去吃酒，到辰州考棚二门里，连同四个轿夫，当欢迎喇叭还未吹毕时，一起被机关枪打死，所有尸身随即埋葬在阴沟里，直到事平后方清出尸骸葬埋"（《一个大王》）。这个突转型的结尾，暗示着湘西严酷的生存环境使每个人的生死祸福都充满随机性和偶然性。

《从文自传》中叙述过许多人短暂而简单的一生，其主体叙述总是在极力渲染着生命的强健和鲜活，但这些故事总是以许多一笔带过的死亡事件结束，故事这截然相反的两个面形成强烈的冲击力。自传叙事中这种奇特的现象同样源于作者对故乡的"熟习"（《我的家庭》）和热情。"熟悉是从时间里多方面的接触中所发生的亲密感觉"，[1] 虽然随着时间的流逝，那种熟悉会逐渐消退，但灵魂对那个世界的亲密和温情却会与日俱增。"人是具有反射能力的生命主体，也就是说，他们了解了周围的世界并将其理解为正常生活的一部分。"[2]《从文自传》笔下的湘西世界是作者对自己情感记忆的回顾叙述，而人总是他置身的那个文化环境的产物。在都市生活10年之后，沈从文是怀着寻找精神支柱的初衷去追述往事的，他最初涉及的仅是青少年时代的情绪化记忆。但是，"情绪记忆的内容对记忆所关照的对象而言，可能是不精确的、不完整的、甚至是扭曲了的错觉"。[3]

---

[1] 费孝通：《乡土中国·生育制度》，北京大学出版社，1998年，第9页。
[2] ［英］迈克·克朗：《文化地理学》，杨淑华、宋慧敏译，南京大学出版社，2005年，第166页。
[3] 鲁枢元：《创作心理研究》，黄河文艺出版社，1985年，第26页。

随着回忆的步步深入，另一种让他惊骇而困惑的记忆图景自然会在脑海浮现，他终究发现了心底珍藏着的那些美好图景中的不幸，因此他不止一次地感慨，"美丽总是愁人的"。(《女难》)

总之，《从文自传》是作者对自己人生历程的情感性描述，是他饱尝城市的排斥感和疏离感之后对童年和故乡的情感回归。作者在倾心于湘西这片世外桃源的自然美和人性美的同时，也深谙这片土地的愚昧与落后。因此，文本中自然景观与现实画面、抽象扫描与具体聚焦、主体叙事与补充叙述所造成的裂隙，显现了作者难以磨灭的精神隐忧。虽然沈从文极力地用温暖的情感记忆来消化这份隐忧，但记忆深处的残酷始终像隐约而模糊的阴影，蜷缩在牧歌画卷的一角，让人们隐隐感觉到人生无常的惆怅。

二、郁达夫自传的空间叙述

郁达夫在传记文学方面的成就只有在对现代传记文学的整体研究中被有限论述，专门研究郁达夫传记文学的论文寥寥无几。虽然郁达夫在小说、散文方面有重要建树，但是他在传记文学特别是自传创作方面的独特性不应该被忽视。

郁达夫对传记理论有过一定的研究和探索，他认为应该用一种新的解放的传记文学代替旧式的行传。"新的传记，是在记一个活泼泼的人的一生，记述他的思想与言行，记述他与时代的关系。他的美点自然应当写出，但他的缺点与特点，因此要转述一个活泼泼而整个的人，尤其不可不书，所以若要写出新的有文学价值的传记，我们应当将外面的起伏事实与内心的变革过程同时书写出来，长处短处，公生活与私生活，一颦一笑，一死一生，择其要者，尽量写来，才可以见得真，说得像。"[1] 郁达夫自传体现了他对传记文学的艺术要求，在记述人生经验的同时比较重视个人内心的变革，将传主的人生展现为人格发展与外部世界的互动。

真实性是自传的生命，但作为一种回顾性叙述，自传更多依赖于作者的回忆，记忆的选择性和遗忘性以及作者的世界观、时间观等直接影响着自传的叙事方式。"自传里的事实也不会自动裸露。它们之所以赤裸裸地展示在我们面前，完全是因为自传作者纵横组合的结果。纵的一方，他把事实组成一个发展链，让读者看到自我的演进过程；横的一面，他把周围事实的动机和盘托出，使读者从意义中领悟到经验。自传事实就是这种纵横组合的结晶。"[2] 按照时间顺序叙述传主的人生经历是自传比较常见的叙事方式，但在表现传主的内在时往往是叙述和阐释相结合。为了更好地凸显传主的个性特征，自传在叙述人生经历时需要借助各种艺术技巧。郁达夫自传是按照时间顺序组合自传事实，但是自传中的事实是经过了作者的记忆和叙述意图的双重选择，因此自传中的事实带有明显跳跃性。

自传是基于事实的文本世界，所有的人物都处于形形色色的具体时空之中，因此空间是一个非常重要的要素。郁达夫在自传中将传主放置在一个个特殊的空间去表现和剖析，在遵守时间顺序的前提下从空间角度刻画个人成长历程中的关键细节，将传主个性的形成与曲折的人生经历结合。加布里埃尔·佐伦认为叙事空间是一个整体，并将其分为地志空间、时间空间和文本空间三个部分。"任何的群体行为与个人思考都必须在一个具体的空间内才得以实践。然而空间绝对不是一个价值中立的存在或使人们活动的背景，它一方面满足人类遮蔽、安全与舒适的需求，一方面更展现

---

[1] 郁达夫：《什么是传记文学》，《郁达夫文集》第6卷，花城出版社，1983年，第283页。
[2] 赵白生：《传记文学理论》，北京大学出版社，2003年，第26页。

了人们在某时某地的社会文学价值与心理认同。"[1] 自传是一种具有时间和空间的艺术形式,郁达夫自传体现出了强烈的空间意识,他没有把空间仅仅作为事件发生的客观场所,而是将空间的变换和时间的流逝结合起来,详细描述地理空间的变化,用空间变动来推动自传的叙事过程,并且在地理空间变化的背后蕴含着更深层次的文化空间和心理空间,支配着自传的主体建构。

郁达夫自传的地理空间都是围绕传主人生体验的空间场所。郁达夫自传由十篇连续性的文章组成,叙述了传主从出生到留学日本这段时间的人生经历。第一篇《所谓自传也者》可以看作自传的序言,其余九篇在叙事上有时间的连贯性,但并不是对人生经验事无巨细的叙述而是选择那些对人格的形成有重大影响的事件,在时间上呈现出一定的跳跃性。序言之后的九篇文章中故事发生的空间场所都发生着变化,地理空间分别为故乡小城、小城外的盘龙山、私塾、洋学堂、杭州、嘉兴府中、杭府中学、教会学校、家乡、日本。

郁达夫擅长描写自然景物,他对自然界的一景一物、阴晴雨雪以及季节流动都非常敏感,在自传中有对自然景物的细致描绘。卢梭的"返归自然"对郁达夫有很大影响,使其自传的景物描写除了有中国传统文学的特点之外还具有浪漫主义景物描写的特征。在《悲剧的出生——自传之一》中,作者描绘了幼年时故乡富春江畔的自然风光,他并没有事无巨细地把记忆中富春江畔的一草一木都收入笔端,而是凭借敏锐的观察力选择最有表现力的景物,并勾画出它们不同的神韵。两岸的乌桕树、枫树等落了病叶"显出了更疏匀更浓艳的秋社后的浓妆",稻田收割之后呈现出"洁净

---

[1] 毕恒达:《空间就是权力》,心灵工坊文化,2001年,第2页。

沉寂、欢欣干燥的农村气象"，上江开来的运货船只"似飞云也似白象"，"悠闲地无声地在江面滑走"，江边有看船摸鱼挖泥沙建城池的小孩。作者用浪漫抒情的笔调营造了一种悠闲而明朗的氛围显示出故乡生活的淡泊宁静，也寄托着自己无尽的思恋。

郁达夫在自传中用富有才情的笔墨描写田园风光、异国风情，把自然景物作为自己情感的依托。《我的梦，我的青春——自传之二》叙述了作者与小伙伴一起到小城旁边的盘龙山上的"冒险"。郁达夫有一颗向自然求真求美的心，当他将目光投向山川草木，能敏锐地区分类似生物的细微差别。"晴天里舒叔叔的一声飞鸣过去的，是老鹰在觅食；树枝头吱吱喳喳，似在打架又像是在谈天的，大半是麻雀之类，远处的竹林丛里，既有抑扬，又带余韵，在那里歌唱的，才是深山的画眉。"这里自然不再是情感的物质外壳或表达手段，而变成一种在人与自然的融合中营造的美好境界。"我一个人立在半山的大石上，近看看有一层阳炎在颤动着的绿野桑田，远看看天和水以及淡淡的青山，渐听得阿千的唱戏声音幽下去远下去了，心里就莫名其妙地起了一种渴望与愁思。"作者被宽广的水面和澄碧的天空震撼，在这种惊异之下产生了新的渴望和对人生的思考。

大自然是客观存在的物质世界，并不具备一种绝对的美，自然的美是从观察它们的人的灵魂中阐发出来的。地理空间中各种自然环境在自传中都有所呈现，充满诗意的环境描写为自传赋予了特殊的氛围和基调，增强了自传的独特性。在国家和个人都经历了一系列风波之后，郁达夫于1913年9月跟随考察司法的哥哥取道上海赴日本求学，"上海街路树的洋梧桐叶，已略现了黄苍，在日暮的街头，那些租界上的熙攘的居民，似乎也森岑地感到了秋意。我一个人呆立在一品香朝西的露台栏里，才第一次受到了大都会之夜的威胁"。虽然17岁的郁达夫对国计民生还没有明确的观念,但是作为一位愿意为众舍命为国效力的青年,他清楚地知道当时上海那种纸醉金迷的生活不是社会的归宿和做人的正道。自传中短短几句对上海街景的描绘表现了具有正义感的作者对社会现状的不满。地理空间是传主活动的主要场所,对自然环境的描写既可以增加自传的美感又可以通过情景交融的方法袒露传主的内心世界。地理空间是自传叙事的必备要素,不仅是作者的生存空间也是其诗意空间,同时参与着自传中社会空间和心理空间的塑造。

空间因为人涉足其中才被赋予了特定的经验和意义,因此和人的社会活动有密切关系。郁达夫自传中除了有地理空间的详细描写也有对社会空间的深刻描绘。自传中的社会空间包括传主活动的时代背景、风俗人情,也包括人与人之间的关系以及其他人造或人为的痕迹。

郁达夫自传中始终弥漫着一种孤独浪漫的情绪,而这种孤独感主要由传主成长过程中的情感关系和社会关系造成的。1934年苏雪林发表了《郁达夫论》,对郁达夫大加贬斥甚至称其文学为"卖淫文学"。在自传的序言《所谓自传者也》中,作者表明自传写作缘由时专门提到自己曾被一位女作家痛骂。"更有一位女作家,曾向中央去哭诉,说像某某那样的颓废、下流、恶劣的作家,应该禁绝他的全书,流之三千里外,永不准再作小说,方能免掉洪水猛兽的横行中国,方能实行新生活以图自强。"作者以夸张的口吻讲述自己被诋毁这一事件,其实是为了呈现自己处于被污蔑和攻击的孤立处境。书局约稿和女作家的攻击都是郁达夫写作自传的外在动因,而人到中年的作者希望对自己青少年生活进行回顾和总结,表达自己的理解和态度则是自传创作的内在动因。

在自传正文的开篇作者强调自己是战败后出生的小国民,在这样的社会背景之下是传主幼年失怙与母亲相依为命的孤寂生活。母亲身兼父职为生计奔波，两位哥哥离家求学，家中的操作只有靠婢女翠花。作者用第三人称叙述了那个孤独的孩子和翠花相依相伴的情景。"在我这孤独的童年里，日日和我在一处，有时候也讲些故事给我听，有时候也因我脾气的古怪而和我闹，可是结果终究是非常疼爱我的，却是那一位忠心的使婢翠花。"在孤儿寡母的家庭里传主是孤独的，在离家求学的日子里传主仍沉浸在孤独的悲哀里。自传中被命名为"孤独者"的一篇就是叙述传主在杭州府中读书时精神上的孤独，因为不满当时学校的风气，他与同学之间墙壁越筑越高，使自己成为"一个不入伙的孤独的游离分子"。从那个相貌清瘦的不和同辈一起玩的小孩，到不善交际衣着朴素的"乡下蠢材"，到"一个无祖国无故乡的游民"，"不仅自传所撰述的年代是这样，他写作自传的年代也是这样，甚至不妨说他的最后年代还是带着孤独的阴影离开人间的，"[1] 孤独贯穿自传始终。

自传不仅可以自由灵活地表现自我展现个性，还可以通过对自我人生经历的叙述抒发作者对社会、时代、人生的看法。郁达夫具有强烈的个体意识，但依然继承了传统知识分子的家国情怀，有强烈的社会责任感。传主与其所处的社会环境和背景的复杂关系也是勾连自传事实的重要基石。

郁达夫自传继承了中国史传传统，记述的是具有时代烙印的个人，在自传的每一部分几乎都有关于历史背景或社会变革的叙述。自传开篇传主就是在中国战败、办书局、修铁路等时事背景下作为一个婴儿登场的。自传叙述了传主的每一个成长阶段中历史背景和社会变革对其生活和精神的冲击。"到了我十三岁的那一年冬天，是光绪三十四年，皇帝死了；小小的这富阳县里，也来了哀诏，发生了许多议论。熊成基的安徽起义，无知

---

[1] 于听：《说郁达夫的〈自传〉》，新文学史料，1987（3），第144页。

幽弱的溥仪的入嗣，帝室的荒诞，种族的歧异等，都从几位看报的教员的口里，传入了我们的耳朵。"作者叙述光绪三十四年（1908）发生的历史事件是为了显示自己开始有了种族、革命、国家等观念的时间和缘由。作者在自传中讲述社会背景并不是纯粹为了记录历史，而是关注时代变革对传主个人成长的影响。作者在育英书院读书时参与过学潮，这一学潮是当时江浙一带比较重要的社会事件，但是自传对这一事实的记述只有不足百字。《大风圈外——自传之七》中有大量关于时事的叙述，当时传主是一名渴望冲锋陷阵的热血青年，密切关注着国事："我也日日的紧张着，日日的渴等着报来；有几次在秋寒的夜半，一听见喇叭的声音，便发着抖穿起衣裳，上后门口去探听消息，看是不是革命党到了"。作为一位愿意为众舍身为国效力的青年，他只是作为一个旁观者关注社会变革并不能有所作为。可见，自传中对历史事实的叙述是根据其对个人成长的影响进行选择，历史事实的重要程度不决定其详略。

每个人都有独特的空间体验，进而形成特定的文化空间意识。郁达夫在自传中围绕传主的文化背景和生活经历表现其内心感受和情绪体验进行主体建构。他不仅接受了卢梭的"返归自然"的口号，还将西方浪漫主义的自我表现、自我抒情等创作方法运用到自传中。"这一类文字，要写的话，原也是轻而易举的事情，可是人类大抵都是一样地有一次生有一次死，有时候失败，有时候成功的，将平平常常的自传写将出来，虚废掉几十万字，和几千张纸，实在也没有多大的意思。除非要写得很好很特异的自传，如卢梭的《忏悔录》，歌德的《诗与实际》，利却特·杰弗利斯的《心史》之类，写出来有点道理，否则如一般人的墓志传略一样，千篇一律,非但作者自己感不到兴趣,就是读者读了,也要摇头后悔。"① 郁达夫非常重视自传的个性和文学性,而只有充分挖掘传主的内在,才能使书写自我人生经历的自传呈现个性和独特性。

郁达夫对空间的变化非常敏感,他在自传中再现自己生活经历的同时比较重视自我心境的真实抒写。"心理现象也同产生物理空间的自然现象相似,是一种空间的事件,因此人的心理世界也可以认为是由若干领域或空间所组成的,这些领域表示个人及现实事物的各种不同的表现,体现着个人在一定时间空间上的关系,这些领域也就是人的心理空间。"② 自传中的心理空间往往通过内心独白的方式建构。年幼的传主第一次私自离家远行,为所见的风景感到深深的惊异。"这世界真大呀!那宽广的水面!那澄碧的天空!那些上下的船只,究竟是从哪里来,上哪里去的呢?"自传通过大量的内心独白展示传主的内心世界。作者在自传中记述了自己第一次离开家乡乘船前往杭州时的心理:"我想起了祖母、母亲,当我走后的那一种孤冷的情形;我又想起了在故乡城里当这一忽儿的大家的生活起居的样子,在一种每日习熟的环境之中,却少了一个'我'了,太阳总依旧在那里晒着,市街上总依旧是那么热闹的"。第一次离家的少年在这些念想中变得异常脆弱,悲哀地留下了冰冷的泪水。

传主在嘉兴府中求学时强烈的思乡之情、传主决定离开教会学校回乡自修时的希望与喜悦、传主初次渡洋时饱吸自由空气的兴奋之情、传主初抵日本时那种身陷囹圄的陌生的压迫感,每一次人生转折带给传主的精神冲击都在自传中有真切的袒露。传主复杂的内心世界受到外在空间的影响,同时也赋予了空间特定的经验、情感和意义。在自传的最后,传主第

---

① 郁达夫:《再来谈一次创作经验》,《郁达夫文集》第6卷,花城出版社,1983年,第145页。
② 时蓉华:《社会心理学词典》,四川人民出版社,1988年,第116页。

一次拿到自己的官费开始独立生活,"从此野马缰驰,风筝断线,一生潦倒漂浮,变成一只没有舵楫的孤舟"。这是作者在语言、风俗和生活方式等都完全不同的异邦被迫开始独自奋斗时,感受到的孤舟漂泊的心理意识。正值青春又敏感自卑的郁达夫在异国他乡又遭遇了生的苦闷和性的苦闷的双重困顿,这双重困顿带来的悲哀和自毁童贞之后的悔恨在《雪夜》中都有全面的自我剖白。"沉索性就沉到底吧!不入地狱,哪见佛性,人生原是一个复杂的迷宫。"郁达夫自传的整体结构及章节的内部构成都不是面面俱到的,但所有关键的人生事件都包含着传主的所见所闻所思所感。

郁达夫在自传中深情凝望故乡山水,描述传主在故乡度过的平凡岁月和个人成长过程中的精神世界。任何自传中都有作为表层结构的地理空间的变化,但郁达夫自传中的地理空间在进行外部环境描写时,体现了作者"返归自然"的审美诉求。郁达夫自传的深层结构是心理空间,是被作者心理化意识化的主观内在空间,有效地深化了自我表现、自我抒发的精神追求。而介于地理空间和心理空间之间的是社会空间,自传通过社会背景和社会关系的变化使传主的孤独得以印证并使情绪更加饱满。自传时间和空间都是组成自传的重要因素,郁达夫用空间代替时间对自传叙事进行控制,通过地理空间、社会空间、心理空间三个空间类型重构了自我的生命体验,借助这种个体生命的特殊回顾方式深化了传主独特的主体性。

三、《钦文自传》的叙事张力

被鲁迅赞评为"乡土文学"[①] 作家的许钦文,曾以数量可观而又特色

---

① 鲁迅:《〈中国新文学大系〉小说二集序》,《鲁迅全集》第6卷,人民文学出版社,2005年,第245页。

鲜明的小说称誉二三十年代的中国文坛。他写于1934年的《钦文自传》两年后由上海时代图书公司印行,半个世纪后经修改又重新刊载于《新文学史料》1983年第4期和1984年第2期,1986年由人民文学出版社再次出版。在这一自传中,作者突破传统自传的叙述方式,采用回溯、互文和预设空白等叙述手段,进行传记写作的新尝试,这一切在诞生初期的中国现代自传文学格局中自有其独特的意义。但长期以来,《钦文自传》带有先锋性质的艺术探索,并未得到研究者的充分关注,相关评论极其少见。一般读者仅把《钦文自传》当成"刘陶惨案"的延伸读物,而相关论者谈及这一作品,也仅限于显在的回溯性叙述的独特结构,且仅仅把这种独创性的叙事结构看成是一般的"倒叙",至于如此结构意义何在等则均未专门地关注和探讨。本文围绕陌生化效果、互文关系以及叙述空白等几个方面,探讨《钦文自传》的叙事张力。

(一)

就写作的技巧来说,《钦文自传》给人最鲜明的印象是通体采用回溯性的结构方法。全书十章,各章大致的内容是:第一章《出狱》写的是传主1934年7月10日背着铺盖,提着衣包,走出杭州军人监狱的大铁门和等候的亲友回家的情形;第二章《不浪舟中》写1933年8月至1934年7月被关在牢监里的情形;第三章《蜀道上》写1932年8月至1933年7月在四川碰到"二刘大战""成都巷战",到最后接"妨害家庭案发回更审的消息"冒险返回杭州应讯的情况;第四章《无妻之累》写1932年2月至1932年7月因发生于愁债室的"刘陶惨案"引来的官司;第五章《铁饭碗》写1927年至1932年入狱前在杭州教书的情形;第六、七两章《从

〈故乡〉到〈一坛酒〉》和《〈酒〉后文章》写前期文学创作的情况;第八章《稽山镜水间》才补叙1897年到1927年从出生到北京读书求职等经历;第九章《愁债室内》补叙"无妻之累"与"愁债室"的相关情况;最后第十章《最近的我》再写1934年7月从军人监狱回到愁债室后的生活状况。从时序上看,第八章是传主故事的开端,然后依次刚好是第七、六、五、四、三、二、一章,最后才是第十章。

因为自传是"一个真实的人以其自身的生活为素材用散文体写成的回顾性叙事"[1],"倒叙"一直是自传最主要的叙事特征。但是《钦文自传》的这种结构方式显然不属一般意义上的倒叙,而是一环紧扣一环的逆向叙事或回溯性叙事。之所以采用这样的结构方式,作者后来认为是"因为时间迫促,只好先想到什么就先写什么,以后检查,还缺少什么,再补上什么"[2]。但实际上,不管作者是否自觉,这样的叙述收到的是陌生化的效果,可以使许多读者早已耳熟能详的故事产生特殊的艺术张力。

1932年2月11日发生于杭州许钦文元庆纪念室的"刘陶惨案"之后,许钦文成了重要新闻人物,关于他的一切已经成为新闻记者争相打探、报道的热门话题。在一般媒体和读者的眼中,对"刘陶惨案"中的许钦文的印象甚至超过了"乡土作家"许钦文。在经历新闻界不断追逐之后,作者也应清楚一般读者最关心的是现在的许钦文怎样了,而不是过去的许钦文如何如何,因为作为"刘陶惨案"的新闻背景,那些过去的故事读者们恐怕早就烂熟于心了。这样的情状迫使作者必须考虑,如何才能让接受者恢复对自己即将讲述的生活故事的感觉。

---

[1] [法]菲力浦·勒热纳:《自传契约》,杨国政译,生活·读书·新知三联书店,2001年,第201页。
[2] 许钦文,《〈钦文自传〉小注》,新文学史料,1983(4)。

传统的自传一般都为回顾性叙事,在与接受者确定"自传契约"之后开始倒叙,但整体的叙事通常依然是按照时间的顺序进行,呈现的是稳固的编年体结构。《钦文自传》也是一种倒叙,但其整体的叙事却是逆时间的顺序展开,呈现的是反编年体结构。这种独特的自传叙事首先"创造性地破坏习惯性和标准化的事物,从而把一种新鲜的、童稚的、富有生气的前景"呈现出来,不仅瓦解了接受者"常规的反应",而且"构建出一种焕然一新的现实",① 使接受者从迟钝麻木中惊醒过来,以新的状态去感受对象的生动性和丰富性。这种逆时间顺序的回溯性叙事,也使对象陌生化,"是复杂化形式的手段,它增加了感受的难度和时延",② 因为独特的反编年体结构冲击着接受者传统的阅读惰性,迫使他们不断进行前后的关照,进而去完成故事关联点的对接和矫正。

(二)

《钦文自传》还大量引用传主的日记、书信、小说以及相关新闻报道的片段,使主文本与互文本形成互文性的关系。所谓互文性就是一个文本(主文本)把另一文本(互文本)纳入自身的现象,是一个文本与其他文本发生关系的特性。这种关系可以在文本的写作过程中通过明引、暗引、拼贴、模仿、重写、戏拟、改编等手法来建立。"任何文本都是引语的镶嵌品构成的,任何文本都是对另一文本的吸收和改编"③。许钦文将日记、书信、自己的小说等文本片段纳入自传文本,实际上是把创造文本间的互

---

① [英]霍克斯:《结构主义和符号学》,瞿铁鹏译,上海译文出版社,1987年,第61—62页。
② [俄]什克洛夫斯基等著:《俄国形式主义文论选》,方珊等译,生活·读书·新知三联书店,1989年,第6页。
③ 王瑾:《互文性》,广西师范大学出版社,2005年,第1页。

文关系当成自我赋形的特殊手法。在第二章《不浪舟中》中，主文本介绍在军人监狱中的境况，互文本则是传主在监狱时用世界语写的日记："清晨，半圆的月亮高悬在我的前面，映在蔚蓝的空中，好像笑着脸在表示欢迎。两旁高墙的瓦头下，挂灯结彩一般排列着长长的冰条，阳光照着，闪闪的耀着五色彩光。地面上满铺着厚厚的冰，墙脚下堆着一个个洁白的雪团，我在这个路上走往我的学校，就是牢狱里的土场"。作者有意把日记作为互文本，目的是更好地还原当时的情景，使过去发生的事件和行为更接近读者，因为"自传首先是一种趋于总结的回顾性和全面的叙事，而日记是一种没有任何固定形式的、几乎同时进行的和片段式的写作方式。这是两种完全对立的个人题材写作形式，但是它们可以具有互补性"[1]。通过主文本与互文本相互间碰撞产生的叙事张力，更好地传达出传主在困境中自谋快乐的豁达心境。

日记的即刻性使事件和叙事的时间间隔缩短，书信有时也能产生相似的效果，因此许钦文有时也把书信片段作为互文本引入自传。刚出军人监狱回到家中写给四妹的信说："债务是另一件事，我依然是'小洋房里的主人'。这次的经过，损失委实不少；但我自信，还有着挽救这种损失的能力。除开损失，我在狱中学会了世界语，又学会了好些日文，也写得不少稿子，还形形色色的得到了许许多多的题材，可谓满载而归呢"（《出狱》）。这一互文本描述的事件刚刚发生，还未成为记忆中的事物，言说者仍处于当时的情绪之中，因此信件虽是为了安慰四妹而写的，但接受者同样可以从中真切感受传主当时豁达的心态。总之，自传是回顾自我真实的人生经历的时间艺术，时间在自传叙述中有着极为重要的作用。许钦文

---

[1] ［法］菲力浦·勒热纳：《自传契约》，杨国政译，生活·读书·新知三联书店，2001年，第25页。

把日记与书信的片段作为互文本,使它们与主文本形成过去与现在、甚至与未来的相互渗透关系,产生特殊的叙事张力。

作家的生活经历并不仅仅局限于他的任一具体文本,而是可能存在于其他文本甚至所有文本。许钦文的小说和散文作品,所写的都是自己感触最深的生活内容,一般的接受者都可以从他的作品中感受到他所处的社会和时代的特征,并窥视到他的形象与精神。安德烈·纪德认为,"无论回忆录对真实多么重要,它从来都是半真半假的:事件都永远比人们所说的复杂。也许在小说中人们倒是能更接近真实"。① 小说是否比自传更真实还有待于进一步探讨,但许钦文在创作中把自己以前的小说和散文的片段当成互文本引入自传。或许他觉得,借用小说中的文字来代替对所叙述事件的具体细节和自我心态的描摹,比当下的回顾描述更能真切反映出自己当时的心绪。如《不浪舟中》,作者引用自己1926年出版的中篇小说《赵先生的烦恼》中的一段文字来表达蒙冤入狱时的感慨:"人生的路远望虽如平广的大海,好像无往不可以通行,可是一经实行,就可以知道水面底下原是有着无数的暗礁的,并没有一条可以畅行的路"(《不浪舟中》)。这些人生感悟是作者在七八年前就有过的,作者引用这多年前的文字既印证自己曾有的宿命感,也表现当下的自我面对困境奋力挣扎的坚韧性格。在《铁饭碗》中,作者直接引用以前作品的片段代替对自我心理的剖析:"人事虽繁,机会虽多,而我有的是干不来,有的是以为还是不干好,有的是不让我干;这在自己很明白,我的不会主张;只有这样才一定对,不是这样一定是错的了,这原是因为十多年来所受心的创伤未愈的缘故。我似在苟安,这好像是托辞;然而身心健全的人,怕是不愿有所推辞的罢。……

---

① [法]菲力浦·勒热纳:《自传契约》,杨国政译,生活·读书·新知三联书店,2001年,第241页。

身病易痊，未知我这创伤何时能愈；也许永远如此罢，但谁不想早日病愈呢？"（《铁饭碗》）这是其短篇小说集《幻象的残象》的前言，作者用来揭示自己能在屡次变动中保住铁饭碗的深层的心理原因。

作者有时也通过类似的互文本透露自己对社会的一些看法："如今想把我的固有的《西湖之月》完全写出委实难了，因为：有些地方已经有了变动；有些地方是预期变动的，却依然如故；……又如，以前眼看得卖新书的铺子一家一家的新开起来，本来只卖旧书的也渐渐地带卖了新书，总以为就可以多看几本新点的书，本已认作乐观的描写，现在也已很明白，书铺子虽有新开的，可是也在被封闭，已连纯文艺的短篇小说集也算作'共产书籍'被禁的了，可见在湖畔，书铺子多开是没有什么用处的"（《铁饭碗》）。作者引用《西湖之月》的前言上的这段话，委婉地表达了对实行书籍审查制度，钳制人民思想自由的不满。总之，小说可以是反映人性的某一真实方面的虚构，也是能揭示人的本质的虚拟。自传缺乏复杂性和模糊性，小说缺乏精确性，在自传中嵌入相关的小说片段所形成的互文关系，有助于拓展自传的表现空间，增进文本的叙事张力。

《无妻之累》一章并未对这一给作者人生带来重大影响的事件进行详细的描述，其互文本是民国二十二年（1933）最高法院刑事判决的判决文，而作者对事件的评析则是主文本。法院判决文貌似是客观的、理性的叙述，而传主自己的评析则是一种内在的、体验性的叙述。两种文本两种视角，所构成的互文关系使事件的描述产生了"复调"效果。同样，《愁债室内》的开头引当时报纸上登载的记者对传主的采访报道，而后才是传主的自我叙述，主文本互文本来自不同的视角，其互文关系形成的叙事张力，无疑也有助于传主独特而复杂的个性形象的呈现。

（三）

"在中国式的自传里，个人与时代密不可分，作者记录的不仅仅是个人，记录时代，抑或更在个人之上。"[①] 作者在《钦文自传》中也表示，"原来我也是现社会的一分子；写了我，固然可以反映出现社会情况的一班来，写了现社会的情况，也可以烘托出我来。后来以为个人的关系本属轻微，要从个人的传记，连带表现出现社会的重要情形来，这才有意义"（《自序》）。《钦文自传》的匠心之处，还在于通过预设信息空白完成对历史的叙事。《沫若自传》是结合社会、时代来描写个人的中国式自传的典范之作，但《钦文自传》并不像《沫若自传》那样把历史事件作为直接表现的对象，描绘出一幅波澜壮阔的中国现代史画面。《钦文自传》以自我的人生经历为框架，以在自传文本中为读者预设信息空白为策略，把重大的历史事件作为自传文本的"注脚"，巧妙地实现了自传文本还原特定历史情景的功能。

19世纪末20世纪初是社会动荡变迁的时代，然而作者在自传中并没有浓墨重彩地渲染自己亲历的种种矛盾冲突和历史事件，而是让历史风云以碎片化的记忆退至后台，成为背景。自我的人生经历一直是前置的，作为前景。在前置与后置的交替处理中，一桩桩历史事件似乎即将浮出水面，但作者又未清楚明白地将它们诉诸笔端，这种空白，需要接受者调动记忆或拓展阅读完成填补。接受者只有主动填补缺失的历史事件，才能更全面而清晰地把握自传所述事实的来龙去脉。借助于退至后台作为"注

[①] ［日］川合康三：《中国的自传文学》，蔡毅译，中央编译出版社，1999年，第3页。

脚"的历史事件和读者的积极阅读，传主的人生历程也成了作者还原特定时期历史情景的过程。所以，《钦文自传》中历史事件虽未成为文本的直接叙述对象，但文本却因为有这些叙述的空白而更有历史叙述的张力。

1897年至1934年，这是一个新旧交替的时代，各种社会矛盾尖锐、政局动荡不安。《钦文自传》开篇就是，"一九三四年七月十日十一时许，我背着我的被铺，提着我的衣包，走出军政部直辖浙江军人监狱的大铁门"（《出狱》）。接着，作者用了大量篇幅详细介绍了自己在军人监狱的境况，却只概述了自己入狱的原因："当初我被诉的是危害民国紧急治罪法第四和第六两条的罪。第六条是'组织团体'，第四条是'窝藏'。就是说我同刘梦莹姑娘等都是共产党人，一道组织团体；同时我又窝藏共产党人的刘梦莹姑娘。这是我被算作了政治犯的缘由。算作了政治犯怎么就会被监进在军人监狱的呢？这是'寄押'的。原来浙江的军人监狱，并非只关违犯了法的军人，凡由军政机关捕获而裁判的犯人，也大都关在那里。譬如由保安处办理的土匪，强盗和红丸犯等等，都是关在那里的。要枪毙示众的时候，兵马排着队伍，大啼大啼地吹着喇叭到那里去提出来。自从取消了'军法会审'以后，虽然共产党人的政治犯专归司法机关办理了，大概因为军人监狱的建筑来得坚固，有着好像是一连的兵防守，监视的规律又严密，所以共产党仍然寄押在那里"（《出狱》）。作者在这只是对事件缘由的表象进行客观的陈述，接受者要想更透彻地理解事件的始末，填补文本中预设空白导致的历史信息缺失，就必须中断自传文本的阅读，查阅相关资料，使历史背景前景化。必须弄清1931年2月国民党公布《危害民国紧急治罪法》的历史背景，了解1930年到1931年底国共两党矛盾冲突，才会能明白传主为何会无辜受累，以及为什么共产党人要被寄押在最为牢固的军人监狱。

"无妻之累"在当时产生了很大的社会影响，也彻底改变了传主的人生轨迹。按照作者的推理，这一事件的最直接的导火索是"一·二八"事变，"要是闸北没有战事，就是不发生'一·二八'的惨案，刘梦莹姑娘可以仍然好好的居在江湾；即使来到杭州，也就可以当即进艺术学校去。刘文如姑娘也可以不回四川而使得陶思瑾姑娘赶到杭州来送行。最后，我弟妇原请的教师也就可以到校，不要由我介绍郭德辉姑娘而亲自送去了"（《无妻之累》）。"一·二八"事变是民族矛盾激化的产物，当年及后来的读者一般都记忆犹新。为了摆脱"无妻之累"带来的失业和破产的双重打击，传主远走四川，结果又再次陷入困境，"到了成都，战争的消息就一天紧似一天。我的事情不能够进行，不但薪水无着，连预先说好的旅费，也就浮去了。终于陷在巷战的火线中，盒子炮和手提机关枪，就在门前的街路上，接连的响了八天"（《蜀道上》）。中国近代军阀众多、混战不断，但以四川为最。成都巷战是指1932年在四川省会爆发的刘文辉与田颂尧之战，规模不大但异常惨烈。接着，传主为早日结束"无妻之累"的讼累，又从成都赶回杭州。当时正逢"二刘又战"，"从成都出发，汽车只能通到简州。我曾于五小时内，步行六十里的蜀道，冒险通过战区。一只小提箱和一个被包的简单行李，靠着两个八九岁的小孩子的力量，才能够运到阳县。当地于轿子和滑竿以外，本还有着妇女的'背子'。这时怕得拉夫（连妇）'拉兵'，只好各自躲在家里，成人对于我，都是'爱莫能助'的了"（《不浪舟中》）。"二刘又战"是指刘湘和刘长辉两派军阀之间的混战，开始于1932年冬，结束于1933年夏，这是四川军阀的300余次大小混战中规模最大的一次。传主不仅蒙受其害，同时也目睹了军阀混战给人民带来的灾难。另外，1922年传主写《故乡》开始自己的创作生涯也是其人生的重要转折，而这一切与直奉战争导致铁路职工学校停办有关

(《从〈故乡〉到〈一坛酒〉》),传主也是由于北伐战争得胜才带着憧憬于 1927 年冒险从故都来到杭州(《铁饭碗》)。

总之,传主由故乡到北京,又从北京到杭州,人生的每一次重要转折都与政治有关,都受到重大历史事件的影响。但对这些事件,《钦文自传》都仅作为传主人生故事的背景后置,略有提及而语焉不详,叙述中预设的这些空白,都需要接受者调动记忆或拓展阅读完成填补。如果不知道这些重大历史事件的来龙去脉,不了解当时的社会背景,就很难对传主的人生有清晰的把握和深入的认识。因此,《钦文自传》的历史叙述是通过叙述空白的预设,召唤积极的接受最终在读者身上完成的,而这种空白同时也给予接受者获取信息的自由,文本的叙述也因此更具历史的张力。

四、《女兵自传》的英雄叙事

谢冰莹的《女兵自传》长期以来都被认为是一部典型的女性自传。这部作品 1936 年刚由上海良友图书印刷公司出版就风靡一时。1946 年作者又自费在北新书局出了中卷《女兵十年》。后来,作者把两书合并删改,仍以《女兵自传》出版。1985 年,四川文艺出版社出版作者 1980 年的最新修改本。《女兵自传》记录了谢冰莹前半生的人生经历,求学、逃婚、从军、受饥寒交迫之苦,经中外牢狱之灾。从表面上看,女和兵的身份的结合是该书受到读者持久而热烈欢迎的因素之一。但从话语层面看,文本中的"女性"则是一个不可见的、遭潜抑的身份。"女性"只是作为"准男性的战士"这一特定的社会身份的隐喻而获得其指认和表述的,是一种政治历史的修辞方式,在"女性"的背后隐含了别样的文化意味。

（一）

在中国的思想文化史上，关于女性的话语始终徘徊在两种镜像之间：被侮辱和被损害的弱女子，或和男人一样投身大时代，共赴国难的女英雄。不论是在历史纪实还是传奇虚构中，女性以英雄的身份出演于历史都是在烽烟四起、国破家亡的多事之秋，即父权、男权衰亡之际。花木兰、穆桂英、梁红玉等能得到社会的有效认同，并在历史、战争场景中同男性享有同样端正的位置，正是因为她们都是在强敌压境、国家危亡的时候挺身而出，为国尽忠，为家尽孝。谢冰莹也是生活在一个动荡的时代，社会战乱不止，国家内忧外患，阶级矛盾和社会矛盾尖锐交织。

"启蒙和救亡"是描述中国现代史特别是"五四"时期必然运用的关键词，通常"启蒙"更凸显了女性解放的历史使命，因为它在突出反封建的命题时，往往以对父权的控诉反抗而遮蔽了男权文化对父权文化的内在继承性。由于启蒙思想的宣传和推崇，娜拉成为"五四"最著名的文化镜像之一。"《女兵自传》主要是表现在那个时代的女性，如何从封建的家庭里冲出来，走进五光十色的社会，吃过多少苦，受过多少刺激，始终不灰心、不堕落，仍然在努力奋斗……"（《关于〈女兵自传〉》）然而，从封建家庭出走之后，要想不被伤害和掩埋，女性只能以男人的形象和方式投身社会，谢冰莹就是这样进入社会并成为一个英雄。女人——战士的叙述模式，必然使"女性"成为逐渐消失、终于隐匿的特征标识。当女性缄默于男权文化时，性别文化的差异就会被抹杀和遮蔽，男性的规范成为唯一的规范。

受教育的机会和程度是男女平等的一个首要前提。随着新文化运动的推进，1916年北大已开始男女同校，但在谢冰莹的家乡，地处偏远的谢铎山，女孩子还是不能进私塾的，谢冰莹硬是打破常规在私塾和男孩一起学习了一年。此后她又克服重重困难，先后进入大同女中、新化县高等女子小学、益阳信义女中、湖南省立第一女师、上海艺术文学系、北平女师大学习，求学之路越走越远。初到上海时，衣食无着，她却只是想着读书学习。"一双布鞋，整整穿了半年，无论天晴，落雨，下雪都靠它保护我的脚，已经到了空前绝后的地步，常常雪花从脚前面钻进来，又从脚后跟挤出去。袜子虽有两双在换洗，也已补上加补，烂得简直不像话；遇着雪雨天，老是一双湿脚回来，等到第二天仍然是一双湿脚跑出去；因为脱下袜子没有火烘干，索性就穿着湿袜子睡到天明"（《破棉袄》）。她整个冬天的御寒之物就是朋友送的一件破棉袄，"如今我只剩下这件破棉袄是我唯一的财产，白天当衣穿，晚上当被盖"（《破棉袄》），连雪花膏都没见过，手冻裂了，却连甘油也没用过。从这些对传主上海求学经历的描述中可以看出，传主虽然是女性，但这似乎已成了一个伪性别，因为性别的区分在文本中已无关紧要，她只是一个符号，拥有着一个中性的身份。

环境的压迫和儿时梦想的召唤使谢冰莹义无反顾地参加了北伐，她总是以饱满的情绪状态面对艰苦的军旅生活，"带着花香迎面吹来的清风，像冰淇凌似的沁入我们的心脾，令人感到一种说不出的愉快；尤其是当它从树梢轻轻地掠过，发出清脆的哨声时，简直是世间一曲最美，最悦耳的令人陶醉的音乐"（《夜间行军》）。短暂的部队生活给了她新生的感觉，战火的洗礼又增强了她的社会责任感，使她更坚定地要把自己交给国家和社会。抗战爆发后，不爱红装爱武装的她再次奔赴前线，抢救伤员，发表战地报道。"在战地，我们的生活，是特别快乐的；虽然睡的是潮湿的地铺，喝的是黄浊的溪水，吃的是硬饭，冷菜，穿的是单薄的衣裤；盖着从上海妇女慰劳会捐赠的薄被,睡在朔风凛冽的堂屋里,这一群平时过管了舒服生活的小姐,一点也不感到痛苦。"(《我们的生活》)"一天二十四小时,在血泊里生活着,工作着。起初,我们手上染着血时,心里非常难过,吃饭的时候,还要洗洗手;后来伤兵越来越多,战士的血滴在我们的鞋上,衣上,涂满了我们的两手,这时对于血,我们不但不害怕,反而感到这是无上的光荣。有时一双血淋淋的手,只用一点棉花蘸酒精,马马虎虎地擦一下,就端起碗来吃饭。在那时候,我们吃的饭,喝的水,都好像带着血腥气似的;"(《在野战医院》)这些回忆战地生活的文章中,字里行间都流露着一个反帝反封建战士的坚定和勇敢。她的生活是艰难的,但她从来没有放弃追求,因此拥有了独特而壮丽的人生。在自传中女性被按部就班地融进男性的话语中,真正的女性话语并未出现。

作者虽以女兵定义这部自传,但要展现给读者的并不是一个有服役于部队的独特人生经验的女性,而是一个以征战的姿态面对生活,始终像士兵一样战斗在人生和社会最前沿的强者。传主投身的是一场关系国家民族命运的战争,这场战争赋予她接受关于个人和集体的观念以及关于社会、民族、战争的男性中心意识形态的义务,因此自传的意义主要体现在民族兴亡上,而不仅仅在个人的身体,特别是女性的身体和身份上。

(二)

五四运动是中国历史上一场伟大的思想文化启蒙运动,它"是把人作为人本身这一人本主义命题作为启蒙思想的基本原则"。[①]"五四"时期,

---

[①] 汪晖:《中国现代历史中的"五四"启蒙运动》,《二十世纪中国文学史论》,东方出版中心,2003年,第155页。

人的独立性得到肯定和强调，要求把人从群体的、观念的领域中解放出来。但民族救亡的旗帜再次以"集体"的名义取消了个体的意义。中国的启蒙思想是在民族危机中发展起来的，基于思想家对民族生存问题的思考，民族兴亡一直是启蒙思想家的最基本的思想动力和落脚点。人的启蒙问题就是在民族危机不断加深的情况下应运而生的，所以"个体意识"始终只是民族救亡主旋律的伴奏，而根本无法成为与民族救亡平等的独立主题。面对强大的封建主义和帝国主义势力的威胁，中国的青年知识分子必然将关于强大的民族国家的构想作为对现代中国社会性质及前途命运的思考和选择，而不是将"个体意识"作为启蒙文化和人文精神的精髓。因此，在现代文学史上，任何孤独的个人都不可能成为真正意义上的英雄，他们不是徘徊在歧路的弱者，就是时代风云中的丑角。因此《斯人独憔悴》《沉沦》《海滨故人》等只能在边缘发出微弱的声音。只有当个体和集体遇合，建构起个体和集体的高度一致时，才能使个体成为集体的代言人，奏出时代的主旋律。

"个人"和"女性"一样，是一个响亮的名字，但在"救亡"的旗帜下，却显出一份特定的空洞和茫然。虽然自叙传式的写作一直是女性写作的重要方式之一，但《女兵自传》却是一部充满强烈的抗争精神和解放意识的爱国主义作品，它所关注的与其说是一个女性的身份经验和生存斗争，不如说是一代青年乃至整个民族的苦难和抗争。作品之所以能成为由个人而为群体，由女性而为社会的典范，并被纳入主流写作线索之内，在于它采用了国家民族话语，即个体在一个共有的空间（"国家"）里，采用主体立场发言（"我"或"我们"），并由此获得新的自我定义和发现新的生命意义。自传中的主人公并不具备个体化的身份，纯粹的个体身份被遮蔽。克劳斯伯格认为，集体是指拥有某种共享的感情和共同的经历，具有公共性记忆，认同于某种价值观和文化特征的某个群体。主人公虽然以个体出现，但这种"个体"只是身份的表层结构，它并非拥有纯粹的"个体意识"，个体中蕴含着对集体精神及情感的高度认同和自觉归附，因此，它的深层结构应该是"集体"的亮相。

《女兵自传》记录了传主坎坷而传奇的前半生，但绝不仅仅在写一家一事的遭遇或是一部女性的启示录。该自传题材广泛、视野开阔，从家庭到社会，从学校到监狱，从国内到国外，各个方面都有所涉及，是整个社会的缩影。传主的求学、逃婚、从军等经历都和时代有紧密联系，打着时代的烙印，因此她的人生历程也折射了处在动荡社会背景下的一代知识分子和普通民众的共同命运。谢冰莹曾以绝食为斗争方式，获得了进入大同女中学习的机会，开始了自己的求学生涯，后来为了追求知识，排除一切艰难险阻，先后到长沙、上海、北京等地求学，甚至两次东渡日本留学。她在日本留学时，曾努力学习日语，期望自己能将许多外国作家的杰作翻译介绍到中国来。和她同时代的知识分子很多都有着类似的求学经历，他们有的也曾留学欧美或日本等地，为的是探索真知，寻求救国救民的道路。谢冰莹的求学史，可以说是社会变革时期一代知识分子探寻真理的历史。谢冰莹始终是封建社会的反叛者。她还很小的时候，父母就替她定了亲，为了反抗包办婚姻，她进行了不屈不挠的抗争，与父母的矛盾不断升级，经过四次逃婚最终获得了自由，彻底摆脱了封建家庭的束缚。与封建家庭决裂也就意味着失去了一切优厚的物质条件，但艰难困顿的生活却使传主真正投入到纷繁复杂的社会中，走上了将个人追求与社会理想相结合的探索之路。反抗封建礼教，背叛封建家庭是中国民主革命的重要组成部分，娜拉这一"五四"时期著名的文化镜像，以妻子的身份走出"玩偶之家"，已被无数革命青年改写为背叛封建家庭的儿子或女儿。谢冰莹的抗婚史也是大革命时代新青年反抗封建礼教的历史缩影。在社会急剧转型、国家风雨飘摇的时期，任何"个人"都代表着某种集体性的话语，任何渴望参与这一伟大历史进程的知识分子，都必须以大写的"人"参与主流文化行为。那些表面上看起来是叙述个人故事的文本，通常也是和国家民族的命运息息相关的，而不是纯粹为了书写个人。

（三）

《女兵自传》塑造了一位反抗黑暗追求光明，以天下为己任，舍身报国的英雄，并以此来传扬强烈的反抗精神和解放意识及中华民族勇敢顽强、自强不息的传统美德。自传是回顾自我人生经历的文学作品，因此自传作品中通常存在着一个成长模式。无论在哪个社会哪个国家，青少年都要面对长大成人融入社会的难题。心理学家格伦·温斯菲木德曾解释说，成长一般都遵循一个具体的模式，即，第一阶段：青少年要和自己的亲人分离，分离之后他必须要承受身体的折磨和精神的打击，告别童年。第二阶段：他在不断的磨炼中实现了超越，使自己的人生发生转变。第三阶段：他经历了成长之后，作为一个成熟的个体回归社会。个人的成长就是遵循着"分离—转变—回归"的基本模式。《女兵自传》中的主人公同样经历了这样的成长模式，但她的成长过程又有着自身的独特性。寻找型英雄是古代神话和民间故事中常见的母题，中国神话穆天子游记就是类似寻找的故事，西方史诗中历来就有寻找圣杯的传说。故事里出现的成长中的英雄就是在扮演着一个寻找者的角色，寻找的途中会安排一些考验寻找者意志和能力的磨难，并且这场寻找运动的结局总是成功的。《西游记》中的唐僧师徒是中国古代小说中最伟大的寻找者。"寻找—磨难—成功"的基本结构模式在后来的英雄故事中被充分的建立起来。《女兵自传》采用了"分离（开始寻找）—磨难（发生转变）—回归（取得成功）"这样一个复合模式，讲述主人公的人生经历。

谢冰莹生活与奋斗的时代背景是半殖民地半封建的旧社会，具体社会背景是中国农村一个顽固的封建家庭。她的母亲精明强干，在家庭乃至整个地方都是说一不二的，但头脑中却充满了封建礼教的腐朽观念，是旧礼教、旧观念的坚决维护者。传主天生就是这个封建家庭的叛徒，"我是个淘气的孩子，我使母亲常常生气，母亲可以支配很多人，甚至可以支配整个谢铎山的男男女女，老老幼幼；但是驾驭不了我"（《祖母告诉我的故事》）。她与封建礼教的斗争也更多地体现在她与母亲的斗争中，"……妈妈早上替我裹脚，我可以在晚上的被窝里解开，到我哭闹着要上小学时，便把所有的裹脚布一寸寸地撕掉了。那是我与封建社会作战的第一声"（《痛苦的一声》）。北伐战争后女兵队伍被解散，她主动回到家乡要求解除包办婚约，与家乡的封建势力展开了百折不挠的斗争。她刚回到家就被监禁，失去自由并被迫中断了与外界的一切联系，过着地狱般的生活。但她仍想尽办法摆脱母亲的控制，策划四次逃婚，最终成功逃离并登报解除婚约，彻底粉碎了封建家庭的枷锁。传主凭借她的机智勇敢和坚忍不拔，在与封建礼教的坚决斗争中又一次取得了胜利。传主勇敢地走出封建家庭，是成长模式中的第一阶段"分离"，也是英雄追求成功的第一阶段"寻找"。

英雄人物往往要经历身体和精神上的艰苦磨砺，最终凭借惊人的意志和能力实现超越而逐渐成长。一个叛逆者注定要承受更多的痛苦。谢冰莹表示，"在我写过的作品里面，再没有比写《女兵自传》更伤心更痛苦的了！我要把每段过去的生活，闭上眼睛来仔细地回忆一下，让那些由苦痛里挤出来的眼泪，重新由我的眼里流出来。……写的时候，我不知流了多少眼泪，好几次泪水把字冲洗净了，一连改写三四次都不成功，于是索性把笔放下，等到大哭一场之后再来重写。"（《关于〈女兵自传〉》）探寻真理、追求自由的道路是崎岖而坎坷的，但谢冰莹却不曾停下跋涉的脚步。独自漂泊的日子，寒冷和饥饿折磨着她的身体，孤独和压抑摧残着她的心灵。当传主刚迈出探索人生的第一步就遭受打击时，她也曾流露出失望和迷茫的情绪。"我像一只失了舵的孤舟，飘浮在波涛汹涌的大海里！我像一匹弱小的羔羊，失落在虎豹怒吼的森林；我像一只失群的孤雁，整天在空中哀号，飞过了太平洋，飞过了喜马拉雅山，飞遍了天涯海角；但，何处是归宿啊！天！"（《奇遇》）这是心的战栗，这是灵魂的呼唤和呐喊。当时她第一次登上由武汉至上海的江轮，封建家庭制造的阴影还未在她心头散去，初入社会就无路可走的悲哀又袭上心头。面对混沌的世界，孤独的灵魂必将承受涅槃的痛苦。初到上海时，她常常用几个小小的烧饼代替一日三餐，有时连烧饼也吃不起了，就只喝自来水，"站在自来水管的龙头下，一扭开来，就让水灌进嘴里，喝得肚子胀得饱饱的，又凉又痛，那滋味真是说不出的难受"（《饥饿》）。这些艰苦的岁月使她对饥饿有了最深切的体验，"饥饿的确比死还要难受，比受了任何巨大深刻的痛苦还要苦；当你听到肠子饿得咕咕地叫时，好像有一条巨蛇，要从你的腹内咬破了皮肉钻出来一般；有时你饿得头晕眼花，坐起来又倒下了；想要走路，一双腿是酸软的，拖也拖不动；有时一口口的酸水，从肚子里翻上来，使你呕吐，却又吐不出半点东西"（《饥饿》）。她虽然承受了饥寒交迫的痛苦，却从未放弃过自己的追求，也从未放松过自己挚爱的读书写作。在北平时，她既要上学又要为生计奔波，只能在晚上十二点后写文章。"夜深了，小姐们都入了甜蜜的梦乡，只听到我的笔在纸上沙沙地响。

写，拼命地写吧，为了生活，我像一只骆驼那么负着重担，在沙漠里挣扎着勇往前进！"（《偷饭吃》）传主就这样历尽艰辛，一步步地实现了自己的梦想和追求。随着自身人格的不断成熟、完善，主人公完成了由自我意识的觉醒者，自我价值的追求者，向革命理想的实践者的转变。

  谢冰莹既是封建势力的坚决反叛者，也是帝国主义的勇敢抵抗者。在经历了各种艰辛之后，传主开始把自己的前途和幸福与革命事业联系在一起，认识到"人生需要创造永久的幸福，创造全人类大家享受的幸福"（《"打破恋爱梦"》），愿意为国家民族的坚定信仰献出生命。第一次到日本留学，她并未像期望的那样得到知识上的满足，却真切地感受到了军国主义的嚣张气焰和浓重的侵华气息，她怀着对帝国主义的刻骨仇恨参加了"追悼东北死难同胞大会"，被日本当局遣返回国。回国后她又在上海参加了"上海著作人抗日救国会"，为了更好地开展宣传工作，常常随着慰劳车到硝烟弥漫的前线搜集材料；第二次在日本学习期间，她因拒绝欢迎到日本朝拜的伪满皇帝溥仪，而被捕入狱，受到日本帝国主义的残酷迫害，身心都受到了极大摧残，却始终不曾屈服；抗日战争期间，她带病到长沙组织"湖南妇女战地服务团"。她们不顾反动当局的阻止，高举鲜红的团旗，唱着《义勇军进行曲》，高呼着"打倒日本帝国主义！中华民族解放万岁！"的口号，勇敢地奔赴前线。谢冰莹是中国历史上第一位女兵作家，她不仅作为士兵投入战斗，还发表了大量的战地报道。《战士的心》《在火线上》《新从军日记》《军中随笔》等作品都产生了广泛的影响，起到了鼓舞人心的作用。谢冰莹经受种种不幸和打击，终于成长为一名受人瞩目的女战士和女作家，她一生著作等身，并被誉为"女兵文学"的祖母。

  在现代中国的社会环境下，谢冰莹的反抗、奋斗都带着民族抗争的色彩。在近于二元对立的情节安排中，作者力图复现特殊时代造就英雄人物的社会状态，通过人物与环境的抗争，使主人公能负载起一段历史和情感，形成了由宏大历史和文化相融合的英雄叙事。英雄叙事不仅要完成对个体命运的书写，还要连接人物成长历程和民族历史，通过关联模式突出两者的共通性，在人物对历史事件的直接参与中提升个人经验的重要性和真实性，使个体在干预或改变中呈现自身进而被认可。《女兵自传》讲述了一个出身封建家庭的女孩，在"五四"新思想的熏陶下，成长为一名女战士的故事。自传展现了大革命时期中国女性在时代洪流中激流勇进的场面，她们在集体神圣感的感召下和男性一样担负起挽救民族危亡的责任，并同他们一起艰难地分享着神圣而崇高的理想主义激情和爱国主义精神。作者运用独特的叙事手段，消隐了人物个体的命运因素和身份焦虑，使这一传奇故事中传主的英雄形象得以生成。传主在同各种黑暗势力的斗争中所表现出来的优秀品质，使她成为中华民族精神价值的体现者，她的抗争史与同时代人奋斗史的遇合，以及其主体情感与民族精神的扭结，最终使她成为具有象征意义的英雄人物。

总之，在现代中国，"战士心态是革命主潮时期的基本心态。革命是战士心态的核心，它的外在形象是战士，它的内容是斗争"[①]。《女兵自传》采用的是一种权威叙述方式——英雄叙事，使这些充满时代气息和传奇色彩的文字成为一曲嘹亮的战歌。所谓英雄叙事，就是在中国传统价值体系和自强不息的民族精神价值框架里处理个人的奋斗史和命运的形成史，把不寻常的人物塑造成英雄典范，并使英雄典范的行为得以融合到民族价值的宏大叙事之中，进而释放民族精神的现实穿透力。战士身份的铭

---

① 张法：《文艺与中国现代性》，湖北教育出版社，2002年，第29页。

写就是英雄身份的赋形,在英雄身份的建构中,角色是无性的,因为性别的区分对于角色的承担似乎毫无关联,重要的是她有这英雄般的责任和意识。

五、《我的童年》叙事伦理分析

《我的童年》原名《我的生涯》,记述了萧军从1907年出生至1917年离开故乡这十年的生活经历,是作者唯一一部正式自传作品。该作品最早从1947年5月到1948年7月连载于《文化报》,1982年黑龙江出版社出版了单行本。《我的童年》作为中国现代自传的组成部分,长期以来并未得到研究者的关注。已有的研究中国现代自传的著述都未提及该作品。与《沫若自传》为代表的中国现代自传经典作品不同,《我的童年》依照个人的自由意志和价值意愿来整饰自我的生命体验。本文拟从叙述伦理切入,研究该作品的叙述特征。

叙事伦理学"不探究生命感觉的一般法则和人的生活应遵循的基本道德观念,也不制造关于生命感觉的理则,而是讲述个人经历的生命故事,提出关于生命感觉的问题,营构具体的道德意识和伦理诉求"。[1] 因此,"叙事伦理学是更高的、切合个体人身的伦理学"。[2]

中国现代自传的出现与个人的发现、个性意识的觉醒有密切的关联。作者在自我的个体叙事中传达出对社会人生的理解,这种人心秩序的传达正是叙事伦理的基本内涵。自传是一种纯粹的个人写作,但是作者作为社会中的一分子,在写作中总会与社会话语相呼应。中国现代自传兴盛于20

---

[1] 刘小枫:《沉重的肉身》,华夏出版社,2012年,第4页。
[2] 刘小枫:《沉重的肉身》,华夏出版社,2012年,第6页。

世纪 30 年代,当时五四时期的人文主义观念与话语和"阶级的人"的观念与话语并存,与此相对应的是,自传文本中呈现出启蒙话语与救亡话语相交织的现象。作家们通过写作自传回顾自己的人生经历进行自我反省,并期望通过自赎可以赎众。自传中书写的人生经历都有历史事件的投影,他们通过对自我人生经历的梳理,审视个人与时代的关系,反思个人和民族的命运。郁达夫和郭沫若都刻意将自己的出生和当时的重大社会事件联系起来,使历史成为自传中的关键词。如郁达夫在自传的第一章《我的出生》中写道:"光绪的二十二年(西历一八九六)丙申,是中国正和日本战败后的第三年,朝廷日日在那里下罪己诏,办官书局,修铁路,讲时务,和各国缔订条约。东方的睡狮,受了这当头的一棒,似乎要醒传来了,可是在酣梦的中间,消化不良的内脏,早经发生了腐溃,任你是如何的国手,也有点儿不容易下药的征兆,却久已流布在上下各地的施设之中。败战后的国民——尤其是初出生的小国民,当然是畸形,是有恐怖症,是神经质的。"[1] 郭沫若也明确提出,自己写作自传的动机是"通过自己看出一个时代"。[2] 因此,他们在叙述自己的童年经历时,将个人的遭遇与国家民族的灾难融为一体,呈现自己童年时代的社会生活图景。在这些自传中,叙事看起来是围绕个人,实际上民族、国家和个人具有同等的重要性。他们言说的是反传统群体的使命感,以叙事来规范和动员个人的生命感觉,按照刘小枫的分类,这应该属于人民伦理的大叙事。

1942 年延安整风运动及毛泽东的《在延安文艺座谈会上的讲话》在次年的公开发表,是解放区文艺运动中最重要的历史事件。政治革命化的主题提炼、"工农兵"化的题材选择、阶级化的作家切入生活视角成了解放

---

[1] 郁达夫:《郁达夫文集》(第 3 卷),花城出版社,1983 年,第 352—353 页。
[2] 郭沫若:《郭沫若全集》(第 11 卷),人民文学出版社,1992 年,第 3 页。

区的文学规范。一部分在五四启蒙运动中热切地宣传自由、民主的知识分子，将个性融入集体性，并最终实现大众化。在这样一个意识形态化的时期，宏大的生活世界改变着国人的生命记忆，而萧军却没有止步。自传的自我诉求可以看作离经叛道者对权力话语的抗争。

在20世纪40年代末的解放区，时代伦理规范强调的是集体意志，在文本的叙事中往往是历史的脚步夹带个人生命历程，民族、国家、历史比个人命运更重要，个体生命的意义只存在于普遍的历史规律中。萧军在自传中有意疏离用时代伦理规范来完成意识形态的规定叙事，而采用自由伦理的个体叙事形态讲述童年经历。"自由伦理的个体叙事只是个体生命的叹息或想象，是某一个人活过的生命痕印或经历的人生变故。自由伦理不是某些历史圣哲设立的戒律或某个国家化的道德宪法设定的生存规范构成的，而是由一个个具体的偶在个体的生活事件构成的。"[1]《我的童年》讲述的是传主活着的生命痕迹或经历的人生变故，作者并没有将个人创伤体验上升为家国叙事，而是遵照个体生命自身的召唤，用富于创意的、印刻了个体感觉的语言描述自我的生命故事，表现独特的个人生命体验和深度情感。

《我的童年》消解了传统自传的时空概念。时间和地点的确定性是一般自传作品最鲜明的特征之一，但在《我的童年》中时间和地点都只是一个背景，一种很模糊的存在。自传开篇没有写传主出生的时间，故事开始的年代非常模糊。自传第一章的开头是："母亲生下我七个月就死去了"。这种含混性的时间描述就显示，《我的童年》没有《沫若自传》等自传文本对史诗性的着意追求。自传包括了十三个独立成篇各有标题的片段，在

---

[1] 刘小枫：《沉重的肉身》，华夏出版社，2012年，第7页。

这些长短不一的文字中流量出一些时间的痕迹："后来我到了五岁""七岁那年的春天""大约是八岁那年"等，这些模糊的时间概念体现着时间的推移与跳跃。这些大的时间点是作者在叙述中为了引出事件而提出的，"我到了五岁"，奶娘就被无情地解雇了，"七岁那年的春天"，"我"被送进了父亲开商号的镇上入学，"大约是八岁那年"，"我"经历了家庭的破产。各篇的标题分别为《母亲》《家族》《乳娘》《姑母们》等，从整体上看自传的叙述并不是完全按照时间顺序展开的，为了维护各个章节的完整性，有些事件被提前叙述。如第五章《姑母们》详细叙述了五姑的出嫁和婚后的生活，在第十一章《归来以后》开头又出现："回来不久，五姑和姐姐，竟一同出嫁了。"因此，文本中小的时间段，更是充满了跳跃性。

在《我的童年》中，传主成长的纵向线索变得模糊不清，缺乏对往事有条不紊地整理和分析，个人的生活经历、思想情感的发展轨迹只能散落在并未严格按照时间顺序排列的诸多生活片段中，导致以时间为载体的人生经历变得支离破碎。作者在追忆自己的童年经历时，往往只对在自己内心留下深刻印记的往事加以展开，过往的人生经历从回忆中形成并为其确立了恒常的生命存在形式，因此时间的先后显得微不足道。作者解除了时间的束缚，以这种自由度更大的版块式结构进行自传创作，传达童年经验在他内心深处产生的心灵回音。

其次，自传中的地域范围也十分模糊。郭沫若、沈从文、张资平等人的自传对故乡的地理位置和自然环境都有客观准确的细致描述。而《我的童年》的第二章《故乡》中写道："这是属于辽西省松岭山脉附近一所不算太小的山村"。构建宏大历史框架必不可少的社会历史遗迹在该自传中更是不见踪影。自传中只有《入学》和《破产》两章叙述了父亲在镇上的家，剩余的故事就发生在村里。《流亡》中视线短暂地转移到了"义州城东边接近热河省边境蒙古一带地方",传主居住的地点更加模糊,"秃秃的小山,干干的河床,零零星星的人家"。文本中地域的模糊性抵消了叙述上空间的宏大感。自传所描绘的生活世界是将传主作为认识主体,通过自身的情感和体悟,将外部事物内化为主观体验后,投射在内心的景物。这种观察和呈现外在景物的方式是与传主的内心状态紧密连接在一起的,与作者的主体性相关。自传中时间和地域的模糊性,使宏大叙事中重要的时空背景在文本中处于残缺和无足轻重的地位。这是作者刻意用个体叙事摧毁严肃的宏大叙事,使宏大叙事呈现为一种虚拟的存在,而让个体叙事中心灵和生命的故事给读者更大的冲击。这种叙事方式体现了萧军对个性、自由的理解和尊重。

作者放弃了史诗性的宏大视角,从个人化的视点切入,书写具体可感的片段式的人生经历。文本中具体的人生历程与生存境遇,赋予了自传更鲜活的生动性和体验性。作者站在个人化叙事立场上,一方面将传主置于漫长而丰富的人生历程中,探寻个体生命逐渐成长和主体意识觉醒的过程,另一方面聚焦于传主周围各色人等的错综复杂的人性欲望与人际纠葛,对个体的复杂性进行了主观化阐释。

由于时空的模糊性,读者的目光更会被吸引到那个一去不复返的生活世界,更能深入故事的深处和细部,关注个体生命的成长轨迹。第一章《母亲》的结尾这样写道:"母亲啊!在生前你被欺侮,死后也还要被歧视!我开始懂得这人间!一颗小小复仇的灵魂,它开始由柔软到坚硬,由暗晦到晶明,在我的血液中被滋养,被壮大起来了!——它一直陪我到今天。"萧军的母亲在他七个月的时候就去世了,关于母亲的记忆,只有周围人的讲述及由此唤起的自我情绪和感受。随着时间的流逝,记忆为了与遗忘抗争而不断地强化,作者由母亲的身世而引发的感慨在情感价值上远远超过了关于母亲的这些片段本身。当前的感受和重现的记忆使读者可以触摸到"一颗小小复仇的灵魂"。第五章《姑母们》在叙述五姑时插入了五姑和父亲认为"我"将来一定不会有出息的预言,"对于这些预言我不独不再重视,而且朦胧中反而增加了我一种报复的力量:……我必须要出息啊!""预言"不仅使作者追述了过去之"我"对未来的理解和看法,显示了过去之"我"由于生活的束缚而产生的焦灼和困惑,而且引出了当下之"我"对自己性格的反思。"从小以来,我不懂得应该真心惧怕什么东西或什么人?我只有力不从心的痛苦,很少有惧怕的心!有一种茫然的、蔑视一切的、不怕任何破败的,最终以一死了之的决心,来和一切搏斗着。后来我才明白这是一种原始性的脆弱,并非经过提炼可贵的韧性的刚强,可惜这种恶劣的习性它还一直在我的身上保留到今天!虽然它一直被我的理性严苛地管束着,提炼着……但有时它——这只原始的兽——还要反叛!有时伤了自己,有时也伤了人!"传主认为自己已失去了姑母的关爱,立志在生活的沉浮中勇敢而孤独地面对悲苦的现实人生。"从此,朦胧中似乎渐渐萌芽了一种决心,就是:不再向任何人寻找温爱了。要从这无爱的人间站立起来,用一种冷淡的、蔑视的、残忍的自尊和顽强,搏斗着,忍耐着,在生满着荆棘和蒺藜的生活旷野里——孤独地穿走下去吧!让那搏斗的血迹作为后来者的路标罢!"苦涩的经历换回的是自己对人生真谛的理解。这是此篇的高潮,勾勒出传主带着刻骨铭心的记忆在人生的航程中艰苦跋涉的图景。自传中不断穿插呈现的喜怒哀乐正是个体生命的真实性情,虽然这些只是传主人生历程中的某些片段感觉,但是传主就是依靠这些片段感觉挨过人生中的伤痛时刻,这些都是传主存在的见证。作者拾起记忆里的片段,跳跃性地叙述着那些在精神世界留下痕迹的生活事件,一个个交叉重现的片段拼出了传主的人生画卷。

《我的童年》中有大量篇幅叙述传主的几位亲人,及他们对传主生活和成长的影响。由于时间和空间的优化和净化,记忆会不断改变所存储的内容的颜色。尤其当作者远离家乡之后,童年时代家庭生活的记忆会因时空的间隔、情感和心理的间隔,幻化成亲切可爱的图景。因此,在一般的自传中,艰辛苦涩的生活事件会变成趣味盎然的生活画面,性格暴虐的父母由于作者的缅怀之情也会变得和蔼可亲。中国古代讲究"为尊者讳,为贤者讳,为亲者讳",即使尊长有千般不好,作为子女也要尽力维护他们的荣誉和尊严。然而,《我的童年》却敢于正视家庭关系和家庭矛盾的阴暗面,撕破了亲情的面纱,审视亲人的性格和灵魂,在表达自己深切的理解和感激的同时,直白地暴露了他们卑微、丑陋的一面。对于最爱"我"的祖母,作者也客观地剖析了她的性格。自传既表现了祖母的勇敢、坚强、乐观,又丝毫没有回避她的自私、不公和势利。"我曾亲眼见过她和二叔一同打过二婶母,而且打到从嘴里流过血!"在他笔下,家庭矛盾尖锐,亲人之间关系恶劣,甚至相互仇视。祖父和祖母之间以及祖母和父亲之间都充满矛盾,常常为琐事陷入混战。每次祖父回到乡村,祖母总要抓住机会吵闹一番。"每次祖母总是一马当先采取着攻势。其余儿女们如果在场就为她在精神上助着威,或者沉默,或者巧妙地笑着,或者有时插进一两句讽刺的小话,于是一场戏剧就开了锣。"祖母和父亲之间也经常为了钱而争吵,用恶毒的语言诅咒对方,"那些毫无恩情而可耻的语言,竟像刀剑一般在祖母和父亲之间闪电似的彼此刺击着"。"父亲和三叔之间的感情是超乎一般人的敌对性地存在着,他们打起架来竟是用刀和用枪。直到近乎中年,他们每人脸上的伤疤还是鲜明地存在着。"作者通过具体的场面描写淋漓尽致地呈现了亲人之间相互敌视互相攻击的生活画面,表现了他正视现实反抗传统的勇气。

作家并不像伦理学家那样自上而下地，从善与恶、公正与偏私、诚实与虚伪等二元对立的基本规定和性质出发，进行逻辑推论与分析，做出非此即彼的道德判断。作者选择了自下而上的、感同身受的体验过程，从而获得真正的来自内心的感悟。如果道德只在人的身心之外发出训诫的力量，那么它的力量是软弱或无意义的。只有在个体的生活经历和生命体验里挣扎、锤炼，沾着体验者自身的血肉和痛苦，并渗入个体的心灵内部，道德才能呈现出它的最高表现形式。这种实现的过程，对于亲身经历的个体来说，是异常艰苦的。

自由伦理的个体叙事提供了个体性的生存困境和各种悖论，对作者来说，最重要的不是叙事中如何表达伦理观念，而是如何组织生活片段使他们成为秩序。在《我的童年》中，萧军没有依据既定的道德原则和话语体系整饰自己的生命体验，而是依照个人的自由意志和价值意愿来凭吊个体的生命痕迹，将个人的真实性情呈现在读者面前，探究传主的内心世界，揭示隐秘又无序的情感。

六、《风雪人间》的叙事修辞

作为中国现代文学的重要作家，丁玲经历和见证了20世纪中国文学的不同发展阶段，她不同时期的创作既蕴含着个人的独特思想，又体现了整个时代的精神气质。《风雪人间》是丁玲对自己12年北大荒生活的回忆，在这部自传中她既没有长歌当哭也没有嘤嘤啜泣，既没有舔舐伤痕也没有怒讨丑恶，而是以温情克制的笔调书写人间的冷暖。丁玲一生的作品都是在特定历史环境下产生的，《风雪人间》作为她对自己北大荒生活的回忆录，也是读者理解她的重要途径。现有的研究成果中，《风雪人间》更多是作为丁玲后期创作或新时期散文的一个组成部分被有限论述。专门研究《风雪人间》的 10 多篇论文大多是分析文本的艺术特色和思想情感，并没有从叙事的角度对该作品进行深入分析。

自传是以个体人生经历为基础的生命叙事，真实性是自传文学的基石，任何对事实的篡改或无中生有的虚构都会使自传失去真实性。"对于真实性、坦诚性和历史精确性的渴望是自传作者创作活动的基础，但是作者是第一个意识到他的尝试在历史精确性方面存在局限的人。他之所以这么轻易地容忍了这些局限，是因为他或多或少地意识到他所追求的真实性不同于历史学家的真实性。自传不是要揭示一种历史真实，而是展现一种内心的真实：人们追求的是意义和统一性，而不是资料和完整性。"① 对自传真实性的研究，不应仅局限于对事实的考证，而应该从更开放的角度进入文本的深层进行考察。自传作为一种独特的文学形式，需要作者把自己作为作品的终极对象去探索和发现。作者在选择叙述一段特殊的经历时，会深入思考应该以什么样的方式呈现它们以及这样呈现的价值和意义。"当一个叙述者怀有一个源于自己的目的，向一个听者讲述故事的时候，这时的叙述就成了修辞性的了。"② 作者以什么样的方式来讲述自己的人生故事，与作者想要表现的主题，传递的意义密切相关，作者力图感染和影响读者的这种叙事就是修辞性的。本文从反讽、隐喻、对比等方面探寻作品的修辞艺术特点和作者的思想情感诉求，深入理解作者的艺术个性和思想价值倾向。

（一）反讽：叙述语调的建构

反讽是一种修辞方式，也是一种思维方式和矛盾的语义状态。丁玲回

---

① 菲力浦·勒热纳：《自传契约》，杨国政译，生活·读书·新知三联书店，2001 年，第 81 页。
② 祖国颂：《叙事的诗学》，安徽大学出版社，2003 年，第 62 页。

忆录中的世界是一种反讽性存在,作者也用反讽思维来把握这个世界。《风雪人间》是一个女性对大时代灾变的经历与承受,是一个历劫者的心声。但丁玲并没有在自传中强烈控诉自己所承受的磨难,而重点书写在灾难的袭击和剥夺之下自己获救的契机——人间的真情。丁玲在书写历史和人生时,将爱对个人的拯救放在一个重要的位置。爱情是她承受灾难的重要支撑,也是她穿越灾难的方舟。反讽存在于语境中,语境中两种相对或相反的元素存在张力,在两者之间的缝隙中反讽意味随即产生。《风雪人间》的爱情主题是对之前被认定为爱情废墟的暴力时代的反讽。丁玲刚到北大荒时,陈明就表示:"我现在拿我的双手为社会主义服务,还用我的双手照顾你,我只希望你快乐些。……我们要在这里共同走出一条路来。"1968年9月,农场的"牛棚"扩大,丁玲得以和陈明住到了相邻的两间屋里,但是不能见面,可谓咫尺天涯。两人为了几秒钟的互相凝视而费尽心机。"我也将像30年前那样,从那充满了像朝阳一样新鲜的眼光中,得到无限的鼓舞,那种对未来满怀信心,满怀希望,那种健康的乐观,无视任何艰难险阻的力量。可是,现在我更是多么渴望这种无声的、充满了活力的支持。而这个支持,在我现在随时都可以倒下去的心境中,是比30年前千百倍地需要,千百倍地重要呵!"这些短暂的凝视是作者神往的享受,极大地鼓舞着她的生存意志,支持她度过最艰难的岁月。为了给予丁玲安慰和力量,让她坚定信心,在困境中努力生存,陈明还千方百计地传递一个个纸片,这些纸片上的短简话语是她唯一的精神食粮,也是照亮她生活的阳光。"这封短信里的心里话,几乎全是过去向我说过的。可是我好像还是第一次听到,还是那么新鲜,那么有力量。这是冒着大风险送来的!在现在的情况底下,还能有什么别的话好说呢?……我一定要依照这些话去做,而且要努力做到,你放心吧。"即使后来环境变化,两人天各一方,丁玲在劳动间隙想着国家的未来，想着自己的未来，"我的希望真小呵！甚至小到只要能再见到陈明一次也好"。作者用浓郁的抒情笔调描述那些心里有爱眼里有光的日子，谱写了一曲动人的爱情回响曲。在古典时期，反讽是喜剧中的一个角色，让佯装无知者在自以为高明的人面前说傻话，最后却是正确的，逐步发展为呈现某种矛盾语义状态的修辞手法。在那个道德价值和伦理意识沦丧，爱被政治暴力剥夺与禁止的时代，作者叙述的重点不是暴力的摧毁而是爱情的抚慰，将爱的主题推到了极致，这本身就是反讽社会的症候和最典型的表现形式。在作者被见弃于社会之时，爱情虽不能提供现实的庇护，但是却坚定了她对生的执着，对信念的再度拥抱。丁玲以自己独特的生命体验与个人叙事，丰富着爱是救赎这一话语。"反讽在其明显的意义上不是针对这一个或那一个个别存在，而是针对某一时代和某一情势下的整个特定的现实。"① 作者对爱情的浓重书写不是由于沉迷个人狭小的情感世界，而是要用真诚的感受和诚挚的情感传达时代精神的最强音。

该自传在叙述话语层面也存在着多种话语反讽的现象，比如：所陈述的话语与它实际要表达的意思相反，或是语境对所说话语造成明显的歪曲。"反讽的目的就是要制造前后印象之间的差异，然后再通过这类差异，大做文章。"②《立竿见影的劳动》就是通过词语的能指和所指之间常规关系链的悖反，使读者对故事的期待与实际讲述内容产生冲撞，形成反讽。"立竿见影"多用于描述付出马上就有收获或某个措施立刻能见效，但文本却记述了传主在夏秋之交的多雨时节被勒令去打扫厕所的往事，传主每天不仅要把厕所路面铺平扫净，而且要把茅坑里的水掏干。"粪坑的面积

---

① D.C.米克：《论反讽》，周发祥译，昆仑出版社，1992年，第100页。
② 浦安迪：《中国叙事学》，北京大学出版社，1996年，第116页。

大,我舀得很慢,一天从早到晚,舀五六千瓢,粪水才下去一尺多。但地下水渗得很快,过一夜又会涨起来四五寸。我不由得想到希腊神话里神处罚的那个人,他每天从井里淘水,白天把水淘干了,一夜又涨满了。好像我也将永世这样干下去一样。"读者正常理解中的立竿见影的劳动与故事所讲述的似乎永无休止的劳动构成了强烈反差,通过正话反说暗指相反的意思,显现作者作为修辞主体所要传达的意义。"把两种矛盾陈述或不协调意象不加评论地并置在一起,乃是一种反讽技巧。"① "秋天来了,天气也好了,厕所可以不再要我管了,可以一直度过冬天,到明年开春。我好像做了一件伟大的工程那样舒坦。"这项工作结束是由于自然环境的变化,跟传主的劳动效果并无直接关系。作者在运用反讽修辞进行叙述时也是在表达自己的一种价值判断。

在该自传中,情节反讽与话语反讽是共同存在的。情节反讽主要产生于前后情节在因果关系上的矛盾或错位。《医治我的不治之症》讲述了丁玲为避免自己夜晚瞌睡打鼾而做的种种努力,带有强烈的荒诞色彩。她在21队劳动时和十几个女青年同住一屋,女孩们精力充沛,再加上中午有午休,因此每天晚上都要在宿舍举行娱乐晚会,而年老体弱的丁玲在经过白天的体力劳动后已经非常困倦,无力捧场,所以引起了同屋女青年的不满。"这时总有人跑到我床边用力摇撼我的木床,或者啪的一声,拿起顺手抓着的一件任何东西,一把笤帚,或者是一个小缸子等等,扔到我的床上。我猛地一下被惊醒了,我张皇四顾,发现了我的疏忽,我怎会睡着了呢,而且还发出鼾声。我使劲地大睁着眼,故意让自己想一点事。但是不行,常常很快又睡着了;于是又被惊吓醒。"以上叙述既写出了同屋女青

---

① D. C. 米克:《论反讽》,周发祥译,昆仑出版社,1992 年,第 90 页。

年行为的粗俗无理，也写出了传主受到伤害时的委屈和隐忍。人物在特定场景和环境下的一言一行都是一种戏剧化的叙事，让读者能够通过否定和超越直面真相。同屋的女青年让传主写一份保证不打鼾的誓言贴在床头，"我实在没法，只得跑到那个好心的医生那里求救，请他给我一点不打鼾的药。他说我是胡闹，说这是生理现象，是无药可治的"。作者用医生的话指出了事实的本质与同屋女青年的无理要求形成对立，鞭挞了当时社会环境中某些人的粗暴和愚蠢。后来丁玲在求医无效的情况下找到了通过搓麻绳驱除困意的方法，"慢慢我简直搓出味道来了。天天晚上自己和自己竞赛"，而且因为经常有私人要用，"我这个小小生意还很兴旺，我好像是一个工厂老板似的，为我的劳动，为我的产品的销路而感到很满意"。在叙述这一戏剧性情节时，作者用了很多肯定和积极意义的词语来修饰，把针砭都藏在字里行间，形成一种语言上的嘲弄，搓麻绳的初衷和效果的错位产生了一种反讽的效果。反讽的使用使该自传能够用轻盈冷静的叙述语调展示现实的生存境遇，在拓展自传意义空间的同时提升其艺术品格。

（二）隐喻：诗性的情感叙事

隐喻修辞和反讽修辞一样能使话语形成双层喻义：表面意义和深层意义，只是反讽形成的两个层面在意义上是相反的，而隐喻形成的两个层面在意义上是统一的，具有内在的相似性。《风雪人间》贯穿着隐喻思维，文本中存在着众多隐喻性意象。有的隐喻性意象强化了情节的象征意义，有的隐喻性意象则凸显了主题意象。丁玲采用隐喻修辞展现自我复杂的内心感受和精神世界，形成了表达的间接性和含蓄化效果。自传中插入了不少童话故事，如青蛙公主、丑小鸭和卖火柴的小女孩等，这些童话元素暗示了传主当时的内心感受，将童话元素融入回忆录具有很强的隐喻性，在揭示文本的深层意义的同时，强化了叙事修辞效果。

回忆录中的童话元素都是传主在特定情景下对童话的幻想，是对传主特定时刻内心情绪的反映。作者在《寂居》中回忆了1958年春天陈明离开后自己独居北京时孤寂抑郁的生活情景，她感慨"人可以郁闷，可以忧郁，可以愤怒，可以反抗，可以嘤嘤啜泣，可以长歌当哭……就是不能言不由衷！"文中插入了安徒生的青蛙公主的故事，故事中的公主被妖法控制变成癞蛤蟆整日聒噪，只有在夜晚才能恢复成原来的样子。作者借青蛙公主隐喻自己当时的处境，她作为一个有尊严的人在那段是非颠倒的混沌岁月里只能言不由衷，让自己感到耻辱，但她仍然相信党，相信自己，坚强地活着等到真相大白的一天。作者在这里插入青蛙公主故事，是因为童话里的公主与自己的处境和心境极为相似，公主历经磨难最终过上了幸福的生活，这个结局也是作者内心的坚定告白。

现实总是冰冷而残酷的，而童话元素则不断地提醒着温情和希望在生活中还是存在的，在童话幻想中，丁玲获得了心灵上的安慰，充实了精神世界。《远方的来信》中，青蛙公主这一童话元素再次出现，那时丁玲已经到达北大荒几个月了，农闲季节陈明跟所在的生产二队去抢修一个火车线路的土方工程，两人再次分离。他们会在每个周六晚上相聚，这时候"我像安徒生童话里的那个公主，蜕去了一身污秽又耻辱的青蛙外皮，而露出了本相，恢复了美丽的原形"。童话里的公主拥有真挚的爱情，并因爱获救，而丁玲与陈明相濡以沫的爱情也是她在残酷现实中获得救赎的一种方式和信念，因此，这个童话元素被赋予了明确的隐喻功能。丁玲的爱情不仅仅是爱人与被爱，更是自己的精神家园，是对理想和信念的忠诚。童话幻想可以给人带来一个超越现实的理想化的精神世界，而作者通过童话幻想书写的爱情使其内心世界更加丰盈，童话幻想和爱情所赋予的精神力量有内在的相似性。

《火柴》一文的标题就具有隐喻性，该文叙述了王震将军到八三五农场看望陈明等从北京下放到北大荒参加劳动的一批人的故事，王震将军的鼓舞像是寒夜里的火柴给予身处冰天雪地的人们以温暖和光明，同时王震将军对"我"去北大荒的支持，使自己那脆弱的灵魂感受到了温暖。王震将军的话就像一根火柴，虽是微弱的光却能让人感知到人间的炽热感情，作者借用这种相似性关系，使火柴成了统摄全文的主题隐喻意象，成了全文意蕴的生成之处。该文用安徒生童话《一个卖火柴的姑娘》开篇："在大雪严寒的夜里，在雪白寂静的街头，人们都围聚在温暖如春的家里过圣诞节。这个小姑娘的火柴卖不出去，又冷又饿。她蹲在街头墙角，划一根火柴来温暖一下她的手。火柴给了她热，也给了她希望，她在火柴的微光中看见了她想望已久，美丽的世界。她得到了勇气，得到了安慰。"安徒生的这个童话故事讲述的是一个小女孩在阖家欢乐的大年夜冻死街头的悲惨故事，而作者在引用时只呈现了小女孩在温饱无法实现时仍然抱着对美好生活的憧憬和向往，强调火柴的光和热带给她的希望和安慰。丁玲的现实处境和卖火柴的小姑娘有某些相似性，这个童话元素的运用是现实的刺激和诱导的结果，它就是作者想象的产物，因此它受作者个性的影响而走向了积极乐观的方向。作者在回忆录中叙述自己去北大荒途经哈尔滨被国际饭店拒绝入住时，也曾把"我"比作丑小鸭，隐喻被同类鄙弃的处境。作者用童话中丑小鸭历经千辛万苦终于长成白天鹅的故事，暗示自己虽然遭遇挫折和痛苦，但依然能够坚强地面对现实，有信心走出逆境。

　　自传是对作者人生经历的纪实，但作者并没有拘于如实记录而是在其中加入了一些隐喻意象增强思辨色彩，在写实的态度中包含着美好的理想。作者在回忆录中引入的童话元素都是契合传主的生存处境和精神状态，使童话元素与自己的心路历程构成隐喻关系，起到了点染、烘托、升华等作用。丁玲在自传中书写人生的苦痛和困顿，抒发复杂的思想情感，展现了她坦率的个性和巩固自己精神意志的努力。童话体现的是人对美好生活的眷恋和向往，引导人追求美好的理想和完美的人生境界，因此童话能赋予人一种自由无畏的力量，让人通过对童话的幻想打开通向另一种生活的窗户，看到更美好的风景。"我们的祖国遭受了十年浩劫，满目疮痍，百废待兴。我们的作品在批评社会黑暗，揭示丑恶人性时，不应只是让读者感到痛苦、失望、灰心丧气，或悲观厌世，还要能使读者得到力量，得到勇气，得到信心，得到鼓舞，去和一切黑暗势力、旧影响做斗争。"[1] 丁玲没有将自传书写拘于暴露伤痕、宣泄怨愤，根源于作者特立独行的思想风格。

（三）对比：叙事时空的叠合与重构

《风雪人间》中有大量对比修辞手法的使用，主要体现在叙事结构和内容的安排上。对比是把两种不同事物或者同一事物的不同方面放在一起进行比较，使双方特点更加明显，矛盾呈现得更加尖锐。在对往事进行历时性叙述的篇目中，作者有时会通过闪回插入某个片段与正在叙述的故事形成对比。《马迪尔旅社》叙述传主在1958年6月到达哈尔滨时经过一番周折，最后被安排在马迪尔旅社，住进了1949年她参加世界和平理事会途经哈尔滨时所住的房间。"这家旅馆在1948年也是第一流的，不过十年以后，如今却显得陈旧和窄小了。其实住在这样的旅社对我现在的身份还是太过分了。"作者在《马迪尔旅社》一文插入十年前的情景回忆，当时的马迪尔旅馆冠盖云集，大家热情友善，而"我"身边还有一个让自己骄傲的儿子，十年后自己被打入另册，亲友纷纷离散。通过这种对比叙述，既

---

[1] 丁玲：《丁玲选集》（第三集），四川人民出版社，1984年，第586页。

呈现了作者遭遇厄运时的现实困境，又让记忆中热闹愉悦的气氛照进现实为文本增加了一抹亮色。

《悲伤》叙述了传主身陷囹圄之后在清明节独自到北京西郊万安公墓凭吊母亲的经历。丁玲敬重并怀念母亲及其奋斗的一生，在母亲离去的这五年里，她常常为历经艰难困苦的母亲去世太早而痛惜，而当她为母亲扫墓时竟然有了截然相反的感慨："可是现在，我站在你墓前的枯树下，低着头，含着眼泪，深深感到，妈妈，你死得正是时候呵！你是否预感到船将下沉，便弃我们而去？我常常想你临终时，我们不在你的身边，你已经说不出话的时候，你到底在想什么？你一定会想到：'冰之现在不在面前也好。'你总是为我着想，即使在生命的最后一刻，还有一点点知觉的时候，总还是要想到我，并且一定还为我着想。现在我却怀疑了，你是否在想：'我顾不得你们了。我死了也好。'妈妈呵，母亲，你真死得是时候，如果现在你还活着，你将怎样面对这些残酷的现实！"丁玲对给予自己母爱和幸福的母亲死前心态的两种截然不同的揣测，形成了强烈的对比。丁玲站在母亲墓前庆幸母亲早死，这种反常规的现象违背了读者基于日常生活而形成的经验和体验，产生荒诞的色彩和效果。作者这种前后态度的对比描写凸显了信仰被践踏、情感被踩躏时痛苦迷茫的心境。

对比在叙事结构上主要通过外在格局的搭配让读者感受到对立的意义指向。作者叙述往事时没有直白的强烈鞭挞，对事实的揭露和批判都隐藏在对比结构中。《造反派的威风》讲述了1968年八九月间一群来自北京的青年对困于"牛棚"中的丁玲进行暴打的情景，在叙述这一事实之后作者又回忆了自己所接触过的20世纪50年代、20世纪60年代的北京学生，记忆里有思想、有修养的北京学生与眼前这些盲目、横暴的青年学生形成了鲜明的对比。不同时期北京学生的思想行为的尖锐对比给读者留下更加深刻的印象，虽然含蓄却强化了批判效果，让读者在对这种暴力事件感到痛心之余，对事件本身有更深入的思考。最强烈的对比在于同中求异，对某一种人物或价值的肯定暗含着对另一种人物或价值的否定。

时空环境氛围的对比最能引起亲历者内心情感的起伏。《晒肥场上的遐想》记述了丁玲到21队后第一次劳动时的情景，在久违的阳光下劳动使她心情放松，回想起1966年麦收时参加劳动的情形。"虽然那时7队的指导员已经不像过去那样对我表现亲切，职工们也似乎有了一点点隔阂，但他们还是让我们去为他们布置农忙时节的俱乐部，设计画光荣榜等。每天都客气地把农忙时特地加添的一顿下午饭，炸油条或是两个热乎乎的大肉包子送到我们手上。还有几个曾经接近我们的工人和家属、北京青年，不时地和我们说几句话。而最使我能比较坦然地在那里劳动和生活的，是邓婉荣也在7队参加劳动。她同我们一道从场部下来，她还时时照顾我。"回忆是温暖的，而现实是残酷的，这次她收工后回到宿舍遭遇的是禁止她午休的蛮横而浅薄的女青年。作者插入回忆也是要通过这种对比，暗含褒贬。

对比这一修辞格的使用既深入刻画了人物形象又突出了人物的价值取向。作为一个敏感又善良的人，丁玲始终对周围的人和环境充满善意，即使身陷囹圄遭到不公平的待遇，她仍然热爱自然，能够发现大自然的美。当同屋的女青年认为她没有午休的权利，嚣张地将她赶出去时，她将目光投向了大自然。"屋外太阳很暖和。风微微地扫过我的全身，也好像扫去了压在我心头的愤懑。我往哪里去呢？我慢步向场院走去。小路两旁是刚刚耙过的松土，等着去种植，有些地方已经冒出各种各样的嫩菜，有韭菜，有小葱，还有很小的白菜叶子，或是豆芽。呵！万物都在这和煦而温柔的春天萌芽生长。一种爱念涌上我的心头，我真想拥抱什么。我的步伐轻了，我的眼睛亮了。"作者在这段叙述中描述了自然的生机勃勃，自我的善念和爱意，通过美好的自然环境和自我的内在美反衬了当时人间闹剧的丑恶和世态炎凉。这两种相反、相对的元素之间产生巨大的冲撞，使人际的异化和爱的缺失这一内涵得以呈现。自传中的个体记忆与表达是主动的、独立的，但是作者选择记忆的内容和书写的内容受社会语境和个人价值取向的影响。《风雪人间》是历劫者对灾难岁月的回顾，作为一名受难者"想不写伤痕是不行的，但要写得气壮山河，不光是同情、悲痛，还要乐观、要有力量"。[①] 丁玲书写的是真实的人生经历和情感体验，但她的内心总是充满暖意和光明，因此自传通过对比修辞让人生的困顿和内心的痛苦获得了更加优美的艺术表达。自传采用对比手法揭露和鞭挞人性中凶狠、自私等弱点的同时，也呈现了人性中温情善良的一面，传达出作者重构美好人性的人文良知。自传的修辞话语在表述作者的经验世界的同时，也参与了自我的主体建构，介入了她的现实和精神世界。

自传是个体的自我书写，但并不完全是单纯的个人话语，因为它虽然从个人视角切入但仍置身于社会层面和宏大叙事话语之中，特别是自传的人和事都是特定时代的真实存在者，与现实社会关系密切，因此在文本中更需要运用修辞策略以应对现实语境。与丁玲同时代的作家在自传中叙述中华人民共和国成立后的历史动荡和自己坎坷经历的并不多，像茅盾、夏衍等人的回忆录都只叙述了中华人民共和国成立之前的经历。那些回忆灾难岁月中艰难经历的作家，或是细述遭遇，充满愤怒与悲情的声讨，或是超然物外，沉迷历史细部的趣味，而丁玲则是用积极的态度叙述历史，丰富读者对历史的深入认识。"我愿无心写我自己，只是在读了别的同志写

---

① 丁玲：《丁玲文集》（第五卷），湖南人民出版社，1984年，第443页。

的牛棚生活、夫妻爱情、生离死别的散文以后，心有所感，才提笔试一为文的。我想要写出这种伤心，但不要使人灰心，使人怜悯，不要倾泻无余，而要留几缕情思，令人回想。"[1] 作者在自传中既没有回避个人的不幸遭遇也没有沉迷于倾诉个人的悲欢，而是用历史眼光审视自己的坎坷经历，将对未来的希望融入叙事修辞的诗意表现中。"艺术家不是被人聆听，而是被人偷听的。"[2] 作者在回忆过去的一个事件的时候，是在脑海中重构这一事件，重新塑造并赋予它新的意义，表面上是在写自己的人生经历，事实上只是以此为载体，从另一个角度表现人体察人性，使读者在充满温情的赞美和批评中反思人性。

---

[1] 丁玲：《丁玲文集》（第五卷），湖南人民出版社，1984年，第443页。
[2] ［加拿大］诺思罗普·弗莱：《批评的剖析》，陈慧等译，百花文艺出版社，1998年，第4页。

参考文献

一、传记作品

[1] 胡适：《胡适全集》，安徽教育出版社，2003年。

[2] 郭沫若：《郭沫若全集》，人民文学出版社，1992年。

[3] 郁达夫：《郁达夫全集》，浙江大学出版社，2007年。

[4] 巴金：《巴金全集》，人民文学出版社，1989年。

[5] 巴金：《巴金自传》，上海第一出版社，1934年。

[6] 沈从文：《沈从文文集》，花城出版社，1984年。

[7] 沈从文：《从文自传》，上海第一出版社，1934年。

[8] 庐隐：《庐隐选集》，福建人民出版社，1985年。

[9] 庐隐：《庐隐自传》，上海第一出版社，1934年。

[10] 谢冰莹：《女兵自传》，四川文艺出版社，1985年。

[11] 谢冰莹：《一个女兵的自传》，良友图书公司，1936年。

[12] 许钦文：《钦文自传》，上海时代图书公司，1936年。

[13] 许钦文：《钦文自传》，人民文学出版社，1986年。

[14] 张资平：《资平自传》，上海第一出版社，1934年。

[15] 萧军：《我的童年》，黑龙江人民出版社，1982年。

[16] 丁玲：《风雪人间》，厦门大学出版社，1987年。

[17] 王韬：《弢园文录外编》，辽宁人民出版社，1994年。

[18] 容闳：《西学东渐记》，徐凤石、恽铁樵译，湖南人民出版社，1981年。

[19] 李季：《我的生平》，亚东图书馆，1932年。

[20] 顾颉刚：《古史辨自序》，中华书局，2006年。

[21] 欧阳予倩：《欧阳予倩全集》，上海文艺出版社，1990年。

[22] 林语堂：《林语堂自传》，陕西师范大学出版社，2005年。

[23] 陈衡哲：《陈衡哲早年自传》，安徽教育出版社，2006年。

[24] 张静庐：《在出版界二十年》，江苏教育出版社，2005年。

[25] 邹韬奋：《经历》，生活·读书·新知三联书店，1979年。

[26] 冯玉祥：《我的生活》，世界知识出版社，2006年。

[27] 朱东润：《朱东润传记作品全集》，东方出版中心，1999年。

[28] 巴金：《巴金译文全集》，人民文学出版社，1997年。

[29] [古罗马] 奥古斯丁：《忏悔录》，任晓晋译，北京出版社，2004年。

[30] [法] 卢梭：《忏悔录》，黎星译，商务印书馆，1986年。

[31] [德] 歌德：《歌德自传：诗与真》，刘思慕译，人民文学出版社，1983年。

[32] [俄] 托尔斯泰：《托尔斯泰忏悔录》，冯增义译，华文出版社，2003年。

[33] [美] 本杰明·富兰克林：《富兰克林自传》，陈冬译，团结出版社，2003年。

[34] [美] 伊莎多拉·邓肯：《邓肯自传》，张敏译，花城出版社，2003年。

二、研究著作

［1］李祥年：《传记文学概论》，安徽文艺出版社，1993年。

［2］朱文华：《传记通论》，复旦大学出版社，1993年。

［3］赵白生：《传记文学理论》，北京大学出版社，2003年。

［4］杨正润：《现代传记学》，南京大学出版社，2009年。

［5］韩兆琦：《中国传记艺术》，内蒙古教育出版社，1998年。

［6］俞樟华：《中国传记文学理论研究》，湖南文艺出版社，2000年。

［7］王成军：《纪实与虚构——中西叙事文学研究》，百花洲文学出版社，2003年。

［8］汪荣祖：《史传通说》，中华书局，2003年。

［9］朱东润：《八代传叙文学述论》，复旦大学出版社，2006年。

［10］全展：《传记文学：阐释与批评》，湖北人民出版社，2007年。

［11］［法］安德烈·莫洛亚：《传记面面观》，陈苍多译，台湾商务印书馆，1986年。

［12］［法］菲力浦·勒热纳：《自传契约》，杨国政译，生活·读书·新知三联书店，2001年。

［13］［日］川合康三：《中国的自传文学》，蔡毅译，中央编译出版社，1999年。

［14］［苏联］伊·谢·科恩：《自我论——个人与个人自我意识》，佟景韩、范国恩、许宏治译，生活·读书·新知三联书店，1986年。

［15］［加拿大］查尔斯·泰勒：《自我的根源：现代认同的形成》，韩震等译，译林出版社，2001年。

［16］［意］玛丽亚·蒙台梭利：《童年的秘密》，马荣根译，人民教育出版社，1990年。

［17］韩兆琦主编：《中国传记文学史》，河北教育出版社，1992年。

［18］杨正润：《传记文学史纲》，江苏教育出版社，1994年。

［19］陈兰村主编：《中国传记文学发展史》，语文出版社，1991年。

［20］俞樟华：《中国传记文学发展史》，湖南文艺出版社，2000年。

［21］郭久麟：《中国二十世纪传记文学史》，山西人民出版社，2009年。

［22］陈兰村，叶志良：《20世纪中国传记文学论》，天津人民出版社，1998年。

［23］杨正润主编：《众生自画像——中国现代自传与国民性研究（1840—2000）》，上海人民出版社，2009年。

［24］俞元桂主编：《中国现代散文史》，山东文艺出版社，1987年。

［25］郭丹：《史传文学：文与史交融的时代画卷》，广西师范大学出版社，1999年。

［26］朱旭晨：《秋水斜阳芳菲度——中国现代女作家传记研究》，人民日报出版社，2006年。

［27］辜也平：《沉重而感伤的文学旅程》，上海三联书店，2008年。

［28］胡亚敏：《叙事学》，华中师范大学出版社，2004年。

［29］王瑾：《互文性》，广西师范大学出版社，2005年。

［30］李泽厚：《华夏美学》，天津社会科学出版社，2001年。

［31］鲁枢元：《创作心理研究》，黄河文艺出版社，1985年。

［32］钱谷融、鲁枢元主编：《文学心理学教程》，华东师范大学出版社，1987年。

［33］鲁枢元：《超越语言——文学言语学刍议》，中国社会科学出版

社，1990年。

［34］王耀辉：《文学文本解读》，华中师范大学出版社，1999年。

［35］董小英：《再登巴比伦塔——巴赫金与对话理论》，生活·读书·新知三联书店，1994年。

［36］孟悦、戴锦华：《浮出历史地表：现代妇女文学研究》，河南人民出版社，1989年。

［37］张京媛：《当代女性主义文学批评》，北京大学出版社，1992年。

［38］张岩冰：《女权主义文论》，山东教育出版社，1998年。

［39］王艳芳：《女性写作与自我认同》，中国社会科学出版社，2006年。

［40］芮渝萍：《美国成长小说研究》，中国社会科学出版社，2004年。

［41］李少群：《追寻与创建——现代女性文学研究》，山东教育出版社，1997年。

［42］乔以刚：《多彩的旋律——中国女性文学主题研究》，南开大学出版社，2006年。

［43］林贤治：《自制的海图》，大象出版社，2000年。

［44］陈寅恪：《元白诗笺证稿》，上海古籍出版社，1978年。

［45］钱林森：《法国作家与中国》，福建教育出版社，1995年。

［46］［英］爱·摩·福斯特：《小说面面观》，苏炳文译，花城出版社，1984年。

［47］［美］利昂·塞米利安：《现代小说美学》，宋协立译，陕西人民出版社，1987年。

［48］［美］勒内·韦勒克、奥斯汀·沃伦：《文学理论》，刘象愚等译，江苏教育出版社，2005年。

[49] [法] 热拉尔·热奈特：《热奈特论文集》，史忠义译，百花文艺出版社，2000 年。

[50] [美] 华莱士·马丁：《当代叙事学》，伍晓明译，北京大学出版社，2005 年。

[51] 祖国颂：《叙事的诗学》，安徽大学出版社，2003 年。

[52] [法] 蒂费纳·萨莫瓦约：《互文性研究》，邵炜译，天津人民出版社，2003 年。

[53] [苏] 巴赫金：《巴赫金全集》，钱中文译，河北教育出版社，1998 年。

[54] [美] 丹尼尔·夏克特：《找寻过去的自我——大脑、心灵和往事的记忆》，高申春译，吉林人民出版社，1998 年。

[55] [法] 西蒙娜·德·波伏娃：《第二性》（上下），陶铁柱译，中国书籍出版社，1998 年。

[56] [日] 今道有信：《东方的美学》，蒋寅译，生活·读书·新知三联书店，1991 年

[57] [日] 柄谷行人：《日本现代文学的起源》，赵京华译，生活·读书·新知三联书店，2003 年。

[58] [英] 霍克斯著：《结构主义和符号学》，瞿铁鹏译，上海译文出版社，1987 年。

[59] [俄] 什克洛夫斯基等著：《俄国形式主义文论选》，方珊等译，生活·读书·新知三联书店，1989 年。

[60] [美] 爱德华·萨丕尔：《语言论——言语研究导论》，陆卓元译，商务印书馆，1985 年。

[61] [荷兰] 米克·巴尔：《叙述学：叙事理论导论》，谭君强译，

中国社会科学出版社，1995年。

［62］浦安迪：《中国叙事学》，北京大学出版社，1996年。

［63］［英］L.R.帕默尔：《语言学概论》，李荣等译，商务印书馆，1983年。

［64］［英］林德尔·戈登《弗吉尼亚·伍尔夫——一个作家的生命历程》，伍厚恺译，四川人民出版社，2000年。

［65］［美］凯特·米利特：《性政治》，宋文伟译，江苏人民出版社，2000年。

［66］时蓉华：《社会心理学词典》，四川人民出版社，1988年。

［67］［美］J.R.坎托：《文化心理学》，王亚南等译，云南人民出版社，1991年。

［68］李泽厚：《中国近代思想史论》，天津社会科学出版社，2003年。

［69］李泽厚：《中国现代思想史论》，天津社会科学出版社，2003年。

［70］梁启超：《中国历史研究方法》，上海古籍出版社，1998年。

［71］刘再复，林岗：《传统与中国人》，安徽文艺出版社，1999年。

［72］余时英：《中国知识分子论》，河南人民出版社，1997年。

［73］高瑞全主编：《中国近代社会思潮》，华东师范大学出版社，1996年。

［74］李福海、雷咏雪：《主体论：作为主体的人》，陕西人民教育出版社，1990年。

［75］李茂增：《现代性与小说形式：以卢卡奇、本雅明和巴赫金为中心》，东方出版中心，2007年。

［76］徐志英：《五四文学精神》，江苏文艺出版社，1991年。

［77］赵园：《艰难的选择》，上海文学出版社，1986年。

[78]［美］林毓生：《中国意识的危机："五四"时期激烈的反传统主义》（增订再版本），穆善培译，贵州人民出版社，1988年。

[79] 刘纳：《论"五四"新文学》，浙江文艺出版社，1987年。

[80] 王晓明：《二十世纪中国文学史论》，东方出版中心，2003年。

[81] 李欧梵：《中国现代文学与现代性十讲》，复旦大学出版社，2002年。

[82] 李欧梵：《中国现代作家的浪漫一代》，王宏志等译，新星出版社，2005年。

[83] 郑家建：《中国文学现代性的起源语境》，上海三联书店，2002年。

[84] 黄健：《五四小说与人的文学》，中国矿业大学出版社，2004年。

[85] 倪婷婷：《"五四"作家的文化心理》，南京大学出版社，2005年。

[86] 刘勇：《中国现代文学的心理学研究》，北京大学出版社，2006年。

[87] 刘忠：《20世纪中国文学主题研究》，社会科学文献出版社，2006年。

[88] 季桂起：《中国小说创作模式的现代转型——论"五四"小说"心理化"的精神艺术世界》，中国社会科学出版社，2007年。

[89] 朱晓进：《政治文学与中国二十世纪三十年代文学》，人民出版社，2006年。

[90] 王卫平：《中国现代知识分子小说史论》，中国社会科学出版社，2009年。

[91] 贾植芳等编：《中国现代文学总书目》（翻译文学卷），知识产权出版社，2010年。

[92] 贾植芳等编：《文学研究会资料》，河南人民出版社，1985年。

[93] 陈独秀：《独秀文存》，安徽人民出版社，1987年。

[94] 鲁迅：《鲁迅全集》，人民出版社，1981年。

［95］周作人：《艺术与生活》，河北教育出版社，2002年。

［96］叶绍钧：《叶圣陶集》，江苏教育出版社，1988年。

［97］陶菊隐：《新闻记者三十年》，中华书局，2005年。

［98］梁启超：《中国历史研究法》，东方出版社，1996年。

［99］徐乃翔主编：《中国现代作家评传》，山东教育出版社，1986年。

［100］朱文华：《鲁迅、胡适、郭沫若连环比较评传》，上海文艺出版社，1991年。

［101］孙党伯：《郭沫若评传》，人民文学出版社，1987年。

［102］黄侯兴：《郭沫若——"青春型"的诗人》，山东人民出版社，1994年。

［103］魏红珊：《郭沫若》，四川人民出版社，2002年。

［104］吴定宇：《抉择与扬弃：郭沫若与中外文化》，中山大学出版社，2004年。

［105］谢保成：《郭沫若评传》，百花洲文艺出版社，2010年。

［106］冯锡刚：《郭沫若的三十年：1918—1948》，中央文献出版社，2011年。

［107］李存光：《巴金传》，北京十月文艺出版社，1994年。

［108］陈思和：《人格的发展——巴金传》，上海人民出版社，1992年。

［109］宋曰家：《巴金：永生在青春的原野》，山东文艺出版社，1997年。

［110］辜也平：《巴金创作综论》，福建教育出版社，1997年。

［111］辜也平：《走近巴金》，山东文艺出版社，2003年。

［112］徐开垒：《巴金传》，上海文艺出版社，2003年。

［113］汪应果：《巴金论》，复旦大学出版社，2009年。

［114］凌宇：《从边城走向世界》，生活·读书·新知三联书店，

1985年。

[115] 凌宇：《沈从文传》，北京十月文艺出版社，1988年。

[116] 吴立昌：《"人性的治疗者"：沈从文传》，上海文艺出版社，1993年。

[117] 王保生：《沈从文评传》，重庆出版社，1995年。

[118] ［美］金介甫：《沈从文传》，符家钦译，国际文化出版公司，2005年。

[119] 赵学勇：《沈从文与东西方文化》，兰州大学出版社，2005年。

[120] 周仁政：《巫觋人文：沈从文与巫楚文化》，岳麓书社，2005年。

[121] 李生滨：《沈从文与京派文人的魅力》，宁夏人民出版社，2008年。

[122] 朱文华：《胡适：开风气的尝试者》，复旦大学出版社，1992年。

[123] ［美］周明之：《胡适与中国现代知识分子的选择》，雷颐译，广西师范大学出版社，2005年。

[124] 罗志田：《再造文明的尝试：胡适传（1891—1929）》，中华书局，2006年。

[125] ［美］余英时：《重寻胡适历程：胡适的生平与思想再认识》，广西师范大学出版社，2004年。

[126] 沈卫威：《无地自由：胡适传》，安徽教育出版社，2005年。

[127] 袁庆丰：《灵魂的震颤：文学创作心理的个案考察》，北京广播学院出版社，2002年。

[128] 曾华鹏、范伯群：《郁达夫评传》，百花文艺出版社，1983年。

[129] 袁庆丰：《郁达夫：挣扎于沉沦的感伤》，山东文艺出版社，1997年。

[130] 刘炎生：《郁达夫传》，百花洲文艺出版社，1996年。

[131] 罗以民：《天涯孤舟：郁达夫传》，杭州出版社，2004年。

[132] 肖风编：《庐隐》，人民文学出版社，1984年。

[133] 肖风：《庐隐传》，北京师范大学出版社，1982年。

[134] 鄂基瑞、王锦园：《张资平：人生的失败者》，复旦大学出版社，1991年。

[135] [德] 马克思、恩格斯：《马克思恩格斯全集》，人民出版社，1961年。

[136] 费孝通：《乡土中国·生育制度》，北京大学出版社，1998年。

[137] [英] 迈克·克朗：《文化地理学》，杨淑华、宋慧敏译，南京大学出版社，2005年。

[138] [英] D.C.米克：《论反讽》，周发祥译，昆仑出版社，1992年。

[139] 毕恒达：《空间就是权力》，心灵工坊文化，2001年。

[140] 张法：《文艺与中国现代性》，湖北教育出版社，2002年。

[141] 汪晖：《二十世纪中国文学史论》，东方出版中心，2003年。

[142] 刘小枫：《沉重的肉身》，华夏出版社，2012年。